周瑜

赤壁英雄美少年

刘素平◎著

中国言实出版社

图书在版编目（CIP）数据

周瑜：赤壁英雄美少年 / 刘素平著. —北京：中国言实出版
社，2015.9（2019.1 重印）

ISBN 978-7-5171-1571-7

Ⅰ. ①周…　Ⅱ. ①刘…　Ⅲ. ①传记小说－中国－当代
Ⅳ. ①I247.5

中国版本图书馆 CIP 数据核字（2015）第 231841 号

责任编辑：郭江妮

出版发行　中国言实出版社
　　　　　　地　　址：北京市朝阳区北苑路 180 号加利大厦 5 号楼 105 室
　　　　　　邮　　编：100101
　　　　　　编辑部：北京市海淀区北太平庄路甲 1 号
　　　　　　邮　　编：100037
　　　　　　电　　话：64924853（总编室）　 64924716（发行部）
　　　　　　网　　址：www.zgyscbs.cn
　　　　　　E-mail：zgyscbs@263.net
经　　销　新华书店
印　　刷　三河市华晨印务有限公司
版　　次　2017 年 2 月第 1 版　　2019 年 1 月第 2 次印刷
规　　格　710 毫米×1000 毫米　1/16　18.75 印张
字　　数　209 千字
定　　价　48.80 元　　ISBN 978-7-5171-1571-7

引　言

中国的历史，三皇五帝始，尧舜禹相传，夏商与西周，东周分两段，春秋与战国，一统秦两汉。

有汉一代，历史学家们也分作了两阙，号为前后汉，也称东西汉，这是因为汉朝四百年来，中间经历了王莽篡国，而且居然僭位十八年。所以王莽以前叫作前汉，王莽以后，叫作后汉。且前汉建都陕西，所以叫西汉，后汉建都洛阳，洛阳在关陕东面，所以叫东汉。

不论是东西汉，还是前后汉的说法，都是后世史家们的学说称谓。

从西汉文帝开始，那时的君王们，都是用年号以纪年，并定义自己的领地与国土的。而且，每当新君即位必须改变年号，称为改元。年号被认为是帝王正统的标志，称为"奉正朔"。如果一个政权使用另一个政权的年号，则会被认为藩属、臣服的标志之一。

再有，即便是同一个皇帝，因一些重大事件的发生，不论是好事还是坏事，也会就此更改年号。

东汉自光武皇帝刘秀开始，共经历十三位君主，共计一百九十六年。

东汉中央政府下辖十三州，州下设郡、县。

时间推进到了公元 168 年，汉灵帝刘宏即位。灵帝是东汉的第十一位皇帝。此时的东汉，因为中央政府政治黑暗，十常侍横行朝野，土地兼并恶化，人民饱受此苦，加上天灾瘟疫的双重打击，百姓纷纷揭竿而起。著名的就是黄巾起义。

时局的动荡不安，使地方豪强有了崛起的机会。一开始，他们是靠着自己的财力组织自己的武装军队保卫家园，后来就逐渐演变成拥有私人武力的军阀。

这时，汉灵帝在毫无办法的情况下，接受刘焉的建议，将中央派助监督各州的刺史改称州牧，本意是想借助各州的力量来治理混乱的局面。没想到，掌握了一州军政大权的刺史们，成为了朝廷的正式官员，却纷纷利用天下大乱之机，明正言顺地在地方发展起了自己的势力。

这样，以刺史制度的改变为主因，以土地兼并现象为诱因，东汉中央政府的实质统治力已经名存实亡了。

汉灵帝熹平四年，即公元 175 年，秋，庐江郡治舒县，周家大宅，伴随着一声响亮的啼哭，周瑜出生了。

到了周瑜十五岁那一年，即公元 189 年，更是多事之秋的一年。

公元 189 年 3 月，即中平六年 3 月，汉灵帝逝世。

灵帝薨，东汉第十二位皇帝少帝刘辩即位，4 月，改年号为光熹元年。

这时，外戚何进密谋诛杀宦官失败被杀，汉少帝和陈留王（未来的汉献帝）被部分宦官挟持到洛阳市郊，其他宦官被袁绍等将领带领的士兵杀死。8 月，汉少帝又改年号为昭宁。

然而，少帝这个第二个年号昭宁，仅仅使用了两个月，即昭宁元年 9 月，董卓入洛阳，废少帝立陈留王为皇帝。

被废的汉少帝只有死路一条。少帝逝世，汉献帝刘协即位，改元为永汉元年。

永汉元年 12 月，汉献帝下诏废除了光熹、昭宁、永汉这三个年号，又恢复称公元 189 年为中平六年。

这样，从公元 190 年开始，汉献帝刘协这位傀儡皇帝，身不由己地也多次变换年号。如：初平（190—193），兴平（194—195），建安（196—220），延康（220—220）。

在这期间，各路人物纷纷出场，而周瑜，正是在这段历史上，留下了浓墨重彩的一笔。

目　录

第一章
总角之好，温暖一辈子

什么是朋友？

古人云："同门曰朋，同志曰友。"

就是说，在一起读书的叫朋，有共同理想、志向和抱负的为友。

古人也忒讲究。

什么样的人和什么样的人交友，都有不同的说道。

举例说明一下：

总角之好，就是专指儿时的好朋友。与青梅竹马、两小无猜的意思有一拼。

古人也忒细致。

对一个人的不同年龄段，也有不同的称谓，并且还用不同的发型作以明确的显示。

再举例说明一下：

垂髫：古时童子头发下垂，因此用"垂髫"代指幼年，年龄为九岁以下的未冠童子。

总角：古时未成年人把头发分作左右两半，在头顶各扎成一个髻，形状如两个羊角，故称"总角"。总角的年龄段是八九岁至十三四岁的少年。

弱冠：古时男子二十岁把头发盘成发髻，谓之结发，然后再戴上帽子，表示成年。因此用"弱冠"代指二十岁行完了加冠礼的成年男子。

再说到"总角"。

"总角"本为感情色彩平平的中性词语，因为东汉末年孙策与周瑜的交好与演义，将它变得极富人情味，成了千古绝唱。

也难怪到了最后，孙策声由心发地说："周公瑾英俊异才，与孤有总角之好、骨肉之分。"

这才是真朋友！

这样的朋友，有一个就好！

温暖一辈子！

居巢湖奇遇

一叶以楫拨水前行的小船，在舒城的一处渡口起航，沿着舒城境内最大的天然河流——龙舒水，向东北冈畈区，顺流蜿蜒而下。

小船上一共载着两个男子。看头型打扮，一个是梳成两个羊角髻的总角少年，一个是盘发戴冠的弱冠青年。

少年倒背着双手，昂首一动不动地立于船头；青年坐于船尾，两手熟练地划楫摇橹。小船稳稳地向前行进着。突然，一阵风吹过，船微微地有些晃动。

"瑜少爷，风大浪高，船板上站立不稳，你还是坐下来吧！"青年以商量的口吻对站在船头上的少年说。

青年二十出头，穿着土褐色中衣中裤，仅看他那两只粗壮的臂膀，就知道他身体结实有力。他长着一张大众化的脸，属于扔在人堆里马上会融入而不易分辨的那种人。不过，话说回来，他的脸庞虽普通，却也是有鼻子有眼儿。尤其是他一笑起来露出的两颗小虎牙，让人想起了雨后晴空的感觉。

"虎子，你尽管划水，这点小风浪，不碍事儿。"站在船头，被喊作"瑜少爷"的少年说话了。只见他满头乌黑的头发被左右分开，扎成两只羊角髻，话语声中还难掩孩童的稚气。

听声音，辨发式，不难看出，少年最多不超过十三四岁。

虽然年纪不大，但修长的身姿，已经和那位青年一般高了。少年穿着一身雪白的袍服，小大人似的，脊背挺直地站立在船头，就好似一棵挺秀的白杨树，一尘不染，纯情得很，似乎连日光都不好意思在他身上留下斑驳的黑质。

青年又说了一些诸如：知道你胆大心细，水性好，这小江小河的难不住你，但咱今儿个是有大事要办的，还是省些体力为好，等等之类的话。

只听这对话，便可知晓这总角少年和弱冠青年是主仆二人。

少年，当然是主。

这位主可不是一般的少年，他就是出身士族名门，日后辅佐东吴孙氏兄弟成就霸业立下汗马功劳、风流俊逸的一代儒将——周瑜。

青年，当然是仆。可他不是一般的仆人。虽然他是周家收养的一位曾经到处流浪、无家可归的孤儿，但是天性豁达的少主周瑜从没有拿他当下人看待。

青年本没有名字，看他长着一双小虎牙，周瑜就喊他"虎子"。年长一些时，又跟着周家姓，有了大名——周虎。

话说这周虎年少时，也曾机缘巧合地练过几下子拳脚功夫。虽然不是历史上赫赫有名的五虎上将，但对付一些小毛贼还是绰绰有余的。对于周瑜而言，周虎最大的优点就是忠诚。

在此前与之后的长期岁月里，不论是上刀山还是下火海，周虎都忠诚地守卫在周瑜的身边，甚至几度以命相救。当然，这是后话。

此时，听到周虎的再三劝说，周瑜转过身来。

转过身来的周瑜其实没有笑，但他清澈的眼睛却在诚恳地笑着，那笑容颇有点风流少年的佻达。

少年周瑜的整张脸，五官分明，虽然还略显稚嫩，但隐约透着有棱有角的英武之气。

这会儿，只见周瑜将下巴微微抬起，一双柳眉下，桃子形状的眼睛布满了多情之意，宛如星河般灿烂而璀璨。

"好，就听你一回，省点体力。"周瑜边说，边撩起缎子衣袍，袍内露出银色镂空木槿花的镶边，姿势优雅却毫不做作地面对着虎子，坐在了前舱板上。

微风吹过，周虎又闻到了周瑜少爷身上那一股不同于兰麝的独特的香味，也看到了少年周瑜瞳仁的灵动。

两个人都不再说话，一人端坐沉思，一人奋力划桨，小船如一条遨游的鱼儿，沿着河道悠然前行。不知过了多久，水面比之前宽阔了起来。

周虎因为多次来过这儿，因此向周瑜介绍说他们已经进入了居巢湖水域了。

第一次到来的周瑜，毕竟是小孩子心态，连声赞美着眼前的湖光山色，烟波浩渺，飞红流翠，船帆点点。

"咦——，那老翁是在干什么呢？"周瑜将眼睛盯在了不远处的湖面上。那里也有一只小船，船上立着一位头戴斗笠的老翁，手里摆弄着一张网，身边还有几只似鸟似禽会游水的动物。周瑜在心中认定，难道这是"水鸟"吗？

凝神观看的周瑜眼前出现了一幅画：

画面中，老翁指挥着那些"水鸟"一会儿钻入水里，一会儿飞身上船，不知道在忙活些什么？待"水鸟"纷纷离船的空隙，老翁又有了新的动作。

画面中，只见老翁舒展双臂，奋力上扬。立即，原本拿在手中的渔网，就一抛冲天，如飞雁一般，划出一道美丽的弧线。说时迟那时快，眨眼间，渔网便又呈扇型张开，旋即，又见张开的渔网开始向下散落，不久即落入水中，溅起水面的一片微澜，片刻之后，水面上又恢复了平静。

"那是渔翁。用网捕鱼，也放鱼鹰钓鱼呢！"周虎边回答，边心有灵犀地将船更近地靠了上去。

周瑜的好奇心被点燃了。

偶一阵秋风吹过，水面上波光潋滟，湖水涌动着扁舟，似乎要漫入船中小憩，且已有少许的水花溅起，打湿了周瑜的脚面，他都没有察觉似的。

他只是冲着那位正要再次扬臂撒网的老翁高声喊到："老人家，今天的收获怎么样啊？这居巢湖里都有什么美味啊？"

因为周瑜是初来乍到，有所不知。

在江淮地区，河道纵横，最不缺的就是水。其实，这个居巢湖，那更是有名的。它是江淮地区有名的五大淡水湖之一啊！居巢湖，又称为巢湖。

当然，这居巢湖和其他淡水湖一样，是个鱼肥水美的聚宝盆，最著名的鲜味当属银鱼、螃蟹、白虾'巢湖三珍'了。

"哈哈——"老翁大笑着，说道，"托您的福，刚刚三网，网网不走空，银鱼、白虾、大螃蟹这'巢湖三珍'装满篓喽！"

此时，外面是兵荒马乱的年月，这湖上打鱼的老翁如在世外桃源一般，令周瑜心生羡慕。"今天，您真是好运气喽！"周瑜应和着老翁，也将纯真的笑意挂在脸上。

突然，老翁仿佛想起了什么似的，收住笑容，只是用眼睛辣辣地盯视着周瑜，足足有十秒，盯得周瑜的心里直发慌。不知过了多久，最后，老翁又仿佛下定了决心似的，暗暗地点点头，开口说："看来我们有缘，贵公子能否到茅屋小坐，尝尝鲜呢？"

听这老翁的谈吐，不似一般的渔翁。周瑜不禁仔细瞅了他一眼。只一眼，周瑜的目光就被吸引住了。

老翁虽然穿着和周虎差不多的土布衣裳，但是斗笠下的颜面却是鹤发童颜，特别是那一双眼睛，目光如炬，对视之下，令人想逃，却无处藏身，想移，却又舍不得那抹温暖……

少年周瑜如被施了法术一般，思维和语言不由自主地跟随着老翁的节奏转动。

周瑜刚要用"今天没时间，改天再去"之类的话拒绝。没想到老翁的一句话，却让整个头脑似乎还处于完全搞不清楚目前状况的周瑜，惊呼出声——

那么，老翁说什么了，能让周瑜如此震惊呢？

其实，老翁也不多言，掐指一算，只说了四个字——"冶父山，剑"。

却原来，此番周瑜主仆两人舟车劳顿，确实是为了去冶父山寻找宝剑的。

周瑜本出身于士家，从小就开始熟读四书五经，当然受家庭的影响，熟读的书中，也包括兵书。

一天，他在一捆竹简中看到了这样的记载：

春秋时，有一位有名的铸剑之人，名叫欧冶子，他铸的剑锋利而耐用，因此，剑客们称他为"铸剑之父"。

这铸剑之父欧冶子的铸剑之所在一座山上，因此，人们又将这座山命名为"冶父山"。而冶父山的最高峰也因此得名"欧峰"。

欧峰下不远处，有一眼龙泉。冶父铸剑用龙泉淬火，只见水光玉莹，清冷逼人，凛凛如剑气浮空。因此，后人改龙泉为"铸剑池"。

在铸剑池，冶父为赵王铸造过湛卢、巨阙、胜邪、鱼肠、纯钩五剑。又为楚王铸过龙泉、泰阿、工布三剑。

在铸剑池西北二十米处，有一石阶路。路左侧有两块巨石相合，十指向空，宛如双掌合十，状似祈祷，时人称为"合掌石"。有诗为证：

石丽杨枝滴露团，

插天双袖没云端，

年年常向空王礼，

耐尽西风十指寒。

此石原本是一整块，概因欧冶公当年铸成了宝剑，为了一试剑峰，对着此石用力一劈，剑过石开，故又称此石为"试剑石"。

啊！宝剑锋从磨砺出。冶父、宝剑、龙泉、试剑石……

当周瑜读到此节，少年之心就蠢蠢欲动了。而当听周虎说，这冶父山原来就在离舒城不远的庐江郡九公里处。近在咫尺，周瑜怎么还能坐得住哦！

于是，经过细心地筹备，终于，周瑜带着周虎有了这一次的冶父山寻剑之旅。

可是，周瑜纳闷，这初次相遇的老渔翁是怎么得知他的心思呢？要知道，这次出行，除了周虎，就连家里人都不清楚他的目的地呢。

聪明人不用多说，周瑜知道今天他是遇到世外高人了。

老翁说："天机不可泄露。要想去冶父山，要想找宝剑，请随我来吧！"

见周瑜点头同意，之后，老翁立即收起渔网，召回鱼鹰，摇船先行了。

周虎也被老翁的举动惊得愣住了。待得到少主人明确的指示后，才挥桨跟了上去……

冶父山抚琴

话说两船三人，一前一后，曲曲折折、劈波斩浪地向一处岸边渡去。

终于，在一处有一小段木栈道的小码头上，老翁的小船停了下来。三人陆续弃舟登岸。看老翁下船的身姿，轻盈而稳健，根本不似老年人。周瑜和周虎一见，彼此互望一眼，又心生赞叹。

周瑜和周虎帮着老翁将今天的鲜味及鱼鹰、渔网等收起、放好。然后，沿着小路，向掩映在竹林深处的茅屋走去。

待走入茅屋里，周瑜才确信自己今天真是遇到一位隐居的世外高人了。

因为，他环顾屋内，并不是一般普通渔民人家的摆设。屋内除了一张榻榻米的床铺，几只用于席地而坐的竹质铺团外，赫然映射入眼的还有一把——古琴。一把周瑜多年寻找而终不能拥有的古琴啊！

周瑜欣喜若狂地走近古琴，见古琴上一尘不染，显然是经常有人或抚弄或弹奏或精心呵护的缘故。周瑜以虔诚的心，跪坐在琴前，情不自禁地用指尖儿拨动琴弦，一抚之下，清脆而悠扬的琴声即刻弥漫开来。"啊！妙哉！"周瑜低喊一声，闭上眼睛，晕晕忽忽，似有醉酒的感觉。

"快快弹奏一曲啊！"不知从那里传来一声暖语。于是，周瑜受到蛊惑一般，依言而动。只见他优雅地抬起了修长而柔软的双手，仍然闭着眼睛，就那么半跪半坐着，恣意地抚弄起来……进入了无我无他的韵律世界。

这是一曲浑然天成的音律。时而繁密如急雨；时而轻幽如私语；时而如掉落的珠玉清脆和谐；时而如鸟啼花语悠扬明快；时而如冰下幽咽的泉水低沉冷涩；时而如银瓶乍破的水浆突发激烈；时而如马嘶剑鸣凌厉尖锐；时而声如裂帛般刚劲激越……

突然，周瑜的手指停止了拨动，但是，音律却没有歇脚，似乎仍然在很远很远的地方回荡着……

周瑜紧闭的双眸中，浸满了泪水……他真是太激动了！因为这是他人生第一次真正意义上的抚琴。

周瑜与韵律痴恋已久。他自己也不知道为什么他对生活中的这些声音，有着如此的心灵感应，似乎与生俱来，他就无法抵挡住这些音律的诱惑。从小，随时随地遇到一丝声响，他都会如一位多愁善感的小女子一样，痴情得无法自拔。

那时，他多么想能有一把好琴，如春秋战国时的雅士们一样，让他将心中的韵律化作美妙的音符，将天人合一，将情感倾诉啊！

但是，他没有遇到一把音质极好的琴。

于是，他只好宁缺毋滥地在心灵、在大自然中，吹奏着他的音符。没想到，久而久之，无师自通地竟然让他练出一种绝技——口技。用口，用舌头，或者借助随手拈来的一片树叶，他都能吹奏出令百鸟缠绕，令百兽聆听的乐声来。

而今天，他终于得尝如愿地见到了，并且还忘情地抚琴一曲，他怎能不欣喜地落泪呢？

不待周瑜从沉醉中清醒，迷离的泪眼还未等睁开，一曲天籁之音，又从古琴上升起，时柔时沉，时缓时急，再一次勾住周瑜的心弦……

周瑜知道自己没有动。

他就这么如痴如醉地听下去，有那么一刻，他已经忘记了他原本的目的地，忘记了——冶父山，忘记了——剑。

不知道过了多久？风停了，雨住了，万籁俱寂。周瑜慢慢地睁开眼，与一双亮晶晶的眼睛对视上了，中间只隔一琴的距离。

白发、白眉、白胡须，正是那位刚刚引领他来到此地的老翁。

哈哈——，老翁长身而起，大笑着言道："知音啊！"

周瑜是少年，阅历浅，但纵然是这老翁，也没有想到纵横江湖几十载，第一个遇到的知音，竟然是一个美少年！

因为一把古琴，差点让两位忘年的知音，都忘记了彼此相识的目的了。

"这里就是冶父山脚下了。"老翁说。

原来这老翁不是别人，正是周瑜在古籍中了解到的，那位铸剑之父欧冶子的后人。

欧氏的铸剑之法，按照传男不传女，传长不传幼的规矩，父一辈子一辈地传下来。

战时趋之若鹜，平时无人问津。其中的风风雨雨，坎坎坷坷，只有欧氏族人自知。自秦统一以来，特别是由汉朝以来的和平年代，铸剑之术更是经历了曲折离奇的故事。

传到欧老翁这一代时，其他族人都纷纷改行搬迁，只有他忠诚地守着家训，期待着得遇名主，让欧氏的铸剑之法得以为人所用，发扬光大，并传将下去。

这欧老翁没有子女，也没有收徒，只是闲云野鹤地守在这冶父山下，抚琴弄曲，捕鱼养鹰，乐得逍遥。但是，突然有一天，他意识到自己老了。祖宗的铸剑之法，不能毁在他手里喽！他得寻找接班人了。

今天得见周瑜，一见之下，于是，欧老翁就认定了周瑜就是他要找的人。

虽然此时，他才想起问他找到的接班人，这位少公子的尊姓大名，家住何方。但这些都不重要，重要的是，他没想到，不仅仅是为祖宗的铸剑之法，他也为自己在音律上的雅兴，找到了一个徒弟。

这是一个意外的收获，因此，这让欧老翁更加地兴奋。

"啊！欧老伯。"听说面前的老伯就是冶父之后，周瑜赶紧站起，深施一礼，说道："晚辈周瑜，字公瑾，舒城人。今天，能得遇老伯，请接受晚辈一拜！"

当听说周瑜的音律，乃是无师自通，这欧老翁更是越发地欢喜。

欧老翁手捻雪白的胡须，含笑说出想收周瑜为徒的想法，周瑜一听，心中狂喜，机灵如他，怎会不明白呢？赶紧跪地叩头，并说"师傅在上，受徒儿一拜！"

于是，一日之间，原本陌生的两人，由相遇、相识、知音到师徒。称呼上，也由老翁——欧老翁——欧老伯，最后成了——师傅。周瑜自己也如在梦中……

接下来的日子，有周虎在一旁伺候吃喝起居。一老一少师徒二人，抛却一切俗事，忘情地沉浸在韵律的世界里。

就这样，天赋加上师傅的面授，周瑜在音律上的造诣，已经称得上是炉火纯青，登峰造极了。

可是，有一件事，师傅没说，周瑜一直也没敢问，这就是师傅所教一直是音律和抚琴之法，对于铸剑之术，师傅似乎忘记了。

在这期间，师徒二人遍游冶父山。

师傅真不愧是冶父山的主人啊！对于冶父山的一切，师傅如数家珍，无所不知，无所不晓。

在师傅的引领下，周瑜找到了向往已久的龙泉水、试剑石；认识了三枯二活的稀有树种——马筋树；看到了昂首屹立峰顶的、盘旋山腰的、俯首在山脚下的嶙峋怪石，如：蛤蟆石、月牙石、仙人床、青狮、白象等等。

而最最让周瑜不能忘怀的是响鼓岭。

一日，沿着险竣多姿的冶父山东麓，顺岭盘旋而上。周瑜只感觉脚下所登之岭与别处不同，足踏之际，似有声响，且应声如鼓。一问师傅才知，此岭名为响鼓岭。

响鼓岭下沟壑处还有一天然石壁，高逾丈，似无字碑，旁有一石，平正如座，天上所作，奇巧非凡。

响鼓岭大来峰，横空悬出一石，似如天外飞来，形如展翅欲飞的雄鹰，此处多为云雾遮绕，常有雄鹰出没，故称之为"飞鹰石"。

逶迤前行间，周瑜的目光被两侧山坡的杉松如盖所吸引。师傅说，此处浓郁幽深，其中有数片枫林，树干挺拔，枝叶婆娑，每当入秋之后，枫叶红艳，层林尽染，可谓是红色的枫海啊！

又一日，师傅将周瑜带到了一个泉眼边。

周瑜凝神细瞧：只见泉眼流出的水汇成了一个半圆形，大如釜水，深仅尺许。这眼泉水很神奇！大雨时，不会满得溢出来，久旱时也不会枯竭。这泉水还是晴雨表呢！每逢蒸气上升，即告落雨。

师傅说，"瑜儿，你再仔细瞧瞧，看看还能发现些什么？"

周瑜弯腰、俯身，将头几乎探到水面上。赫然，他有重大发现：泉窟内，有小生命在动呢！数十只之多，大约长三寸，黑背，红肚，有五只爪子。

哈哈——，在师傅大笑之后的叙述里，周瑜得知这是蝾螈，又叫龙湫，当地称作小龙的也是它了。

旋即，师傅收住了笑，非常郑重地对周瑜说："瑜儿，还记得我们居巢湖上的初相识吗？"

自从拜师以来，周瑜还从来没发现师傅如此地郑重地跟他说话。因此，他感觉到了师傅下面要说的事，肯定是相当地重大，也许就是一直没有向他传授的铸剑之法了吧？所以，他不敢怠慢地使劲点了点头。

是的，周瑜猜得没错，随着师傅的讲述，一个久远的故事，一份沉甸甸的责任，徐徐地展开，并落在了周瑜还稍显稚嫩的肩上……

独自攀欧峰

一天清晨，周瑜独自一个人，开始向海拔三百七十五米的冶父山主峰——欧峰进发。

因前一夜下了一场大雨，山中凉凉的，漂浮着若隐似无的初雾。深吸一口气，沁人心脾的甘甜，立时弥漫心间，令人感觉十分的舒服和畅快。在这样清新的空气中行走，对于少年气盛的周瑜，自然是不在话下，他一路欢歌，一口气登上了冶父山的欧峰。

当然，忠诚的仆人周虎，岂能放心让少主人一个人独自登山呢？这山虽不太高，但林深树密的，危险是时刻存在着的。无奈，因为少主人昨天就对他下了命令，不准同行，因此，周虎只能远远地跟随，警惕着周围的一切动静，时刻准备着为少主人奋不顾身。

半个时辰左右，周瑜就登顶成功。

当周瑜登上欧峰时，眼前出现的一切，还是让周瑜整个人都惊呆了。放眼远眺，江淮间的群山，层层叠叠，或雄俊，或秀丽，尽收眼底。期间，在白雾的笼罩下，隐约可见一条条白色的亮带，环绕着碧绿的山峦。突然，太阳穿破云层的阻隔，喷薄而出，立时，霞光万道，反射出了七彩的光芒。蔚蓝的晴空里，上有浮云紫雾，下有群峦叠翠。让人如梦似幻，一时之间，竟不知这是天上还是人间？

只是此时，周瑜还不知道他所见到的这一幕，是冶父山独有的，世人难得一见的奇观，后世人称之为——"冶父晴岚"。

这样的美景，他并未过多留恋，因为今天，他是奉师命来登山，有任务在身的。

昨天，那个大雨瓢泼的雨夜，师傅欧翁向周瑜讲述了不为外人所知的家族秘密……

话说自从欧冶子为楚王铸造了龙泉、泰阿、工布三剑之后，声名立时大振，剑士侠客们纷纷为谋得欧氏铸造之剑为最好兵器。

然而，兵器再好，也要靠人来使用。在战争中，人的智慧所起的作用是超越兵器本身的能量的。

事实上，楚王虽然得到了欧冶子铸造的三把宝剑，但楚王却不善于用人。原本为楚国名臣的伍子胥，因父兄被楚平王所杀，弃楚投吴，就是很好的例子。

话说从楚国而来的伍子胥为了替父兄报仇，立志兴兵伐楚。机缘巧合，伍子胥与孙武结识了。这孙武不是别人，就是著有《孙子兵法》，被后世人称为"兵圣"的那位了。

因为孙武的祖父、父亲都是齐国善于带兵作战的将领，所以，他从小就耳闻目睹了一些战争，从少年时代起，孙武在军事方面的才能就开始显现。

少年孙武生活的齐国，内部矛盾重重，危机四伏。孙武对这种内部斗争极其反感，不愿纠缠其中，萌发了远奔他乡、另谋出路去施展自己才能的念头。而这时南方的吴国自寿梦称王以来，联晋伐楚，国势强盛，很有新兴气象。孙武认定吴国是他理想的施展才能和实现抱负的地方。于是，正值十八岁青春年华的孙武，毅然告别齐国，长途跋涉，投奔吴国而来。

结识了伍子胥以后，孙武隐居吴国郊外一地，潜心研究兵法，终于写出了《孙子兵法》。

这时，吴王阖闾即位。

吴王阖闾是位能够礼贤下士的名主。他任用伍子胥等一批贤臣，在体恤民情，注重发展生产，积蓄粮食的同时，建筑城垣，训练军队，立志要使吴国更加强盛，继而向长江中游发展，灭楚称雄。

伍子胥常常与吴王阖闾论兵，因此借机向吴王推荐孙武之能，介绍孙武的兵法之威力。在伍子胥推荐中，吴王得知孙武是一位精通韬略，有鬼神不测之机，天地包藏之妙的神人。

对于孙武自著的《孙子兵法》，到底有多大用处，此前世人没有知道它的威力的，吴王也是将信将疑。伍子胥一次又一次地向吴王推荐孙武，先后共推荐了七次。最后，吴王便让伍子胥拜请孙武出山。

事实证明：得到了孙武为将，虽然不能说吴国就可以天下无敌了，但至少，此前无比强大的楚国，对于吴国来说，已经没有那么可怕了。

最后，吴国打败了原本强大的楚国。到吴王夫差即位后，吴国成就了春秋五霸之一的霸业。

那么，吴国强大了，做为吴王的夫差，当然就有各种需求了，而对于一把旷世无双宝剑的需求尤为强烈。

后世之人，都晓得春秋时的吴国，拥有高超的铸剑技术，干将、莫邪是当时吴国著名的冶金专家，制作的剑代表着当时兵器冶金的最高水平，尤其是著名的吴王夫差剑，锋锷犀利，千年不朽。

但是世人有所不知，这里边还有一段隐情。

吴王要铸宝剑，下面的大臣岂敢不全力以赴呢？因此，有人就想到了曾为赵王、楚王造剑的铸剑之父欧冶子。而此时，欧冶子已亡，欧家后人因为与被灭的楚王有瓜葛，自然也就息炉下山、埋名隐姓了。

但是，世界还是太小了，终于，孙武手下的一位副将找到了欧氏后人。欲请其出山，专为吴王铸剑。然而，欧冶子早已留有遗训，告诫后人不再以此业为生，方可保全。于是，欧氏后人坚持不出。

祖传的技艺是长在人的脑子中的，如果当事人不愿意，就是一个"威武不能屈"的事儿。还算这位副将头脑机灵，竟然想出一个方法——"换艺"。

所谓"换艺"，就是用一个无价之宝的技艺，交换另一个同样也是无价之宝的技艺。

这位副将，本是孙武的得力干将，多年跟随孙武南征北战，对《孙子兵法》虽然不能全盘领会，但也算是深得精髓。他曾帮助孙武往竹简上整理、刻录过兵法。

于是，他就地取竹，制作刻录下了一套《孙子兵法》的佚本。以此来交换欧家的铸造之法。

然而，这位副将是忠心耿耿之人。他交换的唯一条件，就是要求欧氏之人发誓：不能将《孙子兵法》为吴国的敌国所用，只能用以帮助吴国或孙氏后人。

可以说，这位副将的真诚之举感动了欧家人。欧家铸造技艺传人，也将铸造之技刻在竹简上，并亲自教授给副将具体的操作之法。而欧氏后人没有亲自去铸剑，也算是不违背先祖欧冶子之遗训了。

至于这位孙武的得力干将，是不是就是后人所熟悉的"干将"，史书没有记载，也不好妄加猜测了。

总之，有一点可以确认：夫差时期的吴国，军事是强大的，而留传于后世的宝剑也是千年不朽的。

"那么，欧家所得的《孙子兵法》后来怎么样了？放在了哪里？"

听师傅严肃地讲解了欧氏的这段传奇家史，周瑜忍不住追问了一句。

师傅欧翁又是目光如炬地盯视着周瑜说："你的胆量如何？怕猛虎吗？"

面对师傅的目光和询问，周瑜事实求是地回答："胆量不太高，力量也不十分大，但，相信我可以智取！"

对于周瑜的回答，师傅欧翁很是满意，他又如此这般地向周瑜面授机宜，然后，只听周瑜朗声向师傅保证道："师傅您请放心，徒儿明天就向百尺涯下的伏虎洞进发。"

伏虎洞取宝

此前，欧峰——百尺涯——伏虎洞，冶父山这几处，是师傅唯一没有亲自与周瑜同游的地方。

师傅领进门，修行在个人。周瑜如一只振翅欲飞的雏鹰，应当有这样的历练的。

伏虎洞取宝——这就是师傅给周瑜下的命令。

师傅在发出指令时，只是告诫他要有勇有谋，需要连闯三关，至于是什么关？如何闯？师傅闭口不谈。周瑜知道，这也是师傅对他的考验。他也知道：大丈夫要想做成一件事，哪儿能轻易得到呢？

原来，欧氏人自取得这套《孙子兵法》佚本之后，并没有向外扩散消息，他们知道如果这个秘密为外人所知，平静的生活又将会被打破了。因此，连同祖传的铸造之法一起，只是一代一代地传下来，秘密地保管着，一次也没有使用过。似乎这两件治国平天下的宝物，只是欧氏的图腾，被他们供奉着，仅仅是供奉着……

欧翁没有后人，不存在一旦宝物问世，将有可能会对他的后人产生不好的影响。最主要的是，欧翁隐隐地感觉到，违背先祖遗训和交换之约，而真正可以拥有这两件宝物的主人就要出现了。

因此，他指示他选定的传人——周瑜，去"取"宝。

既然是两件宝物，当然不会随随便便放在家中了。于是，欧氏的几代传人都选择了将宝物放在了冶父山百尺涯下的伏虎洞里。

无暇观美景的周瑜，离开欧峰，径直向冶父山巅东处的百尺涯而去。

好一个百尺涯，有诗云：

　　　崭崭百尺岩，天斧削玫瑰，举手隘乾坤，伸手扪星斗。

崖高百尺，宽数丈，石壁陡峭，十分险峻，却也极为壮观。

而距百尺涯约一百米处的铸剑池，在此清晰可见。

周瑜按照师傅告诉他的线路，沿着百尺涯西南的山巅，身体悬挂着攀岩牵藤而下。

眼看着就要到达伏虎洞口了，甚至周瑜都已经听到了虎啸声，可是再向下，却是光秃秃的岩石，片草不生，且石面光滑而平展，没有一丁点的抓手。若是平常的登山人到达此处，看此情形，听到虎啸，也早就打退堂鼓，折身返回了，可是，此时周瑜是身负使命的。他只能前进，不能后退。

那么，怎么办？

"瑜少爷，接住。"当周瑜悬在半空中进退两难时，突然，一根粗壮的千年老藤顺着光秃的岩石递到了周瑜面前。

周瑜抓住了老藤，然后，顺着老藤向上望去，周虎正张着嘴角冲他微笑呢。于是，周瑜抓着周虎牵着的藤，顺藤而下，很快，他就来到了一个朝阳的洞口。一阵山风吹来，虎啸声更加地响亮了。纵然是周瑜早有精神准备，还是吓得一哆嗦。他想：这应该就是伏虎洞了。

顿一顿神儿，周瑜细致地观察这个洞口，只见洞口外沿高有数尺，且洞前坡极陡，他沿着陡坡开始向洞内慢慢挪动脚步。可刚跨出几步，里面就变得相当低矮了，须弯腰才能入内。于是，周瑜弯腰低头向洞内探进。同时，周瑜机警地支起双耳，时刻准备应对可能发生的情况。洞并不长，深不满丈，大约走出二十步，周瑜就看到了洞底。

有光从洞口处映射进来，正好打到洞内，使洞内虽然不是十分明亮，但只要入洞稍微凝目片刻，洞内的一切便可一览无余了。

这是一个能容纳三五个人席地打座的山洞。洞底铺满了干枯的竹叶，踩在脚下松软无比。四下环顾，周瑜发现一个奇怪的现象：一截截显然是刀劈剑削而成的竹节，支撑着洞壁，使洞内仿佛成了一间竹屋。只见竹叶和竹节，不见老虎的影子，那么，老虎去哪儿了？周瑜前来取的两件宝物又在哪里呢？

周瑜遇到的第一关，就是如何到达没有外力可借助的洞口。这一难题，因为忠诚的周虎的帮助，他已经顺利地闯关成功了。

这第二关，当然是那只可怕的"老虎"了。

伏虎洞的虎啸可是方圆数里的人们都常常听到的。特别是夜黑风高的时候，虎啸声更吓人。但是，只闻虎啸声，却没有几个人真正地看到过这只啸声极高的"老虎"。

对这第二关，师傅点了周瑜一技。如果遇到"老虎"，只须用"虎啸"回应，让自己变成"老虎"的同类，"老虎"也就将侵犯者化敌为友了。

学老虎的叫声，这对于周瑜是最简单不过的事儿，因此，周瑜对闯此关，胸有成竹，胆量倍增。

说实话，在洞外闻听到那嗷嗷的虎啸声，周瑜也着实害怕。为了给自己壮胆，没等见着老虎，他就开始模仿虎啸了。天生对音律响声有超强模仿和辨识力的周瑜，在心里对自己说，长这么大，可能这一次，是他声音模仿到极致了。

那一刻，周瑜感觉自己真成了老虎，不仅仅是声音，连进洞的动作也有了虎行的感觉。进入洞内，哪里有传说中的老虎的影子？就连在外可闻的虎啸声，在洞内也几乎听不到了。周瑜不禁对自己的"草木皆兵"心生惭愧之意。

那么没有老虎，哪儿来的虎啸声呢？聪明的周瑜在查看伏虎洞的地形之后，终于明白了。伏虎洞口外沿宽阔，入口却窄，如一个天然的巨大喇叭。洞口面向西南，若逢西南风，风吹灌洞，声若虎啸，音传数里，也就不奇怪了。

当时周瑜心中暗称，这真可以说是"虎洞吟风"了。

不知道后世之人，是否也有过周瑜这样的经历，总之，不知从何时，这冶父山伏虎洞的"虎洞吟风"也成为一景了。

据传，后来这伏虎洞还真有了老虎。而且这老虎还很通人性，对一个偶入之人不伤害反而帮助他，这个人后来在冶父山南麓讲经布道，受戒千人。后来被人们称为"伏虎禅师"。"伏虎禅师"在山上建了一座伏虎寺，从此，冶父山逐渐发展成为了一座佛教圣山。

有诗为证：

古迹山深虎迹通，

法幢人静夜红灯，

支床睡破劳生梦，

不信因缘为远公。

当然，这些都是后话。周瑜取宝之时，这伏虎洞还仅仅是一处很少有外人光顾的藏宝洞而已。

对这第三关的设置，欧氏族人更是颇费了一番脑筋。

在冶父山地区，流传着这样一个民间传说。说是，如果患有腰痛病的人，只要进山入洞，采集附近山上的山竹，截成竹节，然后用竹节支撑着洞壁，腰痛就会立即痊愈。

欧氏族人正是利用这一说法，对藏宝的伏虎洞做了进一步的伪装。其实也就是遵循着顺其自然法则的一个妙招而已。

当时，虽然伏虎洞无路可通，又有虎啸吓人，能进入此洞者少之又少，但是，谁又能保证，没有那灵巧如猫的山人，或胆大不畏虎的猎人，或是其他什么人，机缘巧合地进入伏虎洞内呢？

那么，一旦有人进入，当他看到支撑洞壁的山竹，再想到那个妇孺皆知的传说，也就会将此洞当作一般的山洞了。最多只在松软的竹叶上暂作停留，或休息一下，待恢复体力之后，也就离洞而去了。

这一点，多少年来，已经被欧氏的守卫者们多次验证过了。

当然，对于周瑜来说，这已经不能称其为闯关。他只是按照师傅的提示，打开洞内一处隐蔽极好的机关，取出宝物即可了。

机关的开关就设在支撑洞壁的竹节上。

为了防止有人会误打误撞，触碰竹节，对于转动哪根竹节，如何转动？都有着繁琐的设置。大概就相当于现代人设置保险箱的密码吧！

周瑜在心里将师傅昨晚所授方法与口诀又默念了一遍。然后才依言而动。

只见周瑜站在洞中间竹叶之上，面洞口而立。首先向左跨出两步，抬头在洞壁最顶端可见三根竹节。他将中间一节正向转动三下，再反向转动二下。然后，停手转身，再将身体向前迈进四步，来到洞底部。面前洞壁上又参差错落着许多竹节，最上方又有三根竹节。他选取中间一节，又正向转动三下，再反向转动二下。

突然，周瑜感觉脚下似乎动了一下。于是，他俯下身，拨开脚下厚厚的竹叶，摸索着找到一个凹陷处，用力一按。一个石门徐徐地开启了，露出了两个油布包。

周瑜探身伸手拿出两个油布包，激动地放在竹叶之上。

啊！宝物终于取到了。

周瑜迫不及待打开一个油布包。里面是一堆竹简，竹简上的字迹清晰可辨，最上面一块竹简上右侧第一排，竖写着四个大字——铸造之法。

周瑜清楚，这就是师傅的传家之宝了。

周瑜怀着虔诚之心打开第二个油布包。里面也是一堆竹简，只是最上面单独放着一块，上面赫然只有几个大字——唯助吴国及孙氏方可用也。这当然就是记录《孙子兵法》佚本。

周瑜将《孙子兵法》佚本的油布包重新包好，仍然放回原处。

尽管周瑜出身士族，对兵书、兵法也极是喜欢，但是，他也是一位重守诚信之人。目前为止，他还不能达到使用此兵法的要求，因此，他克制着自己很想打开一读的念头。

妥善放好了《孙子兵法》，看看和此前他进来时已经没有什么两样了，周瑜才将包有欧氏铸造之法的布包背在身上，走出洞来。

伏虎洞外的虎啸声依旧响亮，但此时，周瑜的心境却大不一样了。没有了恐惧和紧张，取而代之的是一份沉甸甸的责任和取得了宝物的兴奋。

嗷——嗷——

一声惟妙惟肖的虎啸，在山林中响起，惊得鸟儿扑腾着翅膀，野兽撒开四蹄，向四处逃窜而去……

哈哈——哈哈——

周瑜开心地大笑，声音在山野中回荡着。

此时，周瑜只想快快回到师傅身边，再将师傅传给他的铸造之法深加研习，他想：欧氏铸造之法重出江湖的一天，就快要到了。

想至此，周瑜加快了返程的脚步。他走回到光秃秃的岩石边，那根让他顺势而下的老藤还在静静地等着。周瑜知道，在老藤的那一头，忠诚的兄弟周虎在静静地等着他。

不知道为什么？少年周瑜的心中，忽然地就一暖，他心想：有朋友，有兄弟的感觉真好！此时的少年周瑜还没有想到，一个可以让他温暖一辈子的朋友，就要出现了。

少年周瑜借藤顺势而上，三两下就回到了崖上。周虎见他的瑜少爷身背油布包而回，大功告成，很是高兴。又见瑜少爷头发的两只羊角髻上，挂着两片竹叶，周虎一笑，大哥哥般地伸手将竹叶摘了下来。

周虎本想再接过周瑜背的油布包，因为他见这油布包鼓鼓的，份量想必是不轻，但是，周瑜却拒绝了。周瑜拒绝的理由，不是怕周虎会夺他的宝贝。他知道周虎是怕他累着，想替他负重。但是他想：这才是由表及里的身背重托！这是做为大丈夫应该承受的磨难与担当。

想至此，周瑜挺了挺胸，一抹成熟的凝重，浮上了他稚气未脱的脸上。

"走吧！下山复命！"周瑜将油布包向上挎紧，又拍了拍周虎的肩头，率先向来路返回。

周虎快步跟上，仍然和来时一样，忠诚地追随，不离不弃，不远不近……

两少年结义

返回到百尺涯上的周瑜，不经意地向一百米处的铸剑池一瞥，他的目光立时就被吸引住了。这是为什么呢？他看到了什么？

他看到了一团紫气！看到了一股凌厉的剑光！

事实是，有一个紫衣男子，在铸剑池边辗转腾挪，轻盈地舞剑。

如被失了魔法一般，周瑜的脚步情不自禁地改变原有的方向，向那股紫气移动，不断地靠近，再靠近……

有那么一刻，一股不可抗拒的力量牵引着周瑜。如果没有周虎的及时提醒，周瑜真会从百尺涯飞身而下，直接奔向那团紫气。他绕涯急行，终于，来到了铸剑池边。正好那团舞动的紫气与剑光，也停了下来。

四目相对。这一刻，两个人，定定地凝视着……

这忽然的相视，彼此怎么那么亲切，那么熟悉，似乎他们早已注视了千年。

彼此没有任何言语，就那么四目相投中，彼此在对方的眼中读出了四个字：相见恨晚。

周瑜眼中看到的对方：

一身紫衣，一头黝黑茂密的头发上，也梳着两个羊角髻。一双浓黑的剑眉下，却有些不相称地长着一对水灵的杏子眼，让人感觉一不小心就会沦陷进去。而高挺的鼻子，厚薄适中的嘴唇又棱角分明，透着坚毅与果敢。

从外表看，他似乎也还未脱少年的稚气，但是，眼里不经意间表露出的精光却有相当的成熟度，让人凛然不敢蔑视。总之，全身掩饰不住地透出一股霸气。

而此时，他的整张脸上漾着令人目眩而又温暖的笑颜。

周瑜不知道对方眼中的他，是怎么样的？

只是这时，两人不约而同地双手相扣，深施一礼。

"孙策，字伯符，吴郡富春人。"

"周瑜，字公瑾，庐江郡舒城人。"

周瑜闻听，暗自想到：姓孙，又是吴郡人。不会这么巧吧？难道那套《孙子兵法》要面世了？想归想，周瑜知道事关重大，他不能自作主张的。此时，他只是为能遇到了一个相见恨晚的朋友而高兴。作为半个冶父山的主人，接下来，他当然得为这位朋友充当向导喽！

于是，两位英姿勃发的总角少年，他们携手同游，话人生理想，谈志向抱负，议时局形势……在许多方面，两个人的看法和见解竟然总是不谋而合，等到两人游到百尺涯上时，都感觉今生不能成为好朋友、好兄弟，真是最大的遗憾了。于是，不约而同地萌生了结拜之意。

结拜为兄弟，当然得交换各自的生辰八字了。互相一报生日，这才发现，世上真有这么巧的事儿，原来两人竟然是同年所生，只是孙策比周瑜大了一个多月。

孙策为兄，周瑜为弟。为兄者，英俊而霸气，为弟者，儒雅而俊逸。兄弟两人真是相得益彰，道不尽的惺惺相惜。

孙策与周瑜都是喜欢读书，爱好兵法的少年郎，当然对于自秦汉以来，异姓兄弟间的歃血盟誓之举有所了解。

　　秦汉以来，"歃血结盟"，有的是以国家和集体的名义实行的政治行为；有的是以个人名义履行邦国的盟约；有的是为了取得共同的利益而结拜的个人行为……然而，与这些带有功利性质的结盟相比，孙策与周瑜两人的结拜，要单纯一些。他们只是想用结拜为兄弟这一方式，来表达志趣相投的少年人的一种天性而已。

　　这是一种天生的缘份。

　　就像孙策和周瑜，本来是没有任何交集的两个人，冥冥之中，却让他们在冶父山，在铸剑池，相遇了。那么，接下来的事情，似乎也就顺理成章了。

　　孙策之所以能来到这冶父山中，与周瑜一样，也是受到了冶剑之父欧冶子的吸引而来。虽然，孙策所见到的只是铸造之所的一片废墟，但是因为结识了周瑜，让孙策感觉也不虚此行了。

　　择日不如撞日，两少年心神合一，也抵得上政治家们的歃血为盟了。于是，就在这"举手隘乾坤，伸手扪星斗"的百尺涯上，孙策与周瑜两人，双膝跪地，双掌互握，面对着苍茫的天地，异口同声地发出了真挚的誓言：

　　"不求同年同月生，但求永世为兄弟！"

　　事情其实就这么简单，两位相见恨晚的兄弟也就是这么任性！天地见证了这两位少年的结义。让世人羡慕和津津乐道的总角之好，就此礼成。

　　后来的事实证明，虽然两位异姓兄弟的结拜简单而随性，却让他们彼此温暖了一辈子，并且演义了一段不朽的人间传奇。

　　不知不觉，已尽黄昏。周瑜才感觉肚子有些饿了。本想请兄长一起前往师傅欧翁的茅屋小住，兄弟把酒再叙谈心曲。可是只听孙策说道："为兄乃是家中长子，家父常年在外为国奔忙，家中尚有老母和弱弟，不便留宿在外。"

周瑜听了孙策的话后，理解其孝心，懂得其为人，因此，也更加敬重孙策。

兄弟两人互相详细说明了家中地址，相约一有时间，一定要到彼此家中拜访，再叙兄弟情谊。

兄弟挥泪拥抱拜别。

周瑜目送着孙策向南下山而去，看到等在一旁的家丁、仆人紧紧地跟随着兄长，为兄长担着的心稍稍放下一些。直到目光所视之处，已不见了兄长影子，而眼见着太阳就要落到山后面去了，周瑜这才向东而行，回到了竹林中的茅屋。

周瑜当然想迫不及待地向师傅汇报今天任务的完成情况和他的奇遇了。

他来到师傅面前，刚要开口，师傅欧翁抬手示意他不急，饿了一天了，等吃过饭再说吧！正好周虎也将饭菜准备好了。于是，师徒两人开始准备吃晚饭。

"哇噻——这么丰盛的晚餐啊！还有——酒啊！"当来到餐桌时，面对着满桌子的酒菜，周瑜恢复了小孩子的天性，发出一声惊叹。他看向周虎，眼视里带着疑惑。

"这是欧师傅备下的。"周虎明白瑜少爷眼中的问号，不用周瑜开口，他就回答到。

哈哈——，"难道今天不值得庆祝一下吗?"师傅欧翁也来到餐桌前，伴着其特有的爽朗笑声。

当然值得庆祝，而且，必须得庆祝。因为，今天对于这师徒两人来说，都是具有里程碑意义的一天。

今天对于欧翁来说，是他将家族的千斤重担移交传承之日。虽然他找到的传承人不姓欧，但这并不违背欧氏的祖训。相反，在这战火又燃的今天，冶剑之父的名号不应该再沉默了。

欧翁是为自己终获解脱而高兴。

今天对于周瑜来说，应该是他从总角少年迈向成年的分水岭，虽然，他的实际年龄还不足十四岁。

"好！师傅，徒儿先敬您一杯！"

这是一个星稀月明的满月之日。

好一对一老一少忘年的师徒！少敬老一杯，老劝少一口，这是不醉不停的节奏啊！

期间，一老一少两人，又轮流着抚琴弄曲祝酒兴，这忘情的琴曲，穿透静谧的夜空，打破了月夜的宁静……于是，酒醉了，曲醉了，人，也微醉了。

抚罢一曲，微醉中，周瑜向师傅和盘托出了与孙策的兄弟之盟。微醉中的欧翁，心里更加地透亮。他似乎早就料到了这一节，因此不慌不忙地又给周瑜下了一道指令："明天再进伏虎洞，是它该面世的时候了。"

周瑜当然明白师傅指的是什么？他更加佩服师傅真乃世外高人，茅庐之内，把酒之间，弄曲之时，仿佛世间事皆已洞察明了了。

其实，周瑜有所不知，做为一个身负两大法宝传家之责的欧翁，哪儿能是闭门不出，不问世事的闲散渔翁哦！

欧翁时刻关注着外面时局的发展变化，对那些近年来异常活跃的王侯将相之事倍加清楚。特别是，对吴郡富春人孙坚，欧翁的兴趣更浓。尤其是坊间都在传说，这孙坚乃孙武之后，又家居吴郡，欧翁岂能不关注呢？

因此，当周瑜向他说出了与孙策结义之事，欧翁就明白了一切，感慨说道："这真是天意啊！"

仨土墩鼎足

公元 189 年阳春三月，也就是汉灵帝中平六年三月。周瑜已长成十五岁的翩翩少年郎了。

时间过得真快啊！不知不觉间，周瑜离家已一年有余。期间，只是派仆人周虎回家报了平安，而他则跟随师父将欧氏铸剑之法、孙子兵法、音律琴技等尽数研习。

直到前两天，欧翁对他说："瑜儿，你已学有所成，是时候出山了。去找你那结义兄长去吧！"

因为那天，欧翁听说，汉灵皇帝驾崩了。

乱世出枭雄。欧翁预感到，新的比拼，已经不可避免了，而且残酷的血雨腥风将会从朝廷开始。派周瑜出山的同时，欧翁还给周瑜讲了他所了解的孙武之后——孙坚，也就是孙策之父的一些情况。

孙坚，字文台，乃为孙武子之后，世代为郡吏。孙氏历代祖先的坟墓都安葬在吴郡富春城东。有一年，孙氏墓地上竟然被五色云所笼罩着，光彩绵延数里。父老乡亲们很少见到这样奇异的现象，纷纷议论说，这不是寻常的云气，看来孙氏子孙必将兴旺了！不久，孙坚出生了。因为头角狰狞，状貌伟岸而取名为"坚"。长大成人后，即出任了县吏。

孙坚十七岁时的一天，与其父一起乘船外出，船行至钱塘江时，远远地看见有数十名海贼抢掠商人的财物后，在岸上分赃。孙坚见此景，就对父亲说要迅速打击海贼。父亲一听，赶紧摇头摆手，阻止孙坚不要轻举妄动。可是年轻气盛的孙坚已经拿着一柄大刀，将船划向岸边。待船靠近岸边时，孙坚纵身跃上岸去，口中大喊杀贼王，手中刀还东西指挥，像是在招呼人一样。海贼们正在分赃，没想到孙坚杀来，惊魂未定之时，以为孙坚挥刀在招呼官军，因此，当即抛弃钱物，分头窜散而去。孙坚不依不饶地持刀继续追击，挥刀剁死一贼，提着首级回到船上。

可以说，孙坚此举一战扬名郡县，也因此由郡守召为郡尉，后又升官为司马。又一年，会稽郡许昌父子造反，历时好几年无人能平定许家父子的反叛。又是孙坚招募勇士，会合州郡兵马，在阵前将许昌父子斩首。经刺史向朝廷上奏孙坚的功劳。虽然未能获得赏赐，但被任命当了三年县丞。后又官至长沙太守。

周瑜闻听师傅之言，这才确知结义兄长原为将门之后，崇拜之情更深一层了。而且，最让周瑜高兴的是"吴郡孙武之后"——这正符合欧氏当年"换艺"之约定。可以将凭生所学为义兄助力，又不违师命，这样一举两得的事情，不是一般的好，而是太好了！

这些日子以来，周瑜对两捆竹简上所刻录的铸造之法和兵法，已经烂熟于胸，因此，当周瑜临行之时，欧翁就当着周瑜的面，将两捆竹简付之一炬。从此，欧氏的祖传之法，只存在于周瑜的脑中、心中……而欧翁再不用为守护祖宗之法而劳心费力，大可以轻松自由之身笑傲天涯了。

　　临别的前晚，师徒两人在古琴前完成了最后一曲合奏。最后，师傅欧翁把他心爱的古琴，郑重交给徒弟，让周瑜将古琴一起带走。周瑜原本不想将师傅这最后的心爱之物带走的，无奈，师傅心意已定，再不会更改，周瑜也只好恭敬不如从命了。当接受古琴的那一刻，周瑜从师傅的眼神中读懂了，以后很难再与师傅相见了。

　　不是周瑜忘恩负义，而是周瑜知道，从此，冶父山中将不会再出现师傅的身影了……

　　天明，周瑜洒泪跪别师傅。师傅欧翁对周瑜说的最后一句话是："让世人只记住周公瑾就好。"

　　想必，这就是千百年来，为什么世人只知道周瑜是一位精通军事，又善音律的千古奇才，却没有人知道他师承来历的缘故吧！

　　一船两人，经居巢湖而入龙舒水，沿着来时的路，逆流而回。沿途的景物依然，而周瑜的心态与去时，是大不一样了。

　　日已偏西之时，周瑜弃舟登岸，再缓步前行约半个时辰左右，就看到位于舒城干汊河周家的炊烟了。家就在眼前了，周瑜让周虎先进门，他自己却选择一处高地，仔细勘察起地形来。此番勘察，已经不再是小孩子过家家，而是以军事家的眼光来排兵布阵了。

　　一番勘察之后，周瑜点点头，暗自对自己的先祖选择在此建宅设院心生佩服之意。周家的院落，南邻龙舒水，北依龙王垱，是一块靠山背水的风水宝地。而且，周宅所在的干汊河，是舒城去往西南大别山区的咽喉要道。

　　舒县附近丘陵起伏，地势险要。而位于舒县西南十公里处的周家宅院，因为地处镇落的近郊，自成一体并且空间广阔，为未来的扩建发展预留了相当大的拓展余地。这是最让周瑜高兴的了。他想，他得好好地重新规划一下子了。

想至此，周瑜快步走进家门，他得禀告父亲，然后尽快实施他的扩建计划。他回到家中，与父母、亲人叙谈别后离情自不必说了。父母对他这个儿子从来都是信任有加，他提出的计划怎么会不同意呢！

于是，从回家的第二天起，周瑜就指挥周虎等家丁开始了他的计划。人手不够时，又招募和雇用了一些人。总之，半年之后的深秋时节，一个可攻可守，可居住可屯兵的周家城垣建成了。

新建成的周家城垣，为正方形，四周用土夯筑城墙。城墙长宽各二百九十六米，高十米，东西南北各有一个相对称的宽六七米的城门。整个城垣占地面积为一百零四亩。高墙之内是平整的台地。靠南的一块高台地新建了一处独立的宅院，取名为南大宅，大概是日渐成年的周瑜为自己所建的别院吧。

城垣内一应生活设施齐全，建有兵营、养马场，开凿了饮用水井等。如有战事发生，退守在城内，即可坚持数月而无忧。而在城垣之外，在城墙四周还修有护城河，护城河边，柳林依依，竹林绵密。

一天，周瑜站在建成后的北面城墙之上，向西北方向登高远望，目之所及之处，就如一个摆在将帅面前的巨大沙盘，"咦，难道这就是传说中的天然练兵场吗？"

原来，周瑜极目远眺之时，惊奇地发现：城外大约还有三十余亩的开阔地。说是开阔地，但并不是十分的平坦，凸凹间，竟然看到有三个大土墩以鼎足之势，显现在面前。巨大的土墩将水稻田分割成一块块的，远远看上去有阡陌纵横之感。这水稻田当然也是属于周家的领地了。

更远处，还有一条蜿蜒的亮带环绕，如天然的护城河，守卫着周家的城垣，那就是舒县的母亲河——龙舒水。

此时，还是少年人的周瑜，还没有想到这样的一个天然形成的三个土墩鼎足的地势，对他来说意味着什么？他只是因为熟读了兵书，懂得了排兵布阵之法，所以，他想：待水稻收割之后的农闲时，在此驻扎水陆两军，练兵习武，操戈备战，定是一块不错之地了。

于是，一个更宏伟的筹建计划在周瑜的头脑中形成了。

就在周瑜在家中抓紧进行建设的时候，朝廷上却是争斗不休。

自公元 189 年 3 月，即汉灵帝中平六年 3 月，汉灵帝薨，东汉第十二位皇帝——少帝刘辩继位。到了公元 189 年 4 月，汉少帝改年号为光熹元年。

这时，有消息称：外戚何进密谋诛杀宦官失败被杀，汉少帝和陈留王被部分宦官胁持到洛阳市郊，其他宦官被袁绍等将领带领的士兵杀死。经过这一变故，到了公元 189 年 8 月，汉少帝又将年号改为昭宁。

然而，好景不长，这第二个年号昭宁，仅仅使用了不到两个月，到了公元 189 年的 9 月，有消息又传出，董卓进入了洛阳，将少帝刘辩给废了，而改立陈留王刘协当上了皇帝，是为汉献帝。

尽管对世人封锁了消息，但是人们心里明镜似的，被废的皇帝是没有别的出路的，只能是死路一条。事实也验证了人们的猜测是对的。

汉献帝刘协即位后，按惯例又改元为永汉元年。

被董卓推上皇帝宝座的汉献帝，其实就是一个傀儡皇帝。永汉元年 12 月，也就是公元 189 年的 12 月，汉献帝下诏废除了光熹、昭宁、永汉这三个年号，又恢复称公元 189 年为中平六年。一年之中有四个年号，也算是天下奇闻了。

公元 189 年，是多事之秋的一年。

这一年，对于周瑜来说，最大的变化，就是他已经由总角少年，成长为弱冠少年郎。虽然还不到行冠礼的年纪，但反映在头型上，也不再是梳着两个羊角髻了。只见这周瑜，神态从容不迫，举止文雅大方。整个风度气质，世人鲜有人可以比拟。

话说过了年以后，时光进入了公元 190 年的隧道。公元 190 年的元旦，东汉献帝也将年号改成了初平元年。而此时周瑜也更加关注和思念义兄孙策的近况。于是，料理好家中事物，即带上周虎，往吴郡富春而去……

南大宅拜母

天空一碧如洗，阳光明媚，鸟儿欢快地鸣叫，地面散落着被夜雨打落的树叶和花瓣，一片春意盎然。

这是汉献帝初平元年的早春时节，十六岁的英俊男子周瑜，又带着仆人周虎上路了。此时，他的心情与此刻的天气一样晴朗而明媚。心情好，脚步也轻快。只见他一边走，还一边打着口哨，与树上的鸟儿一起欢乐地鸣叫着。

周瑜主仆两人，在陆路上行不多时，就到达了有百十来户人家的干汉河镇。

这里离舒城只有大约五公里的路程，是舒城县城通往万佛山、万佛湖的第一门户。而周瑜知道，周家祖坟就在万佛湖大堤北岸的栲栳山上。

出干汉河来到北临巢湖，南近黄金水道长江的舒县县城。出了县城再向前行，仍是归属庐江郡的地界。

话说这庐江郡，境内西南部层峦叠嶂，杉竹荫荫，东北部沃野平畴，河网交错，中部丘陵起伏，沟渠纵横，黄陂湖注其间，通衢要道，畅达四方。并且，山不瘠，水不荒，四季分明，寒暑显著，阳光充足，雨量充沛，利于各种动植物生长繁殖，有松、杉、竹、果等七十多种林木。

可以说，庐江郡是内资陂泽富饶的渔米之乡、温泉之乡，又是外籍水路便捷的淮西之要邑、江北之名区。

周瑜沿官道而行，或舟楫，或车马，刚过了小桥曲水，又见些茂林修竹，偶尔还避过了打打杀杀之事。这一天，进入到了两山夹一江的吴郡富春地面上了。

吴郡富春，有天目山余脉绵亘西北，仙霞岭余脉蜿蜒东南，富春江西入东出，斜贯中部，素有"八山半水分半田"之称。

来到富春，周瑜才深切地体会到，义兄孙策一家是多么有名气。不用太过伤神，随意一打听，孙府的所在，就有人指点得清清楚楚，明明白白了。因此，周瑜顺利地找到义兄家的住址。

按着指引，到了孙府大门外。好家伙，虽然谈不上是深宅大院，却也是小有气派，特别是，门口竟然有兵士把守。

周瑜报了姓名之后，借兵士进去通禀之机，他就开始用内行的眼光，环顾起孙府住宅的周围形势来了。

从外观上看，孙府是一座中轴线分明的四合院落，且有围墙和廊屋将院落包围成一个封闭式的整体。建筑风格采用的是砖瓦、夯土和木架结构相结合的形式，屋檐为屋角反翘的结构，这是一种近年来流行的新式的建筑方法，是为了缓和屋溜与增加室内光线向上反曲而采取的一种方式。

总之，纵观孙府整个外观，给周瑜的感觉是实用而不张扬，古朴典雅而又不落俗套。从外观可窥全貌，周瑜想：内部的基本结构，想必也应该是四合式的，东西南北面的屋舍都是一堂两屋的结构了。

"瑜弟，真的是你啊！"周瑜正自出神，耳畔传来了一声久违而又热切的呼唤，只见孙策飞奔着从院内跑了出来。回想那一日偶遇和结拜，这一晃又是一年有余了。

互相打量之下，两个人都长高了、长壮了，但互相从彼此的眼神中，找到了不变的情意。是哦！一见如故的惺惺相惜兄弟之情意，比天高比海深呢！

孙策喊来管家安置好了周虎，就带着周瑜走进了东厢房左侧他自己的屋里。聪明如孙策，当然知道义弟周瑜心中的疑惑，不等发问，便说："家父回来了！"

这就难怪了。

自从结拜了义兄孙策，对义兄之父孙坚的一切，周瑜就更加地关注了。只是道听途说的印象，周瑜已经认定，义兄之父是个响当当的大英雄。

"最近朝中的局势很严峻，父母正在房中商议一些大事。"对义弟周瑜，孙策是毫无隐瞒的。

孙策的话，可以说是准确的内部消息，这让周瑜也紧张了起来。

世人只知道去年朝廷走马灯儿似的换年号，却鲜有人知道这其中的端倪。原来，自去年 9 月董卓入都城洛阳以来，竟然生出不少事端来。先是不断扩大自己的势力，遇有不服从的大臣动辄逮狱问罪，轻者割其首级，重者遭灭门大祸。当大权在握以后，董卓就找借口废长立幼了。

话说，9 月甲戌日，董卓来到崇德前殿，威胁少帝之母何太后，以少帝在为汉灵帝举丧其间不悲哀，没有行人子之礼，不宜为君等罪名，强行扶出少帝，解去了少帝的玺绶。可怜那何太后，也只有哭的份了。

随后董卓又当即命令尚书拟好册文，在朝廷上宣读。董卓以一个臣子，竟然敢颁布册文，此举，莫非他当自己是汉室的祖宗了不成？董卓用这个大逆不道的方式，将只有九岁的陈留王刘协推上了皇帝的宝座，不说文武百官了，就连刘协自己都感觉很不安。

董卓自封为相国，他之所以这么做，当然是为了一己之私，以便能挟天子以令诸侯。因此，当他得势之后，开始恋及财色，纵兵搜索豪富之家，见财便取，见色便虏，董卓此举号称为"搜牢"。洛阳城中的富豪之家很多，一经搜牢令下，都被害得是倾家荡产，就连床头的美人儿，也被掠入了相国府中，不知生死。甚至就连居于深宫的娇娇滴滴的公主，董卓也不放过，掠进府中，恣意蹂躏。

董卓逆恶昭彰，海内豪雄都想起兵讨伐董贼。其中渤海太守袁绍，招兵买马，讨伐董卓的意图最为明显。于是，各牧守相约设坛祭天，歃血为盟。做为长沙太守的孙坚，曾多次讨贼平叛，对他的功劳，朝廷都一一记录，并封孙坚为乌程侯。这次讨伐董贼，做为长沙太守兼乌程侯的孙坚肯定是责无旁贷的了。

早在中平三年，孙坚在车骑将军张温帐前效力时，董卓还是一个讨伐叛乱无功而返的中郎将，但却对张温傲慢无礼。孙坚从旁冷眼观察，看出了董卓的异心，因此，曾向张温列举了董卓的三大罪过。尽管当时张温没有采纳孙坚的意见，让董卓逃过了一劫，但孙坚还是被授予了议郎的官职，所以说，孙坚也算是和董卓结下仇了。

知道董卓是一个量小而又睚眦必报的人，对反对他的人，动辄就杀头灭九族的。为了免除后顾之忧，在起兵之前，孙坚念及家小，因此，飞马回乡，紧急与夫人协商对策。

也就是在这时，周瑜来到了义兄孙策的家。听了义兄此言，周瑜也替义兄一家担起心来。突然，急中生智，灵光一闪，于是便言道："可不可以请伯母大人迁居舒县呢？"

周瑜一五一十地将自家的居住环境与周边情况，详细地说给孙策。孙策一听真是个好办法。于是将周瑜带到父母面前，并讲了义弟周瑜的方案。

话说这孙策之母，可不是一般的女人。她出生在东汉的吴郡首府、江东第一大城市吴县，娘家姓吴，属于次等士族人家。出身寒门的孙坚听说了她的才貌出众，于是想娶她为妻。可是她的亲戚们认为孙坚轻浮狡诈，不同意这门婚事，这件事让孙坚很难堪。而孙母当即清醒地对自己的婚事做了预判之后，说服了亲戚们，答应了孙坚的求婚。于是，她就成了吴夫人。

吴夫人生有四子一女。虽然她自己没有做过惊天动地的伟业，但是在东汉末期的动乱年代里，作为一方军阀的孙坚，往往是常年征战在沙场上的，而抚养、教育儿女的重任，也就落到了吴夫人的身上。而吴夫人教育儿女也很有办法，总是宽容、诱导，谆谆教诲，让儿女自己领悟，明辨是非。

吴夫人早就听长子孙策念叨过周瑜这个结义兄弟，如今一见周瑜，自是非常喜欢，只听她说道："瑜儿，这个方法好是好，但是会不会太打扰了啊？"

周瑜一听，赶紧回答："伯母，这怎么能是打扰哦，能够为兄长做点事，并且还能和兄长朝夕相处，这是我求之不得的事啊！"

话说周瑜又拜见了伯父孙坚。家中堂上的孙坚，虽然也是正襟危坐，不苟言笑，但还是相当慈祥的，与周瑜印象中的威严的大将军，还是有一定差别的。此时孙坚听了夫人与周瑜的对话，又用锐利的眼神扫了一下大家，站起身，走到长子孙策身边，拍拍儿子的肩头，声调沉稳地开了口："策儿，你已经长大了，家中的重担，为父我就交到你肩上喽！"

"请父亲放心，孩儿一定会照顾好母亲和弟妹们！"孙策挺了挺胸，郑重地回答着，他知道，父母双亲这是都同意迁居舒县了。"咱们什么时候动身？"孙策又请示道。"越快越好，免得夜长梦多。"孙坚答道。

听到父亲的指示，突然之间，孙策感觉自己已经是成人了，虽然此时他还只有十六岁。于是，孙策带着义弟周瑜，开始张罗搬迁的事儿去了。

且不说孙坚安排好家中事务，径直带兵士连夜返回任上。只说汉献帝初平元年的一天，孙策留下平素忠诚的仆人看家护院，然后，在周瑜的陪同下，护着母亲和弟妹，只带着少量的金银细软，悄悄地离开了吴郡富春的家。

孙策一行并不张扬，虽有奔波之苦，但却一路顺利到达了舒县周瑜的家。周瑜父母都是本分老实得不见经传的人，周家一切都由周瑜做主的，因此，孙策一家进了周家城垣之后，周瑜径直把义兄孙策一家安顿在他新建的南大宅里住下。在南大宅里，周瑜将义兄之母当做自己母亲一样对待，朝夕拜见。

与孙策分别

孙策和周瑜就这样，在舒县开始了兄弟携手同行的日子。

许多的时候，周瑜的书房，成了兄弟两人谈古论今、研习兵法的学堂。兄弟两谈人生、谈志向，也谈那些渐行渐远的帝王将相。

孙策最欣赏春秋时越王勾践。越王虽曾战败，但他在为吴所执时，仍然能够置苦胆于坐，饮食尝之，这种不忘会稽败辱之耻的坚强与执着，很是令孙策敬佩。"越王能做到的，我为什么不能？"孙策时常这样对周瑜和自己说。做为孙武子之后，做为吴人，想必在孙策的心中，早就萌生了越王的那种鸿鹄之志了吧！

而周瑜，从得到了师传的孙子兵法的那一刻起，就将孙武拜为了先师。让孙子兵法之妙为孙氏所用，让自己所学能一展风采，是他此生最大的抱负和追求。只是，他此时还不知道自己的能量有多大。他不是一个自高、自傲、自吹、自擂的人，因此，只是毫无保留地与义兄研习兵法，并没有说破这一细节之事。

周瑜没说破是对的，这样，兄弟之间浓浓的情意，就显得更纯、更清、更天然、更无拘束了。

时常，兄弟两人谈得兴起，直到月上柳梢头了，方才想到夜已深，天已晚了，索性，两人就同塌而眠。躺在床上，还在说，直到困意袭来，说着说着两人都沉沉地睡着了。在睡梦中，两人都还带着笑意，也许睡梦中，兄弟两人也在兴奋地交流着呢！

更多的时候，兄弟两人结伴外出同游。

话说此时的周瑜与孙策两人，在穿着打扮上，一样的由青丝带编织的纶巾束于头上，一样的宽衣大袖的普通单复衣。虽然家资富足，但两人一样的简单和善，不喜张扬。唯一不同的，就是体现在穿衣的颜色上。

时人着衣的种类较多，大致有单衣、复衣、襦、衫、扭褐、褚、辛圭、褶、裘等。其中单衣、复衣指衣的厚薄，可合称为单复。而大多数人喜欢以长衣为主。贫寒人家会省去单复的修饰，只著短衣。襦为短衣一种，质地不佳者则称为很褐。妇人衣多艳丽，男子着绢衣，则会被看作是轻浮的人。此外，衣的颜色又可以用来区分人物的身份。

周瑜性喜白色。虽然和南来北往的富商撞色了，但儒雅俊逸、知书达礼的他，骨子中就透着飘逸的天性，和一般的富商竟有天渊之别。

孙策性喜紫色。高贵、成熟，且透着掩饰不住的霸王之气。他好说笑，性情豁达，也愿意倾听别人的意见，擅长用人，只要见过他的士民，都愿意为他以死尽忠。

这样两位俊秀少年郎携手同游，尽管他们不愿意张扬，尽量低调行事，但是，他们身上那种强大的磁场，使社会上很多的士大夫不由自主地被吸引，心甘情愿地围拢在他们的身前左右。这其中不乏隐居多年的，文武双全的高人名士。似乎，人们已经忘记了他们所崇拜的两个人，其实还是两位未成年的弱冠少年，归附之心溢于言表。

一时之间，孙策和周瑜，在这江、淮间，想不出名都难啊！只是，为了母亲及弱弟们的安全，孙策向众人刻意隐瞒了其为孙坚之子这一细节。

就这样，在四通八达交通便利的舒县，周瑜和孙策结交了一些朋友，为以后的发展奠定了一定的基础。

期间，朝中之事，各地战事，因与命运是息息相关的，所以不能不关注。

最大的一件事，莫过于——"迁都"。当然，所有人都清楚，这"迁都"的幕后操纵者肯定是董卓了。

整个朝廷文武百官，加上洛阳数百万人民，都被董卓强迫着向西迁至长安。豪家富室的人家，总得有若干财产，匆忙之间来不及搬迁，就被董卓定了一个违抗命令，大逆不道之罪，派官吏抓拿收捕，进而斩首示众，并将财产没收，充作军资。可怜那些官民人等，只能弃其田园庐舍，只带些许细软物件，扶老携幼，随着献帝车驾仓皇前行。昔日的洛阳人，不论贫富贵贱，都被害得颠沛流离，饥苦冻馁，甚至饿莩载道，暴骨盈途。

皇帝、文武百官、数百万人民都被以"迁都"之名赶出了洛阳，董卓却拥兵住进了洛阳城。这还不算完，他还下令让军士纵火，烧毁了宫庙民居，洛阳城二百里内，火光冲天，统成赤地，鸡犬不留。人们不禁要问了：于己无益的事，董卓何苦要这么做呢，难道他是疯了不成？

董卓真是疯了。

更让人不能容忍的是，董卓竟然连刨坟掘墓的事也干了。不仅挖掘了汉室皇帝的诸多陵寝，还将公卿以下的坟墓尽数掘开，收取珍宝，充入私囊。董卓如此"作"，真是让活人没法活，死人也不消停啊！董卓如此冒天下之大不韪，直惹得天怒人怨，不诛锄董卓这个首恶，天理难容。

然而，董卓拥兵自重，挟天子以令诸侯，也不是那么容易对付的。慢慢地，歃血盟誓的如袁绍之流，始终不进，渐至兵疲粮尽，陆续解散了。所有起兵反董卓的各郡守中，除了曹操，最坚定的就数孙策之父，长沙太守孙坚了。

孙坚豪气逼人，自荆州至南阳，有众数万。孙坚在南阳制服了不肯借粮的太守张咨，收服了他的人马，取得了军粮，然后到鲁阳城与袁术相见。袁术为了表扬孙坚的功劳，称孙坚为"破虏将军"，于是孙坚就有了一个响当当的名号——孙破虏。

不断有战报暗自传来，闻听父亲三战三克，孙策为之振奋，周瑜也跟着高兴，唯独策母吴夫人不喜反忧。孙策不解母亲其意，便向母亲提出了疑问，吴夫人回答道："乱世之时，树大招风啊！"

这样，不知不觉地又过了一年。转眼到了公元191年，也就是汉献帝初平二年。此时，孙策和周瑜都已经是十七岁英俊小生了。

一天，正在外面交友的兄弟俩，被吴夫人派出的家仆找到，让他们赶紧回家。孙、周二兄弟闻听母亲有事，不敢怠慢，急速返回。

进了南大宅，周瑜就感到气氛有些不对劲儿，而且家里似乎还来了一些生面孔，但见孙策脚步急急地奔进母亲的房中，他也无法细问。到了吴夫人的卧室门口，周瑜正考虑着是跟着义兄进去，还是留在外面等候的功夫，猛然听到义兄孙策一声低沉的嚎啕，虽然他不清楚具体发生了什么，但想，能让义兄如此悲伤之事，肯定是大事。

少顷，待吴夫人房中的孙策的悲声弱了一些之后，只听得吴夫人在屋内说："瑜儿，你请进来吧！"吴夫人知道长子和周瑜是形影不离的，这会儿周瑜一定是守在外面的。

周瑜闻言，立刻推门进堂屋，但没看到人，就再走进内室。只见吴夫人端坐在床塌旁，孙策跪伏在母亲的怀中呜咽。

"瑜儿，这一年多来，真是让你费心了啊！"看见周瑜进来，吴夫人一边用手抚慰着长子的头，一边对周瑜开了口。这一年多来，周瑜已经将吴夫人当成了自己的母亲一样，吴夫人也待他同孙策一般。这会儿吴夫人这般客气地和他说话，周瑜知道，肯定是有下文的了。

果然，只听吴夫人接着说："策儿的父亲，他，他——，他已经阵亡了！"

听到了义兄的恸哭，周瑜已经猜到了此节，但他没敢往下想，如今吴夫人的话证实了他的猜想，也不禁痛哭失声。义兄之父就是他的父亲啊！怎么会这样呢？

原来，此前战功赫赫的孙坚所向披靡，袁术就派孙坚征讨荆州，抗击刘表。刘表派黄祖在樊县、邓县之间迎击他。孙坚击破了他们，渡过了汉水，包围了襄阳。也怪孙坚艺高人胆大，独自骑马在岘山行走，遭到黄祖的伏击，被黄祖的士兵射杀身亡。孙坚死后，自有孙坚身边的忠诚将士，携带着孙坚在此前战中获得的传国玉玺，飞马来到舒县，找到吴夫人报知了此事。这位将士等来人，就是周瑜刚回时见到的一些生面孔了。

不知过了多时，孙策止住哭声，从母亲怀中抬起头，挺起腰，站了起来。此番站起来的孙策，已经不再是少年公子，而是肩负重任的少将军了。

孙策打点行装，偕着老母及家人，告别义弟周瑜，为父奔丧，迎榇东归。

这是孙策周瑜两兄弟相聚后的第一次离别。本来，周瑜也请求随同前往的，因为周瑜也有一大家子要照顾，孙策拒绝了。于是，兄弟两人相约，随时听候对方的召唤……

第二章
顾曲江淮，揉不进音律的沙子

什么是音律？

音律是中国古代关于音乐和其权衡事物的一门学说，并且，人们普遍地认为音律是万事万物的根本。

古代的音律分为五音和十二律。这里面有很多学问和说道。

五音为宫、商、角、徵、羽，对应的为喉、齿、牙、舌、唇五声，和土、金、木、火、水五行。

十二律中又分阴阳，以黄钟、太簇、姑洗、蕤宾、夷则、无射为阳，称六律；以林种、南吕、应种、大吕、夹钟、仲吕为阴，称六吕。两者合称为十二律。

由于音律与一年中的月分恰好都是十二个，于是，在中国上古时代，人们便把十二律和十二月联系起来了。《礼记·月令》上就有这样的记载。

据古书记载：说古人在十二律管中放入芦苇薄膜烧成的灰，然后将律管放在密室或者埋入地下，到了相应的节气（严格说是十二气）相应律管中的灰就会飞出来，以此来测月。此法即为"吹灰之法"。

无论如何，从古至今，音律都是可以称得上是高雅而又美妙的东西，令无数俊男靓女为之而倾倒。

据《三国志》记载，周瑜年少时精通音律，即使在喝了三盅酒以后，弹奏者只要有一丁点的差错，他都能觉察到，并立即会扭头去看那个出错者。所以当时流传着的一首歌谣中唱到："曲有误，周郎顾。"

对于周瑜来说，他完全是出于对音律的挚爱，属于眼睛里揉不进一粒沙子的那种了。

可是，听者无意弹者却是有心。由于周郎相貌英俊，酒酣后更是别有一番风姿。弹奏者又多为女子，这些女子为了博得周瑜多看一眼，往往竟然故意将曲谱弹错了。

"周郎顾曲"，难怪唐人李端借用这个典故，写了"听筝"五绝，有诗赞道："鸣筝金粟柱，素手玉房前。欲得周郎顾，时时误拂弦。"把一个弹筝女子，为了博得意中人的眷顾而故意误拂弦的神态，写得是饶有情趣。

这样，"周郎顾曲"也便成了世人津津乐道的千古佳话了。

汉朝官二代

话说孙策因父孙坚去世，而偕母及全家离开了舒县，离开了周瑜。先暂且不说孙策如何历尽艰难子承父业，就说说周瑜在家乡是怎么度过的吧！

春夏之交的一天，傍晚，夕阳的最后一抹余辉即将隐去，此时，从外面归来的周瑜，见父亲书房的门大开着。父亲的书房坐东朝西，夕阳穿透门窗，使书房中的一切被照得红彤彤、亮亮堂堂的。他从敞开的门向里面看了一眼，正好看到父亲在书桌前读书。

周瑜信步向书房走来。夕阳将他的身影拉得很长很长，使得他人还未到门口，影子却已经伸进屋了。待他行至门口时，夕阳也正好落下了。没有了光亮，父亲才从书中抬起头，正好看到儿子似一堵墙似地挡在了门口。

"噢——，瑜儿啊！又去哪里神游喽？"父亲说着话，欲起身想去掌灯，周瑜见状，快步进屋奔向灯台处，将油灯点亮了。

周瑜的父亲名为周异。

在周瑜的记忆里，父亲永远是那样的超然达观，永远是一副与世无争的样子，和他在外面看到的很多文人墨客一样，推崇平淡的生活方式，不愿与世俗同流合污，同时也在消极的回避矛盾。

但周瑜知道，其实父亲并不是一般的文人，父亲是当过官的，虽说只是县令，但父亲担任的都城洛阳的县令，这可就不一般了。

"父亲，洛阳令是什么样的官啊？"周瑜曾天真地问。

周异没有直接回答儿子的提问，却给儿子讲了一个故事。

话说光武皇帝有一个姐姐，叫湖阳公主。光武帝建武十九年，即公元43年的一天，湖阳公主的府中有一个男仆，仗势杀死了人。杀人后，这个男仆就藏进了主人府中。被害人家属就将这桩命案告到了洛阳县令大堂上。时任京都洛阳令的是董宣。

董宣县令升堂一听，人命关天，这还了得。于是，董宣设计把那个杀人犯从湖阳公主府抓了出来，并当着湖阳公主的面，把杀人犯斩首处决了。湖阳公主当然没面子了，就到光武帝前告状。光武帝大怒，就召来董宣，准备下令处死董宣。董宣对此毫不畏惧，反问皇帝是要天下还是要包庇杀人犯？光武帝一听，无言以对，只得放了董宣。

然而湖阳公主仍然不依啊，闹得光武帝也下不了台，无奈之下，光武帝只得命董宣向湖阳公主叩头认错。不料，这董宣更是个拧人，只见他两手撑住地面，左右侍臣强按他的头，他硬是不肯叩头，连皇帝的面子也不给。光武帝没奈何了，只得训斥董宣："强项令出！"

强项，即颈项强直不曲。皇帝此言，实际上是宣布董宣无罪，并且还给以赞美之词。事后，光武帝还发给董宣不少赏赐。董宣把赏赐都分给了下属。

有了这一个先例，从此洛阳境内的皇亲国戚及豪强，再也不敢肆意横行，无法无天了。

洛阳令董宣能连皇帝的面子都不给，还让皇帝给出了一个"强项令"，这一来充分说明了洛阳令的位高权重，但同时，也说明董宣是幸运的，遇到了汉武帝这个开明的好皇帝。自古因得罪权贵而被无辜罢官杀头的官员，真是数也数不清啊！

虽然周异没和儿子说自己这个洛阳令当得如何？有没有遇到过他的前辈董宣那种境遇？但有一点是确信无疑的：皇城根下的官不好当啊！

难怪，每当周瑜问这个话题时，周异总会先说上一句："总有浮云遮望眼啊！"

从少时在父亲的书房读的古书中，从大人们的谈论中，周瑜知道，这"浮云"两字，并不简单地说的是天上的云彩。似乎从前汉开始，人们就常把"浮云"比喻为那些奸邪小人。从父亲的话语中，周瑜听出了父亲的无奈与叹息。

周瑜理解，其实父亲远不是表面上表现出来的那样无为，只是总有浮云障日，贤臣的光亮反而被遮挡住了而已。

虽然在仕途上因不得志，而变得淡泊无为，但是每当向儿子讲起家史，谈及周氏家族的祖先，周异表现得却是无比的自豪和津津乐道。

此时，太阳落入了山后，连最后一丝余光也不见了。周瑜点上灯，父子俩就在灯前，交谈起来。

"瑜儿，最近外面又有些什么传闻啊？"周异整天闭门读书，两耳不闻窗外事，他习惯于从儿子那儿了解近期外面的世界。

"父亲，孩儿今天在外听说袁绍、袁术势头很猛。坊间都在传说，袁氏家族乃四世三公之家，两兄弟都快牛上天了，据说很多人趋之若鹜地争相投奔他们呢！"周瑜一五一十地向父亲转达着外面的传闻。

"哦——，一个人的出身很重要吗？靠祖上的显赫而不可一世的人，终究是一个很肤浅的、难成大器的人啊！"然后，话锋一转，周异又说："若论起来，咱们家的祖上会比袁氏差吗？"

不知道为什么？周瑜感觉到父亲今天与往常比有些激动，不待周瑜提问，父亲就滔滔不绝地给他讲起了家史、国史和为官之道来了。

周氏一族，本为名门旺族，远的不说了，仅仅由汉以来，周氏家族就曾经有两代人出任过朝廷要职——太尉。

太尉一职始于秦朝时期，秦王嬴政登基以后设立了三公九卿。三公即：丞相、御史大夫及太尉，分别负责辅政、监察及治军领兵之职。但是，秦朝并没有设置太尉的具体人选，也就是形同虚设。

汉承秦制。西汉时期中央和地方各级官吏的名称基本沿用了秦朝的制度。但与秦朝不同的是，在皇帝之下设立了三套平行的官僚体系，分别为丞相率领的外朝官、大将军率领的内朝官、处理皇帝与皇族私人事务的宫廷官。而其中外朝官是西汉中央政府的最高行政权力控制者，由丞相、太尉、御史大夫三人分掌，其下分设九卿、列卿等。

到了东汉时期，以太尉、司徒、司空为三公，太尉管军事，司徒管民政，司空管监察，分别开府，置僚佐。但实际上，东汉时期，实权已转移到尚书台，太尉实为丞相，与西汉早期掌武事的太尉名称虽然相同，而实际上是有差异的。东汉政务归尚书，尚书令成为对皇帝负责，总揽一切政令的首脑。

带兵打仗的官并不是好当的，或立或废并不完全取决于自身修养水平的高低，而是时刻与国家的政治形势联系在一起。

治国则先治军。太尉作为最高武职，除了评定全国武官的功绩高下，作为武官升降的依据之外，就是皇帝的最高军事顾问了。而本朝的军队是由各将军、校尉统领的，太尉是不能直接指挥军队的。

"袁家不过四世三公而已，你看看咱们家吧！"周异向儿子详细介绍了太尉等职务的权力与职责之后，又接着讲。

周瑜的从高祖父周荣，在汉章帝、汉和帝二帝时任尚书令。周瑜的从曾祖父周兴，在汉安帝时任尚书郎。

从祖父周景，少以廉洁能干见称，初被察为孝廉，辟公府。之后又当上了豫州刺史。彼时，正是陈番等一些党人雄起之时，包括汝南陈蕃、颍川李膺、荀琨、杜密等一干党人最高领袖，都可以称为周景的门生，而周景在士大夫阶层的影响力更大。因此，可以说，周景这个太尉的份量还是很足的。

况且过不多时，周景就因功受赏，升职当上了尚书令，随后又升任了太尉之职。而且，周景之子周忠，也就是周瑜的堂叔，也子承父业官至太尉。

"还有就是你的另一位叔伯周尚，目前正在处于上升的趋势。算起来，我们周氏一族，就数为父我只当了个不太称职的洛阳令，算是最无能的了啊！"

周异说到最后，用略有些自责的语气对自己做了一个小结，同时，也结束了他对周瑜说的话。

看着忽明忽暗跳动着的灯芯，再看看此刻再次陷入沉默中的父亲，周瑜也想了很多，很多……

周瑜想：周氏族人们的显赫地位，父亲之前从来没有这么详细地说过。可见，父亲对他是寄予厚望的。

周瑜也理解父亲，此前，父亲之所以不愿意提及家世，一来父亲本就是个低调做人的人；二来父亲不想让自己的儿子有娇骄二气，踩在前人的功劳薄上沾沾自喜。大丈夫想顶天立地，名垂千古，那得靠自己的本事。

还有另一层意思，周异还没有想好应该不应该对儿子讲，因为他自己本身一直在做着激烈的思想斗争，心里也一直是矛盾的——为官还是为民。

为官之道太过艰险，为民之路却是潇洒自由。看着越发风流俊逸的儿子，周异是真不想让儿子走上为官的艰险之路，但是，做为出身士族的子弟，周异又不甘心让自己一门从此在仕途上销声匿迹。因此，周异很纠结！

如此，可以说，周瑜是不折不扣的汉朝官二代。

顾曲误拂琴

又是一个黄昏时分，从外面归来的周瑜，没有往常那么兴奋，而是默默地走进自己的房间。继而，坐在了那把欧师傅送给他的古琴前，低头看琴，神情有些暗然神伤。旋即，他又将双手平展，置于琴弦之上，无声地抚摸着，抚摸着……突然，他手指弯曲，有了动作。只见他悠悠然地轻勾慢抹，于是，低沉哀怨，如泣如诉的琴声就慢慢地响起来，像一个失去了亲人的孤儿，在诉说着思念。

琴弦低声细语地倾诉着，有泪水汩汩地从眼角流下来。周瑜闭着眼睛，任手指随意的拨动。琴声，一会儿如河水般地潺潺轻语，一会儿又似潮水般地奔腾而出，在空中飘呀，飘呀……沿着龙舒水，飘向居巢湖，再飘到了那竹林内的茅屋，茅屋四周的天地万籁都发出了和谐的鸣唱。

突然，鸣唱停止了，茅屋也不见了，只留下满眼燃烧的灰烬。而在不远的竹林深处，新添了一座坟。

话说自从中平六年三月的那一日，周瑜拜别师傅欧翁下山之后，偶有闲暇，周瑜就去看望师傅。不巧的是，每次师傅都没在家。但见茅屋的门虽然紧闭，却并没有上锁，周瑜想师傅定不会走远。于是，他就在茅屋中等。可是，等了二日，也不见师傅归来，他只好先行回去了。

这一天，他又来看望师傅，远远地，他就看见茅屋的门开着，他不禁喜出望外，"啊！师傅在家呢。"待快步奔进茅屋，眼前的一切，让他的心一下子以收紧了。因为，师傅确实在家，但他所看见的师傅，哪里还是那位精神矍铄的老人啊！师傅躺在床上，已经气若游丝。

见此，周瑜快步奔至师傅床前，"师傅——师傅，瑜儿来看您了。"

"火，火——剑，剑——琴，琴——"见到周瑜进来，师傅嘴角颤动，断断续续，似乎拼尽全力说出了这几个字。

可能因为用力说话的缘故，毫无血色的脸上，露出了一抹红晕。咳——咳——，也可能是因为说话太急，师傅开始剧烈地咳嗽起来。师傅抬起右手，似乎想用手去捶胸。这时，周瑜才发现师傅手里有一件火镰，头边还放着一坛老酒……隐隐地，周瑜似乎明白了师傅的用意，他鼻子一酸，悲声喊出："师傅，瑜儿不孝啊！"

是的，周瑜猜想得没错，无儿无女，无牵无挂的欧师傅，知道自己时日不多了，他想最后用火将自己在尘世的一切，包括肉身，都化成灰烬，那样，他就真的与天地同在了。

其实，周瑜有所不知，以往每次周瑜回来，欧翁不是每次都不在家的，只是他不想让自己成为周瑜的负担。试想，如果周瑜看到他病入膏肓的样子，怎么会将他一个人抛下呢？带他走吧？他故土难离，他是属于冶父山的，他不会离开的。在冶父山的茅屋里一直照顾他吧？周瑜还肩负着中兴周家和完成欧家祖训的责任呢！

"不能让瑜儿分心，不能成为瑜儿的累赘。"这是他自从送周瑜出师就已经打好了的主意。

也许这师徒两人真是心有灵犀的。最近几日，周瑜一直心绪不宁的，总觉得有什么事要发生，夜间还多次梦到与师傅一起抚琴弄曲。所以，这一日，周瑜推掉了几位朋友邀他一起游江南之约，而是折转船头，沿着几年前的寻剑之路，来了冶父山，来看他的恩师。假如周瑜晚来半日，那么恩师真的就将与茅屋一起在这个世界上消失了。

看着病重的恩师，周瑜心如刀绞。一定要救师傅。周瑜飞跑到渡口，告诉等候在船上的仆人，快速去找来几位名医为师傅诊治。本来，周瑜要亲自去的，但他考虑此刻师傅的身边最需要他的守护。

自从周瑜到来之后，欧师傅只对周瑜说了火、剑、琴，然后就一直处于昏迷状态中。看现在师傅的状况，比他刚进来时，呼吸平和了很多，也不再咳嗽了，就似睡着了一样。也许，欧师傅这是看到周瑜的到来，对自己的身后事已经完全放心了。

周瑜是最懂师傅心的人，师徒的沟通本就不需要语言，此刻更是无从谈起，用音律沟通就好。那就吹奏一曲吧，于是，周瑜伸手到窗外摘下一片树叶，含在口中。

不知过了多久，周瑜一直忘情地用音律与师傅进行着交流，此时，仆人带着两位医士进来了。

周瑜这才停止了吹奏，他轻启已经麻木的嘴唇，颤抖着说："求求你们，救救我师傅！"

第一位医士开始把脉，一搭手，神色就变了，没有说什么，默默地让开站到一边去。第二位医士又上前，与第一位一样的动作和神情。两位互相对望一眼，然后一起向周瑜拱拱手，摇摇头，异口同声地说："公子，请节哀吧！你师傅他老人家已经故去了。"说完两位医士折转身回去了。

周瑜楞在茅屋里。怎么会呢？

悲痛的周瑜又将树叶含在口中，哀怨，苍凉的乐曲再起，丝丝缕缕，欲断又连，如轻云无定地飘浮，飘浮，飘浮……

直到七天以后，他才确信师傅真的不会再醒来。

周瑜知道师傅一生不喜张扬，因此，他默默地将师傅埋藏在茅屋旁，面对着冶父山欧峰的方向，同时，他还将这几天吹奏用的树叶，洒在坟头上，而坟前只立了一块无字碑。

最后，当周瑜离开时，又一把火将茅屋点燃，通红的火光中，周瑜仿佛看到师傅冲他满意地点着头微笑……

送走了师傅回到家的周瑜，从黄昏时开始抚琴，一直到次日天明。琴声时而铿锵热烈，如水阻江石、浪遇飞舟；时而悲怆委婉，如风啸峡谷，百折迂回；时而放浪豁达，如月游云宇，水漫平川；时而像百鸟鸣啭，呜呜咽咽的……

最后，当仿佛将所有的音律都弹尽了的时候，周瑜才昏昏沉沉地，伏在琴弦上睡着了。母亲进来了，心疼地命几个仆人将他抬到床上，又亲自给他盖好被子，他都浑然不知。

当春风又绿江南岸的时候，人们发现，有一位俊逸的公子，行走在江淮之间。只见他不仅长相英俊，而且精通音律。常常，见他在山水之间，梅花亭中，与文雅之士把酒言欢，笑看山间鸟虫飞舞，偶尔，也伴随着风雨，以旁观者的身份评说一下尘世的悲欢。

这位公子，不是周瑜，还能是谁呢？

送别恩师欧翁那几日，周瑜似乎将音律彻底地吹完弹尽了似的。之后，在人前，他基本上很少展示了。但是，对于周瑜来说，对音律的挚爱是永远无法割舍的，而且，他还是属于眼睛里揉不进一粒沙子的那种音律狂人。

因此，虽然人们难得几回闻到他亲自演奏的人间天籁之音，但是，在酒醉山水笑望蝶之时，在梅亭观尘听风雨之刻，他的那种潇洒和飘逸，他的那种情不自禁的自然流露，还是将他出卖了。

一天，周瑜正与几位文人雅士把酒言欢，酒过三巡之时，有个雅士请来一位婀娜多姿琵琶女子演奏助兴。只见这位女子轻揉慢捻，立即如有一滴露珠洒落花间，又似一泓泓清泉浸入听者的心田。纵然是一群文雅之士，也忍不住叫好呐喊。也许是呐喊声惊扰了弹奏的女子，一时惊慌，手上的节奏也就随之乱了一小节。仅仅是一小节而已，其他雅士根本没有听出来，兀自还在叫好，可是，本来背对着演奏女子举杯畅饮的周瑜，却回过了头。

此时，周瑜已经三杯酒入肚，酒至半酣。只见他也没有多言，只是将酒杯送至口边，但并不是饮酒，当唇与酒杯相触之时，刚刚那个女子弹错的曲子，就在周瑜的酒杯中响了起来。

女子闻听，脸一红，更加地不知所措了。

又一日，还是同样的酒过三巡，又有一位琵琶女被请来演奏。纵然是多次演奏，也还是出现了瑕疵。周瑜又优雅地回过头，看了一眼琵琶女。

正值青年少年时，又本是英俊潇洒的少年公子，再加上酒精的作用，似醉非醉的周瑜，真是别有一番情韵和风姿。

令人没想到的是，这位琵琶女竟然也是一位胆大细心的女子，她在演奏之时，本就与这些雅士们进行着神情的互动。初时，她眼望之下，众人几乎都不错眼珠地盯视着她，唯独有一位白衣公子用后脑勺对着她。她便有些小小不悦，甚至也有些小小的好奇，心想："不敢以面目对人的，想必相貌奇丑无比吧？"

一心不可二用。这琵琶女子既然动了这个心思，弹错音也就不奇怪了。

周瑜敏锐地听到了错音，并且下意识回过头来，只是看了琵琶女一眼而已，没想到，只一眼，琵琶女对背对之人的想法就由好奇转为惊奇了。

"哦！世间还有如此潇洒、英俊，情韵的男子？"琵琶女抑制着快要蹦出身体之外的心，在心底里狂呼着……

此后，一次又一次的饮酒、听曲，对于周瑜来说，曲有不同，他听得仔细，听得真真切切，但对于弹曲之人，他是没有半点记忆的。听曲之时，他一直背对着欣赏，只不过，当听出错误，才眼里不揉沙子似的，立即回头顾盼，以示提醒。当然，不是每次都有错误被周瑜找出来的，因此，周瑜也就不用每次都回顾喽！

然而，不知道从哪一天开始，弹曲之人的错误越来越多了。周瑜的回头率也就增加了。周瑜不知道，他是听者无意，而弹者却是有心的。这些弹奏者的女子们为了博得周瑜多看她一眼，往往竟然故意将曲谱弹错了。

有诗云：

鸣筝金粟柱，

素手玉房前。

欲得周郎顾，

时时误拂弦。

戴冠成人礼

周瑜肩负着中兴家业的使命，渐渐地长成为一位不折不扣的男子汉。东汉兴平元年，即公元194年，周瑜二十岁。

二十岁的男子汉，区别于少年男孩子的标志有两处：一是戴冠；二是取字。

首先来说"戴冠"。

中国是礼仪之邦，不论穿衣戴帽都是有一定讲究的。

冠，是中国古代帝王与官吏戴的礼帽。帝王参加祭祀典礼时所戴礼冠，被称为"冠冕"，是比较华丽的。帝王参加祭祀典礼，是最为隆重的一次公开露面，在祖宗社稷面前，在文武百官的注视之下，帝王往往用富丽豪华的"冠"来显示他的至高无上和与众不同。这大概就是"冠冕堂皇"一词的由来了。

冠，在古人心中有十分崇高的地位，男子二十开始戴冠，同时举行戴冠礼，以此标志着成人。

冠礼，是古代嘉礼的一种，是汉族男子的成年礼。成年礼起缘于原始社会，表示青年男女到了一定年龄，已经成熟，可以婚嫁了。男子成年礼被称为冠礼，女子成年礼为笄礼。

据经书记载：成年礼最早实行于周代。按周制，男子二十行冠礼。然而，天子诸侯为了早日执掌国政，多将行冠礼提前。因此，历朝历代，将这一汉民族文化中的一部分的行冠礼，就时常被赋予了浓厚的政治色彩了。

据《后汉书》记载：汉世祖皇帝出巡江南，见有一位名叫周防的仕郡小吏，年方十六，却尤能诵读，于是，爱才的世祖皇帝想封周防为守丞。没想到，周防却以"未冠"不能从命为理由拒绝了。

汉代皇帝冠礼称加元服，汉惠帝行冠礼时，宣布"赦天下"，开帝王行冠礼而大赦天下之始。汉昭帝加冠，大加赏赐、减免税赋、普天同庆。汉昭帝加元服，为与臣下冠礼有区别，还专门撰写了冠辞，是后世帝王撰冠辞的开始。

在汉代，不仅是皇帝，士庶之人也行冠礼，只不过，仪式上要比皇帝的戴冠礼简单得多而已。

事实上，发冠，即为装饰用的头衣。家居生活所用的发冠，有一个冠圈，圈上有一根不太宽的梁，戴在头上以后，用冠梁和冠圈将头发固定住。

可也别小看了这发冠对于男人的意义。它虽然只是一个饰物，但常常被人们看成是自己的尊严，重要性不亚于头颅。比如：儒家先祖孔子的学生子路，甚至为了保护自己的发冠而失去了生命。

如今，周瑜二十岁了。做为周氏的后人，与周朝的君王有着千丝万缕的联系，在二十岁时行戴冠礼，是被周氏族人当成祖训来继承的。因此，周瑜的行冠礼的正式与隆重，就可想而知了。

公元 194 年的一天，周瑜的行冠礼在周氏宗庙内举行。

此前，周异已经做好了各项筹备功课。十天前，周异请人用卜筮之法，筮选了一个吉日，并且将吉日告知了周氏族人和亲友。三天前，又用筮法将主持冠礼的大宾及赞冠者确定下来了。总之，一切准备就绪了。

行礼吉日吉时已到，周异、主持冠礼的大宾及受冠者周瑜，都穿着盛装礼服。其他族人也纷纷到来，见证周瑜成人这一庄严的时刻。

首先由主持大宾为周瑜加缁布冠。

周瑜面对周氏列位先祖，双膝跪地。由主持大宾将缁布冠戴到周瑜的头上。同时，主持大宾口中还念念有词：

> 在这美好吉祥的日子，给你加上成年人的服饰；请放弃你少年儿童的志超，造就成年人的情操；保持威仪，培养美德；祝你万寿无疆，大福大禄。

主持大宾做完这一切之后，周瑜向列祖列宗行叩头之礼，以表决心。

其次，由主持大宾为周瑜授以皮弁。最后再由主持大宾为周瑜授以爵弁。方式方法与加缁布冠相同。

依次加冠完毕后，周瑜又转向母亲，叩头以拜谢母恩。

拜谢母亲之后，接下来，就是由主持大宾为周瑜取字了。

所谓"名"，是社会上个人的特称，即个人在社会上所使用的符号。所谓"字"，则往往是"名"的解释和补充，是与"名"相表里的，所以又称"表字"。

《礼记·檀弓上》说：幼名、冠字。

《疏》云：始生三月而始加名，故云幼名，年二十有为父之道，朋友等类不可复呼其名，故冠而加字。

《仪礼·士冠礼》：冠而字之，敬其名也。君父之前称名，他人则称字也。

由此可见，名是幼时起的，供长辈呼唤。而字是要汉族男子行

"冠礼"，即古代意义上的成年之后才有。男子到了二十岁成人，举行冠礼，这标志着本人要出仕，进入社会。

不仅是男子，女子长大后也要离开母家而许嫁的，未许嫁的叫"未字"，亦可叫"待字"。十五岁许嫁时，举行笄礼，也要取字，供朋友呼唤。常常说未出嫁的女子为"待字闺中"，大概就是由这来的。

然而，根据不同历史时期，汉族男子并不一定要求是二十岁行冠礼，而且，字也不一定要自己取。父母、师长、位尊者都可以为晚辈取字。还有，"字"一般要与"名"有一定程度的呼应。汉族讲究尊卑上下的传统，晚辈一般不会取一个含义与长辈所取的名有冲突的字。

再者，汉族男子在行冠礼之前是未成年人的身份，但很少会直接叫名。按照传统礼仪，直呼其名是相当不尊重对方的行径，有轻蔑、鄙视之意。

话说西汉末年，王莽篡夺汉室之位，即位后进行了多项改制。其中，就有一项新规，让百姓不仅有名而且还要取字，以便不至于有太多的重名。

因为这项规定很符合汉民族上下尊卑的传统礼仪，又确实避免了重名重姓带来的不便之处，因此，当东汉武帝刘秀建东汉之后，就继续沿用这项规定。

名由父择，字由师定，字一般都是两字。复姓虽然是三个字，但仍然是一姓一名制。因此，时人取名取字基本都沿用此法，没有例外。

这样，主持大宾为周瑜主持完加冠礼之后，就高声宣布："受冠者周瑜，字公瑾也。"

古人的字是从名上派生出来的，它对名有表述、阐明的作用，所以又叫"表字"。字所解释的是名的性质和含义，所以也叫"表德"。古人的名和字联系在一起，更能理解上一辈为子孙起名之寄托。

"公瑾"，象征美好的是外貌与品德。"瑜"与"瑾"都有美玉之意，这就是一种呼应。最后，瑜是美玉，瑾也是美玉，也即比喻成美德，这正符合汉制中，"名"与"字"的相通规定。

当然，主持大宾报出周瑜的字，并不是随意而说出来的。此前，周瑜的父亲已经和主持大宾进行了沟通，双方意见达成一致之后，才在今天的行冠礼之后，当堂进行了公布。"满腹珠玑，怀瑾握玉"这是做为父亲的周异，对儿子的殷切希望。

此后，周瑜便有了"公瑾"的字。

这样，周瑜的戴冠、取字仪式到此礼成。

最后，主人周异将主持大宾送到庙门外，敬酒表示感谢。同时以束帛五匹、鹿皮两张，赠送给主持大宾，作为儿子周瑜主持戴冠礼的报酬。另外，又馈赠一些大牲口的肉。因此，大宾及主人家皆大欢喜，自不待言了。

待周异送走主持大宾，戴着冠帽，穿着礼服的周瑜，又挨个拜见前来观摩受冠礼的同族伯、叔及乡大夫等，最后，大家一起举杯庆贺。

待酒席撤去，众人散去之后，周异又借着酒力，将周瑜喊自身边，说到："瑜儿，此加冠、取字之礼之后，你就是成年人了。为父我老了，以后，振兴家业的重担，就正式交到你的手上。按理，我们周家男子，成年以后，就应该去拜见君长，求取功名，可目前的形势，你以为接下来应该如何？"

"孩儿愿意听从父亲教诲。"周瑜虽然近一些年行走江湖，颇有见识，但是，见父亲如此问，他知道，父亲想必早已有所考虑和打算。因此，他还是想听听父亲的意见和建议。

周异当然知道儿子是有理想和抱负的，只是现在时机还未成熟而已。他也愿意儿子能多加历练，多经一些世事，他日一旦机会来临，必能大鹏展翅，一飞冲天。

于是，周异就提议道："你的叔父周尚一直在外任职，不如你就先跟随着叔父，去军中历练历练吧！有机会再做它途，如何？"

周瑜一听乐了。可以说，父亲的提议与他自己想的不谋而和。于是，周瑜高兴地离开，做投奔叔父的准备去了。

看着儿子快乐而青春的背影，周异感慨良多，真是长江后浪推前浪，一代更比一代强！

几日之后，周瑜就带着忠诚的周虎等几个仆人，拜别父母家人，踏上征途。

吾得卿谐也

话说那一日，孙策因父孙坚阵亡，即偕母吴氏，迎榇东归。

此时，孙策的舅舅吴景，刚担任丹阳太守，因此，孙策经与母亲商议，拟定将父榇安葬在为丹阳所辖的曲阿。

孙策一行去往曲阿，需借道扬州，正好被袁术截住去路。这袁术拦住孙策母子，不为别的，只为威胁孙策母亲交出传国玉玺。这传国玉玺乃是孙坚在战时所得，想必这袁术觊觎已久。孤儿寡母的，无奈之下，只得交出玉玺，才被放行。

其时，孙策的从兄孙贲，也将叔父孙坚留下来的数千兵众交给了袁术接管，孙贲被封为丹阳都尉。

孙策将父亲的后事料理完毕之后，欲要报仇雪恨。然而，孙策这一赤手空拳的卓荦少年，接下来应该怎么办呢？

闻听避难江东的广陵人张纮，博通经术，于是，孙策就多次拜访张纮。刚开始张纮以为母丁忧为名，不愿意为孙策出山。后来，经过孙策的再三肯求，表明自己的志向，张纮终于被感动了。

张纮指点孙策：最好先投丹阳，招回其父孙坚的兵丁，会聚在吴郡；然后，再占据长江地区，奋威德，不仅能复仇洗耻，而且能匡君泽民，岂止守一藩一地就能满足得了的呢？听了张纮的计划，孙策心中有数了。于是孙策暂时将老母弱弟托付给张纮，然后直接来到寿春，拜谒袁术。

孙策对袁术说："亡父曾在长沙讨伐董卓，并与明使君您共会南阳，缔盟结好。然而不幸遇难，致使勋业不能继续下去了。策感念先父，想继承遗志，为先父报仇雪恨，还请您垂察我的诚心。"

听了孙策这一番明达之语，看到孙策的豪爽英姿，袁术暗暗称奇。然而，却不肯将孙策父亲的旧部直接还给孙策。只是说："我已经用你舅舅当了丹阳太守，你的从兄为都尉。丹阳是三吴要地，不乏健儿，你可以去丹阳招募兵勇就行了。"

于是，孙策只好向丹阳而去，同行的还有汝南人吕范和族人孙河。到了丹阳，舅舅吴景当然接纳了，并且嘱咐孙策将母亲和弟妹一起接来丹阳。孙策听从舅舅的吩咐，接来母亲和弟妹，一起来到曲阿，在父亲的墓旁结庐居住。

从此，孙策开始招募壮士，终于召集了数百人，但没想到被泾县的贼王祖郎袭击，刚招募的人马损失过半。没办法，孙策只好又去见袁术，拜求袁术归还先父的人马。袁术见推不过去了，才勉强拨出孙坚旧部中的千余人给孙策。孙策将这千余人自立一营，其中包括程普、韩当、黄盖等孙坚的老部下。

孙策胆略过人，一次在军中立威，就没人敢对他轻视了。袁术也常常感叹如果自己有儿子像孙策一样，就死而无憾了。话虽如此说，但袁术心中对孙策始终是不信任的，因此，多次对孙策食言。孙策在九江和庐江为袁术打了两次胜仗，但袁术将这两个太守之位都给了别人。虽然孙策心生怨恨，但因兵力还不充足，无法与袁术对抗，只得服从。

终于机会来了。

适逢朝廷派遣刘繇东下为扬州刺史。扬州的刺史府本来在寿春，但因为寿春为袁术所占据，乃改设在曲阿。刘繇到任后，就将丹阳太守吴景和都尉孙贲逐出。吴景和孙贲两人退居历阳，并派人报知袁术。袁术一听，立即怒不可遏了，马上任命惠衢为扬州刺史，命吴景为督军中郎将，与孙贲共击刘繇。而刘繇命部将樊能、于糜驻扎在横江的渡口，派张英住驻在当利口防守。于是，双方展开对抗。

乱世之时，军阀混战，心目中都已经无皇帝，一切只凭武力解决了。

吴景等屡攻不克。就有一位丹阳人叫朱治的给孙策献计。这朱治此前是孙坚的校尉，此时复归孙策。朱治劝孙策前往帮助吴景，借机收取江东。

孙策依计去见袁术，说道："亡父此前在江东本有旧部，现在愿意帮助舅父一起攻击横江，一旦横江攻下，就可招募当地土著人士，能得到三万兵丁。有了这些兵勇来辅佐明公您，那么，天下就不难平定了！"

袁术知道孙策心中一直隐藏着对他的怨恨，但听说刘繇占据曲阿，兵力不弱，并且还有会稽太守王朗给刘繇当后援。袁术猜想孙策不能战胜刘繇，乐得听他出去，战死也与他无关。于是，袁术就任命孙策为折冲校尉，行讨伐将军之职。

孙策受袁术所制多年，现在终于可以名正言顺地起兵了，好不高兴！

此时，孙策部下兵士只有千余人，马有数十匹，很容易部署，得到袁术同意后，即日就出发了。行军途中，孙策令部下陆续征集兵士，等到达历阳时，孙策的手下差不多有五六千人了。

此前，孙策的母亲及子女共五人，早已经随着吴景到达了历阳。孙策知道母亲在此，前来拜谒母亲。吴氏老夫人见到威武如其父的儿子，心中自是感慨万千。虽然为儿子终于能有机会一展抱负而高兴，同时，也为儿子担着心。毕竟前途是凶险的。

此刻，是兴平二年，即公元 195 年，孙策和周瑜一样都已经是二十一岁的成年男子汉了。

虽然孙策没能和周瑜一样，在二十岁的时候行戴冠成人礼，但实际上，从十七岁父亡之后，他这位长子就已经接替父亲担当起了家庭的重任，不得不少年老成了。

知书达礼的吴老夫人，按照长幼排序的惯例，为长子孙策取字伯符，而为次子孙权，取字仲谋。

孙策与母亲在历阳做短暂相见。睿智的吴夫人提醒儿子，欲成大事者，要懂得用人，要以德服人，切不可刚愎自用，骄傲自大。最后，母亲似自言自语，又似在向孙策念叨："瑜儿，也是二十一岁了，应该长成为一位能文能武的可用之才了哟！"

听母亲之言，孙策知道母亲的用意。其实他早已经想到自己的这位好兄弟。孙策告知母亲，他已经写好一封书信，即刻派人寄给兄弟周瑜，请他出师，前来协助。吴夫人闻子孙策此言，满意地点点头，微微一笑，放心地说："我儿也成熟了。儿啊——，去吧！尽管前路会有曲折，但大事一定可成也。"

孙策辞别母亲，一面派骑兵飞马送信给周瑜，一面继续率军前行。

与此同时，周瑜也在行进途中。

自兴平元年，周瑜完成了戴冠成人礼后，就一直跟随着叔父周尚在外历炼，而就在兴平二年时，周尚调任丹阳太守一职。于是，周瑜又再次奉父命奔赴丹阳投靠叔父周尚。

叔父周尚已经先期赴任了，兴平二年的一天，周瑜回到家中看望了父母家人后，这才向丹阳而来。

也许是结义兄弟之间的心有灵犀，也许周瑜听说了义兄孙策已经开始起兵。总之，当周瑜行至半途，就与孙策派出给他送信的骑兵相遇了。

话说这送信的骑兵就是那年孙坚阵亡、曾给孙策母子送信的孙坚的老部下。所以，这送信之人是去过舒城的，也是认识周瑜的。想必这孙策此次请义弟周瑜前来相助自己，是相当看重的。成败在此一举，送信之人也得找个稳妥的了。

这会儿，周瑜闻听义兄有书信给他，立即将信接过来。展开只读一句"瑜弟"的称呼，周瑜的眼泪就下来了。

少年时，与义兄孙策朝夕相处的一幕幕立时涌到眼前，湿润了他的双眼。乳名，那是只有父母等最亲的人才有的称呼啊！这一点，当二十岁完成成人礼取字为公瑾以后，周瑜的感触更深。

一句称呼，道出了兄弟两人的总角之情，如骨肉相连一样，更何况，周瑜还兼有先师的遗训呢！这些年来，他"十年磨一剑"般地做着准备，就是为了这一天，现在机会终于来了。周瑜要相助孙家，相助义兄，立威扬名，共谋发展。

于是，周瑜告诉送信之人赶紧回马通知义兄放心，他已经做好一切准备，起兵相迎。送信之人飞马回报孙策自不多言。单说这周瑜，立即快马加鞭来到丹阳拜见叔父周尚。

兵马未动，粮草先行。周瑜知道义兄此番出征，粮草肯定是军中大事。因此，周瑜向叔父周尚禀明了他要筹粮借兵的请求。周尚当然早就知道周瑜与孙策的关系，也知道军情紧急，因此，二话没说，尽丹阳之力拨粮借兵给周瑜。周瑜谢过叔父支持之后，就带着兵士粮草，出城在孙策队伍的必经之路上，先行等候迎接。

这一日，在去往横江的的官道上，两队人马就要相遇了。

只见有两匹马，迫不及待地离开各自的队伍，相向着奔去。两匹马上各骑坐着一位威武英俊的好男儿。只见两人，一人穿紫衣，一人着白袍。还没等两马相遇，马上的这两人早就飞身下马，向对方跑去，然后，互相拥抱，喜极而泣。

兄弟两人彼此互望着，一晃，分别四五年了，此时，两人脸上少了过去的青涩，取而代之的是成年男人的刚毅和果敢，还有就是久别重逢后的欣喜。

特别是孙策，见到义弟周瑜，他高兴地说："吾得卿，谐也。"

打仗两兄弟

"我得到你，大事可成了！"孙策高兴地对周瑜说。至于接下来，应该如何作战，孙策想听听周瑜的高见。

可以说，即将开始的作战，这是周瑜人生中的第一次实战，在此之前，周瑜只是熟读兵书，在模拟中演练战法。和已经子承父业，在别人屋檐下打拼多年的孙策相比，实战性稍稍差一些。因此，当孙策想听听他的计谋，多少还是有一些底气不足的。然而，周瑜这些年虽然没有进行过实战，但为进行实战而进行的战略储备是充足的，对当前的形势，特别是对江淮地区的地理环境也是下过一些功夫的，更何况，他还有那战无不克的《孙子兵法》呢？

于是，周瑜献计说："为今之计，应该兵分两路。一路主力打牛渚，一路奇兵攻横江当利。声东击西，断敌军后援。"

孙策一听，高兴地说："好主意！"

于是，孙策和周瑜就各自领军分头开始行动。

孙策带领他的大队人马，大张旗鼓地向牛渚营进军。孙策这支人马本就得到了袁术的首肯，再加上他不仅人长得好看，好说笑，而且性情豁达，愿意听别人的意见，擅长用才，只要见过他的士民，都愿意为他以死尽忠。因此，当孙策的队伍到达牛渚营时，已经有不战而屈人之兵之势了。孙策带兵渡江顺利攻入牛渚营，尽得牛渚营的粮草和战具，军势大振。此战真可以说是一鸣惊人。

与此同时，周瑜带领他从丹阳借来的兵马，以出奇不意之势，进攻横江。

而驻守横江渡的樊能、于麋，听说孙策大军已奔牛渚营而去，正放心地睡大觉呢。忽闻兵士来报，说有一支人马已经攻入横江渡，两人不禁大吃一惊，奇怪难道是神兵天将吗？他们还没弄明白是怎么一回事，外面的喊杀声就越来越响了，吓得这两人赶紧带着少量兵士落荒而逃了。

周瑜也顺利拿下横江渡。之后，他领兵乘胜追击，直奔当利口。当利口的守将张英虽然已经有所防备，但在周瑜和吴景、孙贲的双重夹击下，也只能放弃当利口，落败而走。

周瑜拿下横江渡、当利口两处军事要地后，从这两地东渡支援孙策攻打秣陵。

这时，彭城人薛礼占据着秣陵城，下邳人笮融屯兵在城南。这两人都依附于刘繇，推刘繇为盟主。而此次孙策专为攻打刘繇而来，所以，与薛礼、笮融之战就再所难免了。

周瑜带兵渡江以后，和孙策兵合一处，其势头更劲了。

孙策的军队先进攻笮融。笮融出营交战，被击败，伤亡五百余人之后，退回营中固守，再不敢出来。然后，孙策军改攻秣陵城，在日夜猛攻之下，即便是有城可据，也力有不敌，吓得薛礼趁着天黑，慌忙逃走了。

孙策军进入秣陵城，安抚百姓，禁止兵士扰民，真正是秋毫无犯，很受百姓的欢迎。如此，对孙策军的好感与口碑又增加了一层。

就在此时，有探马来报。原来是樊能、于麋等借孙策大军入秣陵城时，来进攻孙策军，想重新夺回牛渚营，断孙策军的后路。孙策闻听，拍案而起，当即领兵回攻，大破樊能、于糜，擒获万余人。虽然樊能、于糜逃脱，想必也是再无还手之力了。

有了樊能、于糜的例子，孙策和周瑜都认识到，要想真正打击敌人，仅攻一城一地，令其逃窜是不行的，必须得完胜，让他没有还手之力才行。因此，击败樊能、于糜之后，孙策军又复击固守不出的笮融。

孙策亲自带队进攻。笮融命弓弩手埋伏在营门，等孙策领兵靠近，才令万箭齐发。好一个孙郎。纵有万箭射来，只是用盾牌拨开，毫不退缩。但是，百忙中不免有一疏忽，突然，一个不慎，一只射入孙策的臀部。只听孙策大喊一声，翻身落马。众将士一见，赶紧将孙策救起，用车载回牛渚营。

周瑜闻报义兄受伤，慌忙前来察看，诸将也都心怀不安，纷纷为孙策担着心。等周瑜等人进入孙策的营帐时，只见孙策拔去箭镞，伤口已用药敷好。只听孙策笑着说道："我伤的不重，至于为何落马，公瑾知我深意吗？"

周瑜和孙策心灵相通，其实，不待孙策细说，只一见之下，周瑜就已经知道孙策此举的深意了。于是，周瑜就冲孙策点点头，笑而不答。

孙策看看众将，命令道："你们就对外宣称我已经亡故了，因此举哀拔寨撤兵，想那笮融肯定派兵前来追赶，那样，就可以设法擒他了。"众将一听，皆拍手称好。

不多时，只听孙策军中，众将士哭声一片，然后，拔寨而起。于是，细作飞奔去报告了笮融。笮融闻听孙策已亡，果然派部将于兹率军追赶。于兹等立即被假装退兵的孙策军包围，被乱箭射击身亡。孙策则乘胜回师逼近笮融的营寨。

话说笮融不知中计，正准备支援于兹，不料一队人马杀到，为首的是一个威风凛凛、双目炯炯有神的人，只听他说道："孙郎在此，笮融速来送死。"

笮融没想到孙策死而复生，这一惊之下，哪还有心恋战，驱军而逃。孙策带兵冲出数里，得到许多盔甲物资，大胜而回。

这样，孙策大军所向披靡，直指刘繇所据守的曲阿。而此时，如惊弓之鸟的刘繇，也急忙整备军械，做好守御的准备。而恰好在这个时候，又有一个人出现了，他的名字叫——太史慈。

太史慈，字子义，美须髯，独臂善射。曾在北海之围中救孔融于危难之中。今番，因他得知同乡刘繇有难，因此，前来相助。没想到，刘繇并不是一个能识人用人之人。太史慈的一腔相助之心，刘繇并不领情。

这一日，孙策大军到达曲阿城附近，在神亭安营扎寨。太史慈只带两个兵士前去探查。突然与孙策相遇。此时，孙策身边有十三骑相伴左右。这十三人就是韩当、黄盖诸大将，可说是个个英勇威武。

太史慈见其中一位威武青年与其他人不同，料知不是常人。便喝问道："谁为孙策?"

孙策见太史慈竟然有这等胆量，也觉得奇怪。于是回答道："我便是。"

这两人初一见面，便有英雄惜英雄之意了。

太史慈又豪迈地说："别人都怕你孙郎，但我不怕你，敢不敢与我大战三百回合?"

　　孙策当然愿意迎战。孙策严令韩当、黄盖等不得相帮。只身与太史慈单打独斗。两人斗有几十回合，一直不分胜负。又大战几十回合，还是一直相持不下。正在这时，韩当等拍马赶上来，而刘繇也派人来寻太史慈。于是，两军展开一场混战。继而，两方各有大队人马赶到，一场大战不等开战，天色便暗下来，于是各自鸣金收兵。

　　收兵之后，两位主帅对待太史慈的态度和想法是不同的。

　　先说刘繇对待太史慈的态度。太史慈回城后，刘繇对太史慈与孙策大战一天的辛苦和险境，不仅不管不问，还颇为不满，谴责太史慈轻战启衅，并严令他不允许再出去。刘繇这种作法，不但令太史慈寒心，也让其他将领心生二心。

　　再说孙策对待太史慈的态度。回营以后，孙策掩饰不住对太史慈的喜欢。他下马顾不得回到自己的营帐，径直来找周瑜。

　　自从周瑜前来助战，孙策已经习惯于每有重大决策或犹豫不决之事，都找周瑜来商量对策。这时，爱才心切的孙策，早已经打定了要将太史慈收为己用的主意，但他还是愿意听听周瑜的意见。

　　因此，可以说，在孙策平定江东的战争中，周瑜是起到了谋士和武将的双重作用的。收降太史慈的决定使周瑜与孙策两兄弟产生不谋而合的想法。

　　"今日得与子义大战了近百回合，瑜弟以为此人如何？"只有两人，孙策又恢复了兄弟相称。

　　"此人英勇善战，又是忠诚守信之人。况且，千军易得，一将难求啊！"周瑜的话，更加坚定了孙策的决心。

　　话说在孙策大军的强攻之下，人心涣散的曲阿哪还能守得住呢。

刘繇不敌，率军逃走，太史慈则前往泾县，建立屯府。虽然奋力抵抗，但终被孙策俘获。如果不是因为孙策早就命令部将不可伤太史慈性命，否则早就攻下了。

然而，太史慈虽然被俘，但是誓死不降。周瑜于是与太史慈进行了诚心的交谈。周瑜引经据典，不仅晓以良禽择木而栖的大义，而且向太史慈详细介绍孙策的为人宽宏与仗义。太史慈终被感动，诚心归顺。

刘繇败亡之后，仍然有余众上万军卒未降，太史慈便受孙策之命前往安抚。孙策军中众人皆认为太史慈会就此离去，不会再回来。唯有周瑜支持孙策，周瑜坚定地认为太史慈是一位言而守信的人。

周瑜给孙策的建议是：疑人不用，用人不疑。于是，孙策放心让太史慈去收伏刘繇的余众，并以两月为期。果然，太史慈守信而回。

周瑜协助孙策，攻横江、当利，又渡江击秣陵，破笮融、薛礼，接着转下湖孰、江乘，最后进入曲阿。连战连捷，真可谓是：上阵父子兵，打仗两兄弟。

与策再分别

江淮地区是指长江以北、淮河以南、大别山以东、黄海以西的广大地区。

主要由长江、淮河冲积而成。这里地势低洼，海拔一般在十米以下，水网交织，湖泊众多。受地质构造和上升运动的影响，沿江一带平原形成了二三级阶地，分布着众多的低山、丘陵和冈地。

东汉末年，各路诸侯各依地型地势，在江淮地区的郡县之间你争我夺。郡县的主人时常更迭，真可谓：你方唱罢，我登场。

整个江淮地区，大至有六郡，分别为吴郡、会稽郡、丹阳郡、豫章郡、庐陵郡和庐江郡。时称为江东六郡，郡县下又各有多个县。

兴平二年，孙策受袁术之命平定江东，周瑜带兵粮到历阳支助孙策，兄弟两人一同作战，攻下横江、当利、秣陵，打败了笮融、薛礼，击退了刘繇，进入曲阿。此时，孙策虽然还没有占据江东六郡，但是其兵马已经达数万人之多了。按照这个势头发展下去，称雄江东六郡，应该说只是时间的问题了。

这一天，打败刘繇之后，孙策大军进驻曲阿。和当初进入秣陵城一样，孙策严令军队入城只需安民，秋毫不得侵犯。并且，孙策军公开张贴檄文，告之附近诸县，凡是刘繇、笮融等旧部，愿意来降者，一律不究既往。有普通百姓愿意来从军，从军者一家可以免除徭役。不愿意从军的，也听令自便，不做强求。

此檄文一经公布，立即得到大众的欢迎，不出半个月，就得兵士二万余人，马千余匹，孙策大军更加威震江东。

这时，孙策派人将家眷接回曲阿。第二天，周瑜就前来府上拜谒吴老夫人。

吴老夫人早在借住南大宅时，就对周瑜印象非常的好。知道周瑜是一位重情重意，又智慧超群的人。多少年来，吴老夫人也为长子孙策能有周瑜这样一位义弟而高兴。远的不说，就只在孙策准备起兵之前，吴老夫人就和长子孙策一样，首先想到了周瑜。

吴老夫人一到曲阿，首先就向儿子打听周瑜在哪儿？孙策简短地向母亲介绍了一下此前的战况，当然少不了在母亲面前提到周瑜。

母亲吴老夫人一听，对周瑜的疼爱，更是增加了几分。

这会儿，周瑜走进来拜见。吴老夫人连声惊叹："长大了，长大了，越发地威武英俊了。"

于是，周瑜如孩儿一样，蹲坐在吴老夫人身边，陪着吴老夫人叙说着别后离情。吴老夫人抚摸着周瑜头上的发冠，问道周瑜的字是怎么称呼的？周瑜回答取字"公瑾"，吴老夫人连声说好。因为本出身于大户人家的吴老夫人，也是识文断字，知书达理的人呢。

周瑜正陪着吴老夫人说着话，孙策安排好军中事务也进来了。吴老夫人将孙策也喊至身前，并将孙策与周瑜两人的手叠放在一起，然后才对两人说："兄弟之情，是人间最珍贵的情感。你们两兄弟要互相帮助，永远相好啊！"

"放心吧！母亲。"孙策回答。

"放心吧，伯母"周瑜回答。

"策儿，你切记要戒骄戒躁，不论以后有多么大的成就，要懂得礼贤下士，多听别人的意见。"吴老夫人对孙策叮嘱着，类似的叮嘱，吴老夫人不只一次地说过了。吴老夫人自己也觉得有点唠叨，但这些话是必须得说的，而且只有母亲对儿子才会毫不保留地批评。吴老夫人最担心的，就是儿子有了成就以后会骄傲自满。今天见孙策并没有表现出一丝的不耐烦，她才放了心。

"瑜儿，伯母也希望你能经常提醒策儿啊！"吴夫人又叮嘱周瑜。

周瑜毫不迟疑地回答道："伯母但请放心，瑜儿一定会的。"

那天晚上，就在母亲的房中，孙策和周瑜又促膝长谈了很久很久……

当今天下，孙策大军面临的形势是这样的。

吴中之地，应该说是孙策的根据地，然而，现在的吴中，群盗横行，最强的当属严白虎。但这个严白虎素来无大志向，很容易就能制服。但等平定会稽郡后，回来再收拾严白虎这伙鼠辈，就如探囊取物一般，不用费什么力气了。

因此，为今之计，首先是夺取会稽郡。会稽郡太守王朗也不是可以引领三军以德服人之辈，量他也坚持不了多久。但等夺取会稽郡，就可以与袁术抗衡，不必再为袁术所制约了。

孙策与周瑜，对未来做了详细的探析，踌躇满志的孙策对未来充满了信心。

最后，孙策胸有成竹地对周瑜说："我亲自进攻山越，而且，以现在的兵力夺取吴郡和会稽郡，再踏平山越已经足够了。瑜弟你还是先回去镇守丹阳吧！"

周瑜见如今义兄的队伍确实已是兵精粮足，而叔父还在任丹阳太守。想那日叔父二话没说就借兵筹粮，现在也是时候应该回还了。见孙策如此说了，周瑜就和义兄再一次作别。

周瑜待孙策起兵出征后，也去和吴老夫人辞行，然后，他径直回到丹阳。叔父周尚见周瑜如期守信而归，且将兵士粮草丝毫不差，很是高兴，对孙策也心生了几分敬佩之心。

周瑜人虽然在丹阳，但一颗心时刻系在孙策军的战况上面，时刻派人打探着消息。

一日，派出打探的人马回来报告说：孙策大军已经击败了王朗，取得会稽郡，并且回师制服了严白虎，收复了吴中。周瑜听后当然非常高兴，一颗悬着的心也放下了。

打探的人兴致勃勃继续报告：孙将军真神武啊！

周瑜一听赶紧让仔细说说情况。

原来孙策引后渡浙江，进取会稽。会稽太守有意想出去抗拒。会稽郡有一位叫虞翻的功曹就提醒说，孙策起兵东来，势如破竹，无人可挡，不如暂时躲避锋芒，留得青山在，不怕没柴烧。可是王朗不听，一意出去迎战，结果，哪里是孙策军的对手呢？王朗一看大势不好，想趁黑夜出逃，却哪里还跑得掉哦？在孙策军的追击之下，王朗只逃到浮海至东冶半路上，就被包围，王朗不得不请求投降。可以说，孙策大军没费吹灰之力，就打败了王朗，占领了会稽郡。孙策自任会稽郡守，仍然任用虞翻为功曹。但对王朗却弃之不用。

占领会稽之后，孙策又领兵回师征讨严白虎。这个严白虎倒是有自知之明，在营中据守，不敢出战。并且派他的弟弟严舆前来讲和。孙策早就听说严舆有几分勇气，便想试他一试。于是，命人将严舆带进营帐，并好酒好菜地对待。酒至半酣，孙策做出喝醉的样子，挥剑砍向座位。没想到严舆这个人的勇气是徒有名声，只这一个举动，他就被吓了一跳，起身就向外逃。

孙策大笑着说，这只是和他开个玩笑，没有别的意思。可是，严舆还是吓得非跑不可。边跑边说些什么白刃当前，不得不防之类的话。孙策对此人便没有了好感。当严舆跑到营帐门口，孙策取过手戟，大喊一声："哪里逃？"飞起一剑向他刺去，他便应声倒地了。

严白虎此前就凭借着兄弟严舆给他撑门面。如今严舆已死，严白虎勉强接了几招，便向余杭方向逃窜了。

哈哈——，周瑜开心地大笑，心想：严白虎如果是一只老虎，则孙策就如一只雄狮，老虎遇着狮子，他还能逃得了吗？

事实也确实如此。

正当外面风起云涌，群雄逐鹿之时，周瑜偏居一隅，似乎很闲散。但也正是因为这似乎置身世外的位置，才使周瑜更加冷静地观察和思考着。

除了关注义兄孙策的战况，对各路群雄的"表演"，周瑜也默默地记在心上。在他们身上取长补短，为义兄孙策决定着下一步的走向。

比如，曹操。周瑜认为曹操是乱世之枭雄，据有超人的智慧，是袁绍、袁术之辈无法比拟的。虽然曹操也为一霜妇所迷，差点死在张绣的手中，但曹操却比董卓幸运一点，终逃过此劫。

因此，周瑜意识到：色字头上有把刀，欲成大事者，要严守与女人相处的底线，决不能将前途断送在女人之手。

周瑜也以敏锐的眼光，看到了袁术是没有未来的，那么，接下来，他又该当如何呢？

求做居巢长

周瑜在丹阳似乎置身事外的闲散生活，不久，就被袁术给打破了。

建安，是东汉末年汉献帝的年号，即公元 196—220 年，这一时期的政治大权完全操纵在曹操手中。

建安元年，也就是公元 196 年，袁术派其弟袁胤，代替周瑜的叔父周尚为丹阳太守，此时，周瑜二十二岁。因为叔父周尚执意要回到袁术所在的寿春复命，周瑜也只得跟着来到了寿春。

在寿春，周瑜给人的印象还是一如既往的闲散和与世无争。在人们的眼中，周瑜既是一位长相俊美、精通音律的多情才子，又是一位温和谦恭、不问政治的文人雅士。仅此而已。

这样，不知不觉中，又过了一年。

建安二年，暨公元 197 年，袁术在寿春称帝。称帝后的袁术也知人才的重要性。因此，当周尚将周瑜引荐给袁术时，袁术看周瑜仪表不凡，就想招他为将。

但是，周瑜认为袁术终将是一事无成的，当然，他的这一看法，不是凭空想象，而是有事实的。

不说别的，就是袁术对待孙策的态度上，就让周瑜对袁术的印象大打折扣了。

一是，周瑜认为袁术是一位喜欢趁人之危的人。

想那日，孙策父亡，孤儿寡母的路经袁术处，袁术竟然夺其先父遗物。虽然这遗物是人人眼热的传国玉玺，但袁术的手段，有些太不讲究了。

二是，周瑜认为袁术是一位不讲道义之人。

想从前，孙策父亲孙坚为袁术鞍前马后地效力，终至战死沙场。袁术不仅将孙坚的旧部尽数收去，而且一点不念旧情，对亡人之子不仅不相帮，还百般刁难，对孙策想收回父亲旧部的想法，也百般推托。

三是，周瑜认为袁术是一位言而无信之人。

想那一日，孙策泣求袁术归还先父兵马，实在拖不过去了，袁术才给孙策拨回一千人马，建立一营。表面上封孙策一个怀义校尉，还假意说本可以封为九江太守的，无耐没有空缺之类的话搪塞。而当九江太守出现空缺时，仍不肯让孙策担任，而是任命了丹阳人陈纪。

后来，袁术向庐江太守陆康征米三万担，陆康不借，袁术就让孙策带兵前去征讨。并许诺说如果打败陆康，就封孙策为庐江太守。孙策高兴地领命而去，力战数次，将陆康打得败逃，占据庐江全城。可是，等孙策高兴地派人禀报袁术时，袁术又下令招回孙策，另派刘勋为庐江太守。

凡此种种，周瑜对袁术的为人和能力都打大折扣了。

袁术如此言而无信，出尔反尔，试问谁人能不愤怒？谁人还能真心为他效力呢？追随这样的人，前途在哪里呢？

因此，袁术想封周瑜为将，周瑜就借机托辞。他言说有父母高堂在家，需要回去孝顺父母，而且自己乃一介儒生，难当将才。因此，他请求回到老家附近的居巢出任县长，如能允许，将不胜荣幸，云云……

周瑜的请求合情合理，不由得袁术不信。袁术听信了这一请求之后，就立即答应了周瑜的请求。于是，二十三岁的周瑜，如放飞的小鸟，快速地离开寿春，向居巢而去。

回过头来再说孙策。

孙策既然已经略定江东，就不再愿意接受袁术的指派，甚至不再怕和袁术相抗。等到了建安二年，袁术在寿春称帝时，孙策致书给袁术，指责袁术的不忠。袁术对此大失所望，竟然沮丧成疾，不过他并没有取消帝制。

袁术的称帝，是最终导致孙策与袁术绝交的导火索。

一方面，孙策自立门户，自派舅舅吴景重新当丹阳太守，从兄孙贲为豫章太守，朱治为吴郡太守，进而将自己占据的领地进行统一的管理。又诚意礼聘广陵人张纮，彭城人张昭为参谋。另一方面，孙策给汉献帝上奏表，表中自陈心迹。

袁术当然非常愤怒，便想兴兵攻打孙策。袁术的部将纪灵等立即入帐劝阻说，应该先攻取徐州，然后才能伐江东，因为徐州有吕布、刘备两位劲敌，如若不除，必成大患。

这样，孙策就得到了休整和发展壮大的时机。

孙策的举措虽然让袁术很愤怒，却深得曹操的赞许。这时，曹操已经制服了吕布，控制了刘备，并且将汉献帝请到了许都，贵为宰相的他大有携天子以令诸侯之势。

孙策的崭露头角，逐渐进入曹操的视线。根据孙策的表现，曹操称赞其为雄狮，并想多加笼络。于是，曹操派议郎王辅为特使，带着诏书来到江东，封孙策为骑都尉、世袭乌程侯的爵位、会稽太守之职，并且，孙策受令讨伐僭号称帝的袁术。

孙策受封后，立即派张纮前往许都向曹操复命，并献上方物表示感谢。曹操又上表汉献帝，封孙策为讨逆将军，并进一步封孙策为吴侯，留下张纮当了侍御史。这样，孙策已得荣封，一天比一天有声望，江东人士陆续前来依附，不久，就又得到数万兵将。

孙策在不断地发展壮大，周瑜在袁术那儿得了个居巢长之后，立即向叔父周尚辞行，到居巢上任。

居巢湖，对于周瑜来说是刻骨铭心之地。还未到任居巢前，周瑜首先来到湖中。钓鱼的渔翁还在，甚至有那么一刻，周瑜竟然有些神情恍惚，但清醒后发现，此渔翁并不是彼渔翁了。

看到这位渔翁船中的太湖三白，周瑜各买了一些。他要带去给恩师欧翁尝尝鲜呢。

恩师之墓早已经芳草萋萋，无字的墓碑是没有人打扰的。周瑜用音律唤来鸟兽前来鼓噪半晌，然后，才向恩师之墓行礼告别。

周瑜乘船驶向居巢城方向。当船行至湖中央时，赫然看到一座湖中仙岛。信步登岛，有人告之周瑜，此岛名为姥山。

姥山是巢湖中最大的岛屿，距北岸三点五公里，总面积一千三百余亩，周长约四公里，最高处海拔一百一十五米。

周瑜远观姥山，只见水阔天远，身披松竹，青郁如青螺浮水，蓬莱界外。走近一见，却又是曲岸悬壁，山地虽险但景色秀美。

听说岛上还有三山九峰，周瑜只是远看三山，近瞧九峰，知道全岛上下，苍松翠竹，花柳相映，但因非常时期，就算是周瑜这等看似闲散之人，也无暇观景深游。于是记下此地的妙处，只等他日天下太平之时，邀上几位文雅之士，吟诗作赋，那真是人生最快乐之事了。

偶然识鲁肃

周瑜到了居巢，就听人们多次谈起一个人——临淮人鲁肃。

人们口中的鲁肃，慷慨好施，周瑜便有意结识。

于是，这一天，周瑜率领数百人前去临淮拜访鲁肃，说是贷粮，实际上是有意试一试鲁肃，看他是不是真如传言那样乐善好施呢？

鲁肃，字子敬，汉族，临淮郡东城县人，出生于一士族家庭。鲁肃幼年丧父，由祖母抚养长大。他体貌魁伟，性格豪爽，喜读书，好骑射。

东汉末年，鲁肃眼见朝廷昏庸，宦官专权，横征暴敛，豪族大地主疯狂兼并土地，农民大量逃亡，成为流民。各地封建割据势力不断扩大，群雄四起，天下大乱。此时的鲁肃，不仅不治家事，还大量施舍钱财，卖出土地，以周济穷困，结交贤者。为此，深受乡民拥戴。

鲁肃眼见社会动荡，因此常召集乡里青少年练兵习武，以求保家卫国。

周瑜与鲁肃初相见，便互相一见倾心。这时，还没等周瑜说出带数百人前来拜访，请他资助一些粮食的本意，鲁肃心中就已猜到几分。

鲁肃家里有两个圆形大粮仓，每仓装有三千斛米。周瑜刚一开口说出借粮之意，鲁肃就毫不犹豫，立即手指着两个粮仓，将其中之一赠给了周瑜。

周瑜没想到初次见面，就得到鲁肃以一仓粮食的厚赠，于是他也确信鲁肃是与众不同的人物，因此主动与鲁肃相交，一起共谋大事，并与其建立了如同春秋时公孙侨和季札那样牢不可破的朋友关系。

鲁肃原为临淮郡人，当群雄相互争夺的混战将要扩展到鲁肃家乡时，为了避免遭到伤害，鲁肃举家迁居东城。而当时的东城，为袁术的辖地。

袁术也是闻听了鲁肃豪侠仗义的声名，于是，就有意请鲁肃出任东城长。但鲁肃发现袁术的部下纪律松弛，毫无法度，不足以成大事。因此，也决定三十六计，走为上策。

听说鲁肃要离开东城，他的家人当然是必须要跟随他离开的，除此之外，平常得到鲁肃照顾的人，以及鲁肃所训练的乡里青年，大约有百余人，都愿意追随鲁肃迁移。鲁肃见劝说无效，他也真是舍不得这些真心追随他的人们，因此，便答应了。

于是，鲁肃率领这百余人，起程向南迁往居巢，去投奔周瑜。

南迁时，鲁肃让老弱病残之人行在前面，自己率领敏捷强悍的青年在后面保护。百余人依次前行，扶老携幼，互相关照，秩序井然。

这样一支队伍迁移，难免目标太大，因此很快传到了袁术的耳中，袁术得知鲁肃迁居，急速赶来阻拦。

见有人拦住去路，与鲁肃同行的精壮青年们纷纷挺身而出，只见鲁肃推开其他人，张弓搭箭，然后又对追兵们说："你们都是男子汉，应该明白如今的大势。当今天下纷纷离乱，有功者，得不到赏赐，无功者，也受不到责罚，你们为什么要逼迫我呢？"

说着，鲁肃命人将盾牌立在地上，远远地开弓射去，力气相当地大，以至于箭把盾牌都射穿了。

一方面，追兵们觉得鲁肃说的话有道理；另一方面，追兵们看到鲁肃射箭的力道，料想凭他们的力量，也阻拦不了鲁肃。因此，追兵们不再阻挡，并让道撤退回去。

这样，鲁肃带领跟随着他的百余人顺利地到达了居巢。

鲁肃到了居巢立即拜见周瑜，商议下一步的计划。

周瑜在问明鲁肃来意后，说道："子敬和我的意见是相同的，我也知道袁术最终会一事无成，因此，我才在袁术那儿谋得这居巢长的差事，为的就是有机会奔赴江东。"

"太好了，公瑾，我们是英雄所见略同喽！"鲁肃也激动地回应着。

鲁肃的到来，加速了周瑜投奔义兄孙策的脚步。不久，周瑜弃官整装准备东渡长江，投奔孙策。两队人马合在一处，大约已经是千余人的大队伍了。

这一日，周瑜一行人来到位于舒城县杭埠河下游的一个渡口处。

江淮地区，水道纵横。这杭埠河是周瑜家乡的母亲河，杭埠河与居巢湖、长江水道相连，也是去往江东的必由之路。否则，如果绕行，那就是路途遥遥，无法估算了。

周瑜一行来到渡口，正好遇到有恶霸在此摆渡设卡收费。有些贫苦百姓或者是流民，因无钱给恶霸，竟然遭到毒打。即便是没有被打的，但遇有急事想过河去，又没钱交费，那就只能哭天不应，喊地不灵了。

就在这时一位老妇因无钱交费被驱赶着不让上船。虽然老妇哭喊着，甚至下跪央求着说与家人失散，现在身无分文，待寻找到家人，一定补上过河费。但那恶霸仿佛是铁石心肠，始终无动于衷。旁边更有一些难民，挤在一处，也都是无可奈何。

周瑜是最听不得百姓受苦的，当时情形，气得他差点吐血。他指责恶霸毫无人性，然而恶霸也是振振有词地说他也有家人老小，渡船收费，天经地义。周瑜虽知恶霸的作法不是很道德，却也不能说他错。

望着奔流的河水和渴望过河的人们，周瑜突然心生一个办法——搭桥。

周瑜一经说出自己的想法，立即得到鲁肃的赞成。不说别的，就他们这一队人马，要想过河也是需要一座桥的。

于是，周瑜就指挥他们带来的兵士们开始搭桥。搭桥是一项大工程。兵士们在附近砍些山竹，藤条等，匆忙之间，他们搭建一架浮桥。

两天之后，浮桥建成了。滞留的百姓高兴地拱手致谢，然后纷纷沿着浮桥过河而去。

过了河的周瑜，回望着自己搭建的，颤颤微微不停晃动的浮桥，周瑜在心里暗暗许诺：将来一定要为这里修一架正式的桥。

可是后来周瑜戎马生涯，有家难回，一直未能实现他这一夙愿。当最后周瑜因积劳成疾陨身巴丘时，消息传到家乡，百姓们纷纷兴哀纪念，后人为了纪念周瑜，就把这个渡口称作——周公渡。

当然，这是后话了。

接着说周瑜一行向东渡过长江，经过许多的磨难，这一天终于到达曲阿。周瑜帮着与他同行的鲁肃安置好跟随的百姓，并将鲁肃的家眷留在了曲阿周瑜的旧宅。待一应琐事安排好之后，周瑜就带着鲁肃来见孙策。

此时，是建安三年，即公元 198 年。

孙策见周瑜回归，高兴地亲自出来迎接。周瑜又把鲁肃推荐给孙策。

孙策见鲁肃的谈吐不凡，又听周瑜简单地介绍了鲁肃的种种表现，因此，刚一见面，孙策对鲁肃就很是赏识了。

孙策对鲁肃说："卿率领部属投奔于我，深表感谢。敢问为今之际，我们将如何进行下一步的打算呢？"

鲁肃毫无保留地回答道："看如今的形势，汉室江山已经不可复兴了，势力正强的曹操又不可能铲除，我看将军您如今之计，只有先鼎立江东，以静观天下，然后再图它谋了。"

孙策闻听鲁肃为他提出的鼎足江东的战略规划，深深地点头，周瑜听了也是颇加赞许。

不需多言，孙策就知鲁肃非一般平常人，因此对鲁肃更是礼敬有加了。

随后，孙策封周瑜为建威中郎将，给兵二千人，骑五十匹，并且让周瑜偕同鲁肃一起镇守牛渚营，而孙策自己则抽身亲赴丹阳去讨贼帅祖郎了。

周瑜与鲁肃自那日借粮初识，到现在两人并肩守卫牛渚营，共同辅助孙策，想来也不过半年多时间。但在军营相处的日子里，性情本不相同的两个人，论起带兵之法，却有许多的共同之处，因此越发地互相赏识了。

这样，不知不觉过了月余。一天，忽然有鲁肃的家人来报，说是鲁肃的祖母去世了。闻听此事，鲁肃不禁悲鸣出声。想他生下来就失去了父亲，是在祖母身边长大的。想那日自己离开东城奔赴居巢，祖母因年事已高，不便跟从，于是仍留在东城家中。

只是，他万万没想到，那一日与祖母的分别，竟成永诀。怎么能不痛哭失声呢？

得知鲁肃的祖母亡故，周瑜也是心中悲切，他劝鲁肃要节哀，并为鲁肃安排好了回东城去办理丧事的一应事宜。

鲁肃被周瑜的细心周到感动着。和周瑜话别后，径回东城奔丧去了。

望着鲁肃远去的背影，周瑜知道，这一别，大概得三年以上不能和鲁肃见面了。

　　古训有之，如有父母等至亲的人亡故，晚辈，特别是儿子是要守孝三年的，称之为——丁忧。

　　鲁肃因在祖母身边长大，自是要为祖母守孝三年的。在这守孝的三年里，不论发生什么大事，孝子都是不能离开的。如果不能做到守孝三年，就会被世人视为不孝之子。

　　孝顺的鲁肃，怎么会做不孝之子呢？

　　因此，在此后的三年里，足智多谋，乐善好施的鲁肃，似乎消失了……

第三章
风流俊逸，痴情只因恋小乔

什么是风流？

"风流"——在这里，绝对是个褒义词。

有功绩而又有文采的人；既英俊又杰出的人；富有才学而又不拘礼法的人……才可与"风流才子"一词相匹配，才称得上是"名士风流"。

因此，才有人激昂地说：数风流人物，还看今朝！

当然，风流，也和男女间的情爱有许多扯不清的关联。

什么是俊逸？

"俊逸"——一般是用来形容男士才质出众或美丽英俊的，是个好词，这一点是毫无异议的。

比如，《书·皋陶谟》云："俊逸在官"。

再比如，杜甫的诗《春日忆李白》：

"白也诗无敌，飘然思不群。清新庾开府，俊逸鲍参军。渭北春天树，江东日暮云。何时一樽酒，重与细论文。"

什么是痴情？

"痴情"——一般用它来形容痴迷的爱情；对人对事物的感情达到痴心的程度。

据史书记载：周瑜长壮有姿貌，出身显赫、乃名门之后，曾祖、祖父皆汉太尉，父为洛阳令，年少有成，二十四岁即为建威中郎将，受吴人推崇。

按现在的标准来说：

周瑜是一个接近于完美的男人。他是富家公子，不仅容貌英俊，又才华出众，而且，还堪称进步青年。

因此，他是每一个男人努力奋斗所追求的标杆。

这样一个男人，他的痴情又付与小乔！

难怪，苏东坡会在《念奴娇·赤壁怀古》中感叹：

"遥想公瑾当年，小乔初嫁了，雄姿英发，羽扇纶巾，谈笑间，樯橹灰飞烟灭。故国神游，多情应笑我，早生华发。人生如梦，一樽还酹江月。"

因此，归根到底——周瑜是令每一个男人都羡慕、嫉妒的角色。

俊逸美周郎

水，是生命之源，她把一份厚重的爱，注入大地，滋养着万物生灵，于是，这一片土丰腴了，这一片地肥美了。

一方水土养一方人，于是，在被清澈的水包围着的这片丰腴肥美的土地上生活的人们，便也具有了独特的品格与神韵。

龙舒水便是这样清澈奔流的水。

龙舒水为舒县最大的天然河流，由西南大别山区向东北冈畈区蜿蜒而下，进巢湖后汇入长江。以晓天河为上源，经大别山区的晓通镇，先入万佛湖，再舟楫下达三河镇入巢湖再入长江。

舒城人周瑜，便是具有这样独特品格和神韵的人。

话说周瑜归来，孙策亲自迎接，并任命周瑜为建威中郎将。发二千人为周瑜部曲，赐军马五十匹。不仅如此，孙策还赐给周瑜鼓吹乐队，又为周瑜建造屋舍，馈赠赏赐无人能及。

孙策下令道："周公瑾才华杰出，与我是情意相投的好朋友，有兄弟的情义。就像之前在丹阳，就是他征召人手及船只粮草，我才能成就大事，若要计算他的功劳，今天的赏赐还远不能回报他在关键时刻给我的支持呢！"

周瑜原本不只是为了求得孙策的报答，但孙策公开表明与他的兄弟之情，也让将士们对周瑜有了更深的了解。加之，周瑜的谦谦君子之风，更是赢得了人们的赞许。

因此，时年二十四岁的周瑜，被吴中人们亲切地呼为——"周郎"。

此时的周瑜，从行、走、坐、卧，甚至是衣服款式上，都体现出了儒家所十分倡导的儒雅之风。

论到周瑜的才干，时人多以"英隽异才""王佐之才""年少有美才""文武韬略""万人之英"等词相称。周郎之才，更多是少年的朝气，以及锐意进取，自信飞扬的英霸之气。

对于孙策的赏赐，周瑜最喜欢的就是鼓吹乐队了。

见到鼓吹乐队的那一刻，周瑜从心底发出一句感慨："义兄，懂我！"

于是，他们看到了周郎的一袭白衣胜雪；看到了周郎不浓不淡剑眉下的一双亮丽的眼眸；看到了周郎鼻若悬胆，似黛青色的远山般挺直；看到了周郎嘴角微微勾起，突显着男子汉的风流与无拘。

这样的俊美飘逸，难怪会惹得众女子误拂琴了。然而，最是难能可贵的是，尽管周郎曲误回顾，却不是冷视相责，也不是轻佻无礼，仅仅是会心地微笑罢了。

因此，就有人说：那个男子啊！美得没有限度。当然，这就是说周瑜美得无法言说的意思喽。

只是随便穿件白色的袍子，白衣黑发，衣和发都飘飘逸逸，不扎不束地微微飘拂，衬着挺拔的身影，洒脱而自由。肌肤上隐隐有光泽流动，眼睛里闪动着一千种琉璃的光芒。

这种容貌，这种风仪，容貌如画，漂亮得根本就不似真人，根本就已经超越了一切人类的美丽。

总之，周郎之俊美，不只在外貌，更在于文韬武略。

文，周瑜的居巢长当得就有模有样。武，建威中郎将也当得虎虎生威。

虽然从一开始，周瑜就没打算长干，他只是想以此为跳板，东归孙策。然而，征粮、治水、修桥，等等做得也是相当不错的。如果不是因为战乱，他一定会是一个好的文官。

袁术任命的居巢长是周瑜正式就任的第一个官职。

居巢是一个县，那么居巢长是什么官职呢？

据史书记载："县令、长，皆秦官，掌治其县。万户以上为令，秩千石至六百石。减万户为长，秩五百石至三百石。"

如此说来，居巢长就是居巢县令，属地方官，不过因为当时的居巢县，人口不足一万户，规模不大，所以称居巢长。

周瑜提出就任居巢长，主要是借途东归孙策。因为居巢离长江很近，从居巢顺流而下可直奔江东。再者居巢当属要地，所以周瑜挑居巢做县长，是经过多方面考量的。

到了建安三年，孙策封周瑜为建威中郎将，领兵二千，马五十匹，从此，周瑜多年研习的兵书战法才开始真正派上了用场，周瑜英武的一面才开始崭露头角，为人们所熟知和敬重。

人们似恍然大悟地说：原来俊逸的美周郎，不仅貌有姿色，精音律，而且也是一位能指挥三军，运筹帷幄的将才。

有人要问了，这建威中郎将是多大的官啊？

中郎将之职最早设于秦朝，汉代沿用，属武官职，分五官、左、右中郎将，分三中郎署。后来又增设虎贲中郎将、羽林中郎将，分掌虎贲、羽林两支禁卫军。东汉末年还曾设立东、西、南、北四中郎将，为领兵征伐之官。

因此，周瑜担任的就是带兵征伐的将领。

一般来说，武将多是从基层开始干起的，差不多都是逐级晋升。而周瑜初任即为建威中郎将，已经是比较高的军职了。

如此，孙策对周瑜的赏识和器重也可见一斑。

周瑜不是浪得虚名之辈，因此，也不会有负孙策所望。

孙策亲自领兵征讨丹阳祖郎和收服刘繇旧部太史慈之时，周瑜也自领兵镇守和练兵于军事要塞牛渚矶去了。

帷幄牛渚矶

在长江宽旷的江面上，耸立着一片入云的绝壁，绝壁之外，只见峰峦连绵，气势雄伟。绝壁之下的江边乱石堆间旋涡套叠，回波涌起，雪浪拍岸。

山峦秀木满嶂，形态奇异，犹如精灵莫测，已经令人惊叹，此外，夜猿啼叫，声声刺耳，又似乎在述说着乡关何处，功业何在？

此处是何所在呢？

这里就是军事要塞——牛渚矶。

在今天安徽当涂县西北长江边上，平地拔起了一座山，山间林木葱绿，蔚然深秀。相传，古有金牛在此出渚，因此，山得名牛渚山。

牛渚山又名牛渚圻。牛渚山在长江东岸，北通南京，南达芜湖，为中国古代长江下游江防要地。牛渚山为南京西南屏障，有"宁芜要塞"之称。戍镇于牛渚山上，居高临下，可俯视脚下的一切。

牛渚山西北临大江，其余三面为河水环抱，因山河亦得名牛渚河。牛渚山海拔一百三十一米，山围五公里，山上松翠欲滴，山形酷似蜗牛，又犹如一只硕大的碧螺浮在水面而又得名翠螺山。

牛渚山西北临江低凹之处，人称西大洼；北边山脊山势险峻，人称蜗牛尾；南麓林木葱郁，最高处人称为翠螺峰。

牛渚山三面环水，西南麓突入江中的这一部分悬崖峭壁就是著名的牛渚矶。牛渚矶突兀江中，绝壁临空，扼据大江要冲，水流湍急，地势险要，自古为兵家必争之地。

牛渚矶附近，江面水势平缓，历来为大江南北重要津渡。

牛渚矶西南有一洞，是牛渚山最大的一座天然石洞。此洞傍山临江，嵌在崖壁间，没有上下落脚之地，宛如出自水中。待有江水拍击洞边崖壁，立时浪花飞溅，令人眩目。此洞内为上下两层，洞内有洞，可直通长江。洞内环境别致，四季景色迥然各异。民间传说，在牛渚山出没的金牛，就出自此洞，因此此洞也称为金牛洞。

牛渚山一带，统称为牛渚。因险制塞，屯兵把守，人员逐渐增多而成为集镇，而镇当然就被称为牛渚镇了。

兴平二年，孙策借讨刘繇渡江起兵，第一仗就是进攻刘繇所占据的牛渚营。因刘繇在军事上的无为，虽然据有地利，却不会善加利用，又没笼络好人心，天时、地利、人和，这三要素尽失，孙策得到牛渚营就在情理之中了。

孙策以战略家的眼光，认识到牛渚地区的重要性。先是在建安三年，封周瑜为建威中郎将后，就派周瑜率领二千人马屯守牛渚营。后来，孙权又派周瑜自溧阳移兵屯牛渚，自此以后，牛渚发展成为重镇，为中国历史上南北纷争，兵家必争之地。

话说周瑜奉孙策之命，偕鲁肃及二千兵马来到了牛渚营。

每到一地，查看山势地型，是熟读兵书，精研阵法的周瑜的一个习惯。因此，待兵士安顿好之后，周瑜就邀鲁肃，带着几个熟悉地型的兵士，径往牛渚山深处而来。

周瑜一行来到牛渚矶，但见下面惊涛拍岸，水深浪急不可预测。然后又信步攀登至金牛洞附近。熟悉的兵士介绍说，这里的百姓传说此洞的水中有许多水怪，但是无人亲眼得见水怪的模样。

于是，周瑜闭目凝神静听，似有虎啸龙吟之音。由此，周瑜便想起了少时在冶父山伏虎洞的奇遇。半晌无语，众兵士不免都对这传说中的奇形怪状的水怪产生联想，竟至全身颤抖。而周瑜细听之下，睁开眼来，微微一笑，只说了一句："真乃气壮山河之音也。"

众士听得"丈二和尚——摸不着头脑"，但见中郎将的轻松愉悦表情，也都将悬着的心一颗心放下来。

"子敬，你看这里的石头。"突然，周瑜惊奇地喊了一声同行的鲁肃。

鲁肃闻声近前一看，松竹滴翠间，山崖兀立处，现出一块五彩石。再细致地环顾左右，就连平常严肃不喜言笑的鲁肃，也不禁笑了。引得鲁肃发笑的是大自然的神奇。只见那山石峥嵘险峻，可配上了五彩斑斓的色彩，真是让人不得不感叹这景观之奇！

此时的周瑜和鲁肃面对着这样的景致只是觉得称奇，他们可能根本没有想到，后人就是因为这里的石头，将此处的名称由牛渚矶改为采石矶，并与南京燕子矶、岳阳城陵矶统称为著名的"长江三矶"。

站在牛渚矶上远眺，可与江北的天门山遥相呼应。面对着此情此景，即便是普通人也会顿生一种豪迈之情。

接连几日的勘察，周瑜对整个牛渚地区，已经做到了胸中有数。然后，根据排兵布阵之法，依险制塞，因地制宜地筑城驻守，并把牛渚矶东北的一处较为平缓的荷包山，当成了练兵的场所。

这样一来，周瑜竟然把一个江涛奔涌，山石林立之处，变成了一个牢不可摧的军事要塞。而那些原本只会打鱼捕虾、种粮种瓜的平民，演练成了入水可以斩蛟龙，进山可以劈荆棘的龙虎之士。

一切都在顺利地进行着。

一个秋日，周瑜阅古籍，竟然发现了秦始皇曾驾临牛渚的记载。史载：牛渚山，当涂在县北三十五里，山突出江中，谓之掉渚圻，津渡处也。始皇二十七年，东巡会稽，道由丹阳至钱塘，即从此渡也。

这一发现，让周瑜对牛渚河泛舟又产生了某种渴望和期待。

于是，在一个秋天的月夜里，周瑜穿着微服，只带着四五个人，来到了传说中秦始皇曾经驾临的渡口。渡口依旧，船帆仍在，但，何处去寻始皇的影子呢？

不过，周瑜还是有所发现，原来他发现这牛渚渡口竟然与横江渡隔江相望。

周瑜不禁暗自一笑。然后，他吩咐手下人，觅得一只船，在秋风萧索中，乘着月色，从牛渚河至长江上泛游。忽然，江面上的另一只船中传来了咏诗声，周瑜便停船倾听。

这一刻，周瑜想到了已经回乡为祖母丁忧的鲁肃，甚至还想到了义兄孙策。

周瑜痴想：假如国泰民安，没有战乱，在这晴朗的月夜，邀上几位文人雅士，一起划船游玩，以文会友，应该是人间最大的幸福了吧！

然而，这个愿望现在还不能实现，特别是义兄孙策，他的肩上挑着千斤重担，哪敢如此清闲？而他自己也只能是偷得半日闲而已了。

自孙策袭夺牛渚营后，周瑜又筑城驻守，可以说，周瑜是牛渚镇的第一任镇守。镇守牛渚的周瑜，规划得很周密，自此开始，牛渚始为戍兵要地。

雅量春谷长

因为周瑜风流俊逸、雅量高致、气度恢弘，因此，不久便以"恩信著于庐江"。

庐江北临巢湖，南近黄金水道长江。境内西南部层峦迭嶂，杉竹荫荫，东北部沃野平畴，河网交错，中部丘陵起伏，沟渠纵横，黄陂湖注其间，通衢要道，畅达四方。庐江郡山不瘠，水不荒，是渔米之乡。

周瑜的家乡就在庐江郡舒县。

也正因为周瑜是庐江郡人，并且在那里很有威望，所以孙策就任命中郎将周瑜出山驻守长江下游的重要渡口牛渚。并且也就是在这年，周瑜又被孙策任命为春谷长。

牛渚、春谷与庐江郡一水之隔，两处均是扼守江东的咽喉要地。

周瑜上任时的春谷，还是一个不足万户的小县。

汉代规定：凡户数上万的县叫"县令"，不足万户的县只能叫"长"。因此，周瑜当时还不能叫县令，只能叫"长"。所以，周瑜任的是春谷县的"春谷长"。

春谷县始置于西汉武帝元封二年。春谷县名也是汉武帝命名的。据史书记载：那时春谷大地上的农民，已经从传统的单季稻栽培转向双季稻栽培了，这无疑极大地推进了农耕文明飞跃的发展。为了奖励和纪念这个地区对国家所作出的贡献，汉武帝亲自"赏"给了这个地区虽历经千百年仍诗意盎然的县名——"春谷"。

周瑜上任时，春谷县虽然与庐江郡隔江相望，但却是隶属于丹阳郡。除了盛产稻谷以外，尤以"丹阳铜"为主产区，地位十分显要。

铜可铸钱币、造兵甲、制器物，攸关军政国计。而擅长采矿冶铜的土著居民山越人，乃是古百越族的遗民，民风剽悍，不时群起武力反抗。所以自商周以后，历代战乱更替之际，春谷成为兵家征战杀伐必争之地。

周瑜来春谷任"春谷长"这年，满打满算才二十四岁。用现代人的眼光来看，只不过是一个乳臭未干的大男孩儿。

难道是春谷地域小吗？难道是在开历史玩笑吗？又或者是春谷的地理位置无足轻重，像家养的雄鸡，只不过是个摆设，有它叫天也亮，无它叫天也明吗？

错，如果这么想就大错特错了。

恰恰相反，春谷不论是地理位置还是战略价值、经济价值都是太重要了，重要得让孙策无不感到芒刺在背，彻夜难眠。

其一，春谷是孙策的大本营建业的第一道防线，也是从长江上游进入建业的咽喉要道。只要春谷安稳，建业则无忧。

后来随着事态的发展，也证实孙策当时的决策是对的。若干年后，果不出孙策、孙权、周瑜等所料的是，当曹操率领号称八十三万人马下江南时，就是准备在这一段过江的。

其二，春谷是我国青铜发祥地，是著名的丹阳铜的主产区。

从公元前11世纪开始，春谷铜矿的采冶持续长达两千三百多年。不仅时间之长，规模之大，国内首屈一指，而且保存之完整，技术之复杂，仿佛是一部埋藏于地下历历在目的中国冶金发展史。

据估计，春谷炼铜十万余吨，至少打造了百万件青铜器，古今中外绝无仅有，堪称为中华青铜文明发展作出了巨大贡献。

周瑜任春谷长时，正是春谷青铜文明发展的全盛期。那时虽然也发现了铁，但冶炼和铸造的技术还很稚嫩，承担兵器和钱币的主要还是靠铜。而兵器和钱币是一个国家，一支军队保持强盛的象征。所以说，有了春谷，便有了源源不断的兵器补充和国库里钱币的来源。

可以说孙策是睿智的。

正是想到了春谷有这两点重要性，孙策才选择了周瑜。周瑜是胜任春谷长的最佳人选。

虽然，鉴于师傅遗命，周瑜不能把欧氏祖训的秘密向义兄孙策合盘托出，但在少时的交流中，孙策是了解周瑜对冶炼之法及排兵布阵之法有所研究的。因此，孙策对于周瑜的提拔和信任，并不是意气用事，而是经过深思熟虑的。

孙策这么做，俨然是把自己的身家性命都托付给了周瑜。

周瑜对义兄的这份托付虽然感觉压力山大，但也是信心满满的。

对于排兵布阵之法，周瑜可以说是深得《孙子兵法》嫡传。

在牛渚，周瑜已经牛刀小试。而来到春谷，周瑜按照八卦原理修建了九洲八卦阵。修缮了九洲，疏通了九条江，把水汇入不泽之中，按照八卦命名原则，他命名这个大泽为雷池。

古人云：金有三等，黄金为上，白金为中（古称银为白金），赤金为下。赤金，即丹阳铜。

作为"治剑之法"的传人，周瑜上任伊始，用这丹阳铜铸造兵甲，打制刀枪剑戟，就成了当务之急。

纵观古今中外的军事角逐，武器装备都是战争胜利的一个重要筹码。随着孙策军的不断壮大，将士的铠甲兵器是必不可少的军事物质。难不成有民众来投军，让他们拿着烧火棍跟着军队打仗吗？

过去，只能一味地等打败了对手，才能夺取这些军备。现在周瑜要让孙策军掌握这一军备上的主动权。周瑜自己也没想到，恩师欧翁传给他的两大法宝，竟然派上了这么大的用场。而且，这冶炼之法，比兵法还更实用一些。

春谷县治在今繁昌县芦南一带，县域包括今天的南陵、繁昌、铜陵及青阳、贵池、泾县部分地区。

尤其是"丹阳铜"的主产区，地位十分显要，素有"剧邑"之称。在铜的主产区直接加工冶炼兵器装备，这是最简单直接而又省时省力的好办法。而直接利用擅长采矿冶铜的土著居民山越人，来做此项工作，更是极好的办法了。

只是，这山越人乃是古百越族的遗民，素来民风剽悍，不易顺从。这样的族人，年轻的周瑜能驾驭得了吗？

此时，周瑜的风流俊逸、宽厚仁慈、雅量高致等等优点，就派上了用场。

周瑜以真心换真情。他关心山越人的疾苦，放下身架和他们交朋友，很快赢得人们的信任和追随。当山越人都以为了周瑜出力流血流汗为乐时，那还有什么活儿是没有人给干的呢？

于是，周瑜在春谷设立了多个铸造点，借助山越人的土法炼铜，他再画龙点睛地稍加指点，于是，一件件军需物质就出炉了。

周瑜的技术指点，令山越人非常惊奇，他们没有想到一个风流俊逸的翩翩公子，竟然连看似粗笨的冶炼之法也如此精通。因此，对周瑜更加地佩服得五体投地。

此前，自孙策起兵开始，周瑜帮助孙策打了几个大胜仗，拓展了地盘，扩充了兵马。当时，孙策就有两愿望：一是夺取吴郡和会稽郡，立足于江东；二是平山越，掌握战略资源。

有了周瑜，孙策的两大愿望都逐步地顺利实现了。

睿智中护军

建安三年，周瑜出任牛渚，后再领春谷长。不久，孙策发兵攻荆州，又以周瑜为中护军，领江夏太守。

中护军，到底是多大的官呢？

要说中护军先得从护军说起。

护军之名出自秦代，秦时有护军都尉。"护"是监督、统领的意思。汉初沿用了护军这个官职。到了东汉时，护军只是偶尔用作出征大将的属官，每当有大将军出征时，根据出征的规模，分设中、左、右护军。但往往就置中护军一人，帮助大将军参议军事。再者，中护军和郡太守的俸禄差不多，都是秩二千石的级别。因此，可以说，中护军是重要的军事长官。

此时，孙策做为大将军，要发兵攻荆州，之所以任命周瑜为中护军，按照孙策的意图，当然是让周瑜为他出谋划策，参议军事。

此时，周瑜领江夏太守是为虚领。因为此时的江夏郡，并不是孙策军的领地，而是由黄祖驻守，属刘表所有。孙策之所以任命周瑜为江夏太守，是在意进讨江夏攻取荆州。

这样，周瑜就跟随在孙策身边，踏上了征程。

孙策正拟出兵西略，可巧就在这时，闻报袁术病死在了江亭。

孙策不禁扬眉吐气地说道："难道袁皇帝也会病死吗?"

孙策派人去探明了袁术的死因。

原来，自袁术僭号称尊，骄盈益甚，后宫数百嫔妃都穿着绫罗绸缎，大鱼大肉，可却唯独不肯赡给穷苦的百姓。袁术把一腔心思全用在女人身上，不思进取，其所作所为，引起将士的强烈不满。将士无战心，导致节节败退，粮食也告空。不得已之下，袁术只能毁去宫室，奔依部将处。没想到，遭到了拒绝。一时间，士卒又沿途离散，袁术竟然不知所为了。

之后，他遣使冀州，愿意将帝号让与袁绍。袁绍的儿子寄书给袁术，于是袁术改向北行投奔袁绍。可是，行至徐州，被一支军队截住。这支军队乃是刘备奉曹操之命统领的，专门为了在此擒拿袁术。袁术自知不敌，慌忙向回撤退。匆忙的败退，使得他那些军队的辎重，被刘备的军队夺了去。

实在没法了，袁术只得南归寿春，行至距寿春还有八十里的江亭，粮饷皆绝，只剩麦子三十斗，他想吃粗粮不能下咽，想吃蜜浆止渴，又无所得，不由得大呼道："袁术，袁术! 奈何至此?"说到此，只觉胸中作恶，哇的一声，呕出许多鲜血，接连不止，不长时间便倒毙在床上。袁术的一场皇帝梦也至此告终了。

袁术妻大哭之后，草草将袁术棺殓，携榇奔庐江，想依附于庐江太守刘勋。

也许是一报还一报。前广陵太守徐缪，听说袁术有传国玉玺。想这玉玺原是孙坚所有，在孙策母子携榇回曲阿时，被袁术趁人之危夺去。如今，同样的情形，有人纠众拦截，袁术妻又能有什么方法不给呢?

徐缪获得了玉玺，引众退去，自赴许都献玉玺，因献玉玺有功，因此获得了高陵太守之职。一代国宝，总算回到了汉室皇帝手中。

话说这庐江太守刘勋，本为袁术部将，袁术的家属来投靠，当然收纳。之后，他又招集了袁术旧部，得到了数万人，兵势颇盛，但是一时之间人员聚集太多，粮草的问题就不好解决了。

孙策了解了这一切，就决定借此机会西攻庐江。

这一天，孙策喊来中护军周瑜，与他商议，我军将如何部署兵马，如何进攻？

周瑜对此早做了详细的功课，于是胸有成竹地说出了自己的建议。

周瑜的计策是这样的：刘勋新得袁术的兵马，如果直接和他交战，肯定要投入很多的兵力。最好的办法是劝他去取上缭。因为上缭是豪民聚集之地，各自举旗当将帅，而且拥有的粮草很多。刘勋正是缺少粮草之时，肯定是垂涎欲得。但等刘勋去取上缭，我军借出讨黄祖之名，乘虚而入，就一举可得庐江了。

孙策闻听周瑜此言大喜，即刻派人送书给刘勋，并且加赠珠宝给他。

果然，刘勋见孙策的信后，利令智昏，不假思索地起兵去攻上缭。

待刘勋起兵，庐江空虚之时，孙策和周瑜便以多倍的兵力，几条线路同时进军。孙策大军到达石城后，孙策命令从兄孙贲配上两名副将，领兵八千，前往屯兵埋伏在彭泽，截住刘勋的归路。孙策则偕周瑜，自领兵两万，去攻袭皖城。

皖城是庐江郡的郡治所在地。因为刘勋出兵去攻上缭，留下的守军不多。突然听到孙策大军兵临城下，都吓得四处逃散了。孙策不费吹灰之力，长驱直入城内。

孙策大军的先锋军进城后，刘勋的妻子及投奔而来的袁术的妻儿都当了俘虏。刘勋部众除了逃走的，统统向孙策军投降。

和以往攻城略地一样，孙策严令军队，进城后不许残杀和劫掠百姓，甚至将刘勋及袁术的妻儿老小，也尽数释放，并加以供养。

孙策大军的这一抚民政策，不仅使普通百姓的心都倾向给了他们，而且也令战败的人心服口服。

孙策大军在人们心中树起了这样的口碑，接下来的发展能不顺利吗？

大队人马在城外选择有利地势安营扎寨，孙策和周瑜率领亲兵卫队才进得城中来。

这一日，皖城城门大开，城门前，很多百姓自发聚集到城门内外的道路两旁，夹道欢迎主帅孙策入城。人们伸长了脖子，翘首等待着一睹声振江东的小霸王孙策的风采。更有那些年轻女子和青年才俊，对风流俊逸，义达三江的周瑜，充满了期待。

孙策和周瑜没有让人们等待得太久，当日上三竿时，一队人马向城门前而来。

这时，人群有了小小的骚动，纷纷踮脚细看，只见在队伍的前面，两匹高头大马上，端坐着两名英俊威武的青年将军。

其中一位，骑着黄飙马，穿着金色的铠甲。但见他身材魁梧，龙眉凤眼，相貌堂堂，行为举止之间透着一股与生俱来的霸气。此时，他冷俊地环顾着周围的一切，虽然脸上露着微笑，但仍然令人不由得产生一种敬畏之意。

有人低声对左右之人窃窃私语说："这一位肯定就是有江东小霸王之称的讨逆将军孙伯符了。"

"对，对，没错，放眼江东，不是他还能有谁有此等的威严之仪呢！"更多的人随声附和着。

另一位，骑着一匹白马，穿着银色的铠甲。只见他面如朗月，神清气爽，周身散发着优雅高贵的气质。此时他淡笑不语，少了孙策的霸气，却多了一份沉静，整个人看上去既气宇轩昂又风度翩翩。

一些青年男子看见他，禁不住招手扬声喊道："周公瑾——"

周瑜听到了，笑意深了几许，四下回顾，摆手回应着人们的热情。

更有那人群中的女子们，皆痴痴地掩面盯视着周瑜，眼神热辣辣地如正午的日光一样灼人。偶然，女人们似乎感觉盯视的眼神正好和周郎四顾的眼神不期而遇了，竟然慌忙而羞涩地移将开去。

周瑜的眼神并没有在某一处，他让所有的人都感觉到了他的注视，让所有人都感觉到了他的温暖与亲切。

骑在高头大马之上的孙策和周瑜，看到经过之处人们的热情，脸上虽然不动声色，心中也是暗自高兴。

等进入城中，早有先行进城的将士们为他们准备好了住所。周瑜的住所被安排在了孙策的隔壁。

等一切安顿好之后，脱下铠甲的周瑜便轻装便服过来拜见孙策。

孙策此时也褪去了戎装，一副青年公子的打扮。见周瑜进来，孙策大笑着招呼着周瑜，并肩坐到一个茶桌前。桌上早有兵士沏好了一壶香茶。

孙策搂过周瑜肩头，侧着头亲切地对周瑜说道："瑜弟，看来我们兄弟两人名气不小哦！"

周瑜听到孙策这样称呼自己，知道此时的孙策，不再是那个威严令人生畏的将军，而又恢复了兄长的纯真之态。因此，听到孙策此言，他只是微笑着，慢慢地品茶，并没有说话。过去两兄弟独处时，不需多言，只需一个眼神，便互相心领神会了。不过今天，细心的周瑜发现兄长还是与往日有些不同的。他发现兄长仍然铿锵的语声中，有了一些情窦初开的少年人才有的多情。

周瑜猜得没错，孙策接下来的话证实了周瑜猜测。

"瑜弟，曾听说过皖城的乔公二女吗？"孙策说出这句后，知道在周瑜这儿不会听到任何回答的，便又自问自答地继续说下了去。

话说孙策刚一入驻城内，自有那些有意巴结之辈向孙策示好，说在皖城的城郊，有一位乔公，他有两个女儿，皆有倾国之色。

孙策虽然是铮铮硬汉，但毕竟是青春年少，被示好之人说得心动了。孙策正在暗自思量应该如何化解这春情萌动的心态时，正巧周瑜来了。

大将军的浓浓深情，更与何人说呢？当然是好兄弟了！

孙策满脸含情地对周瑜说着他的心事："乔公有两个女儿，配与我们两兄弟如何？"

周瑜知道孙策这回是动了真情的，同时周瑜也知道孙策是有些顾虑的。

远的不说，就最近的几年里，各路称得上是大丈夫的英雄豪杰，你方唱罢我登场，起起伏伏，落败的原因，都多少和宠幸女人有关。

可以说，孙策是野心勃勃，一心想有所成就的人，他不想因为在女人身上的留情，而让自己的远大理想功亏一篑。

但是，毕竟孙策是男人，而且是多情的男人，怎么办？

孙策问计于周瑜……

乔宅寻佳缘

不久，孙策接到从孙贲那儿传来的捷报，说已经打败了刘勋。真是好事一件连着一件，没有不顺心的事了。

借着孙策大军在皖城集结，战事稍歇的空隙，周瑜细细地去品味了这皖城一番。

这一天，周瑜身边只带着一直跟随着他的周虎，两个人微服来到皖城的大街上。当然，周瑜也是身怀使命的，他的使命就是要去拜会乔公。只是醉翁之意不在乔公，而在乔氏二女也。

那一日，孙策与周瑜两兄弟倾心交谈了之后，一致决定，耳听为虚，眼见为实。

具体的解决的办法得亲自了解才能决定。如果人家不愿意，他们自不会强人所难，强娶豪夺的。而这种事，是不能假他人之手的，周瑜得亲自去做。

因为皖城几乎是和平解放的，而且孙策军进城后又是军纪严明，因此，周瑜眼中所看到的皖城，并没有战争带来的创伤，百姓仍然是一派安居乐业的景象。

周瑜和周虎两人信步走到一处街市，看到这里人声鼎沸，男女老少或买或卖，或表演着各自的杂耍技艺，或凝神注目观瞧着。

看着这一切，周瑜心中愉悦。虽然身逢战乱之时，打打杀杀不可避免，但周瑜始终怀着一颗安然处事之心。他想：国泰民安，喜乐祥和，真好！

热闹的街市没能留住周瑜的脚步。他穿街而过，径直向郊外而来。

细腻的周瑜，从来不打没有把握之仗。周瑜在孙策那儿领得这一使命之后，似有意无意地多次向人打听到了乔公寓所的位置和有关的一些情况。

没想到，在皖城，这乔氏父女还真是大大的有名啊！不用刻意，只一提周瑜就得到了许多想知道的消息。

比如，乔公的寓所位置就在东郊，溪流环绕，松竹掩映着的一个村舍便是。乔公的两个女儿，具体的名字无人知晓，世人多将大女儿唤作大乔，二女儿唤作小乔。

有人说，在乔宅的后院有一口古井，水清且深。二乔姐妹常在井边梳妆打扮，可谓"修眉细细写春山，松竹箫佩环"。而且，每次妆罢，两人便将残脂剩粉丢弃到井中，长年累月，井水泛起了胭脂色，水味也做胭脂香了。于是，这井便有了"胭脂井"的雅称。有诗曰："乔公二女秀色钟，秋水并蒂开芙蓉。"

传闻还说大小乔的父亲乔公，名为乔玄，祖籍睢阳，也曾官至三公之首的太尉。虽然现在家道中落，可这乔家二女，却也是知书达礼，琴棋书画样样皆通的大家闺秀之派，且都是有着国色天姿之貌的美女。

听罢，周瑜也不禁想尽快一睹芳容了。

越临近东郊，周瑜的心也越发地鲜活了起来。越过了一条溪流，在松竹掩映的深处，似乎已经望见屋舍了。

走进竹林，一股清新的空气扑面而来，有鸟儿在枝头欢叫，似乎在欢迎着周瑜的到来。对于花鸟鱼虫，周瑜似乎是与生俱来的喜爱，特别是那些能发出声响的一切，到了周瑜的耳朵，都是一曲曲动人的乐章。

周瑜情不自禁地随手摘下一片竹叶含在口中，眼睛望向竹梢，竹梢之外隐约可见片片蓝天。

有太阳透过竹叶照射下来，将周瑜的脸照得是斑驳陆离。周瑜自己没有觉察，只是微闭着双眼，将口中的竹叶吹响，立时，鸟叫蝉鸣，鱼水欢歌，竹林内外，竟然也成了音律的舞台。

那一刻，周瑜似乎忘记了身在何处，也早已经忘记了他的使命，他只是迷失在自己的韵律中。

为周瑜的韵律所迷失的，不只是周瑜自己和那些和声的精灵，还有一位堪称为精灵的人——小乔。

周瑜走进竹林之时，小乔正在后院胭脂井旁试穿她的新衣。这件新衣是姐姐大乔亲手缝制的。而此时的大乔，则在屋中忙碌着自己的那件。

大乔不仅气质优雅端庄，而且温良贤惠，做为姐姐，她对妹妹倍加呵护，吃穿用度上一直照顾着妹妹。

这会儿，她看着妹妹高兴地试穿新衣去了，才开始继续埋头做着自己那件。

小乔顾不得和姐姐说声感谢，就小鸟一样飞快地跑出去试穿新衣。当静静的井水中现出婀娜的腰身时，小乔陶醉了。

忽而，一双水灵灵的眼眸，微微闪烁，清澈晶莹间似乎又含着点点泪水，露出怅然若失之态。为什么会这样子呢？

其实，似小乔这样年纪的少女自己可能都不知道，似她这般梨花带雨香落泪的模样，是最让英雄豪杰为之倾倒和留恋的。

"周郎，你在哪儿？不知你是否能看到我的这般衣装。"小乔自言自语地呢喃着……

原来，那一日，孙策和周瑜骑马入城，二乔姐妹也在欢迎的人群中。回到家中，大乔的梦中便有了孙策的身影，而小乔的心中一想到周瑜，便小鹿般乱撞。

大乔的性格沉稳，有什么话都埋在心里，虽然对孙策充满了渴望，但是想到自己的家境已落，与孙策如天渊之别，便将情意深埋在心里，不敢作痴心妄想。

小乔的性格略有些外向，又是情窦初开之时，刚刚燃起的爱情之火已经将她的心烧得无法自拔了。

就在小乔迷失之时，忽然闻听竹林里鸟叫蝉鸣甚欢，鼓动着小乔的心里也痒痒的，情不自禁地向竹林挪动脚步。

当小乔拨开竹叶，寻声而去时，眼前的情景也让她以为是在梦中了。因为她看到的一切，太像是梦了。

因为呈现在她眼前的是一个人与一群鸟蝉的欢歌。只是鸟儿隐在枝头，只闻其声，不见其身。而那个最响亮的鸟语，却发声自一个站在竹林中的人。

小乔拨动修竹的声响，被忘情吹奏的周瑜灵敏地捕捉到了。于是，周瑜停止了吹奏，机灵地将眼睁开环顾。

不期然地，与一双晶亮的眸子对视了。周瑜甚至看到了那双眸子狂喜而又惊异的光，还有双眸下那张精美绝伦的脸和因惊异而大张着的樱桃小口。

不知道过了多久，定定地盯视着的两个人才有了反应。

"我乃舒城周公瑾，一时忘情，可能是惊扰了姑娘，真是不好意思。"周瑜首先介绍自己说。

其实，不用周瑜自己介绍，当与周瑜眼睛对视那一刻起，小乔便认定他就是那个令她日思夜想的周郎。

虽然那一日见他，他是一身戎装。但，眼睛是心灵之窗。

想那一日，周瑜无目的的四顾，对于周瑜来说，也许只是无意识地惊鸿一瞥，可对于小乔却是一见倾心了。

就从那日起，周瑜的那双眼睛便在小乔的头脑中始终晃动着，挥之不去。

如今，这双眼睛不期然的又与她对视了，而且还对视了那么久……小乔大脑中一片空白，她感觉自己的心简直要从胸腔中蹦出来了。

小乔当然知道周瑜在和她说话，可是，她只看到周瑜的口在动，却不知道他到底说了什么？更别说是回答他的问题了。

"借问姑娘，这里可是乔公寓所吗？"周瑜见一个美丽的姑娘盯着他不语的模样，微微一笑着，又开口问道。

其实，对于这样的凝视，周瑜不是第一次见到。只是，似这一双清澈如水的明眸，周瑜却是第一次看到，因此，刚刚才忘情地对视了那么久，那么久……

周瑜的再一次提问，才将小乔的思维拉回来。

这回小乔听清楚了，原来她心中盼望了许久的人，之所以出现在此地，是专门来她们家的。虽然小乔此时还不能确定周瑜为何而来，但女人灵敏的第六感似乎让她猜到了什么？

小乔忽然感觉到了一丝羞涩，脸颊飞上两片红晕。

小乔拼命地冲着周瑜点点头，伸手向竹林深处的屋舍一指，低声说了一句："那儿就是。"然后，就扭头逃也似的跑了。

小乔并没有跑向家门的方向，而是跑到了河边儿。她得去河边吹吹风，给自己降降温，清醒一下有点发烧的头脑。因为这一切来得太突然了。

看着小乔飞跑而去的背影，周瑜似乎也猜到了一点。

虽然她并没有报上姓名，但这样天仙一样美丽的姑娘在乔公寓所附近出现，不是乔家姐妹，还会是谁呢？

可是，为什么她又不说明自己的身份就跑开呢？

带着些许的疑问，周瑜叩开了乔宅的大门……

小乔出嫁了

乔公亲自出来开的门。

见到周瑜的到来，乔公似有些诧异，也似乎早就预料到了。

自从解职隐居在此，尽管乔公很低调，也严令两个女儿深居简出，免得招惹是非，但是，乔家的两个女儿实在是太优秀了。

不知道从什么时候开始，国色天香的两个女儿就名扬皖城了，或者还不只限于皖城。

于是，上门提亲者，几乎踏破了乔公的门槛。

为此，乔公本着不支持，不反对的态度，把决定权完全交给自己的两个女儿。

大乔与小乔虽然性格不同，但考核人的办法却都古灵精怪，使得一个又一个提亲者都败下阵去。

"请问，这是乔公的家吗？晚辈想求见乔老前辈。"周瑜见门开了，便拱手施礼，朗声问道。

"我就是。"仔细地打量了一下敲门的人，开门的乔公直截了当地表明了自己的身份，并追加问了一句，带着些许的明知故问的意思，"不知道这位公子找老夫所为何事？"

"晚辈舒城周公瑾，见过乔老前辈。我此来是——"周瑜礼貌地深鞠一躬，对乔公的直接问话，一时竟然不知如何回答了。周瑜心想：总不能刚一见面，就说相中了人家女儿吧！那样会不会被人认为是"孟浪之徒"呢？

见周瑜语塞，乔公宽厚地一笑，也拱手回礼将周瑜让进门。

其实，自打开门见到周瑜第一眼，乔公就颇为喜欢。再听介绍说是舒城周家之人，乔公就满心欢喜了。因为曾与周家人同朝为官，虽然谈不上亲密，但也应该算是世交了。

周瑜落座后，自然是与乔公有了一番寒暄，乔公虽然言语之中一直在说自己是归隐之人，不问政事，但对周瑜介绍的天下事，特别是有关于孙策及孙策大军的诸多事情，都认真倾听，并频频点头。

最后，周瑜略有些腼腆地说："来到这皖城地面，晚辈自当来拜会乔老前辈，因孙将军军中事务繁忙，特命我替他前来拜谒。还有——"没等说完，周瑜额上竟然渗出了汗珠，脸颊也红彤彤地灿如朝霞。

周瑜还是没能说出此次的真正来意。

乔公见周瑜如此模样，心里早就明镜似的了。乔公请周瑜稍等，自己径向后院，亲自来听两个女儿的看法。

虽然汉家礼法，婚姻全凭父母之命，媒妁之言便可，但是，在这一点上，乔公是开明的。他不想委屈了女儿们，再者，他的心里实际上已经是同意的节奏了。就在方才他一边与周瑜聊天时，一边心里早就暗自核计着：两个貌美如花的女儿，终究是要嫁人的，如果能分别嫁给前途远大的孙策和足智多谋的周瑜，应该是一个不错的归宿了。

过了没有多久，乔公就回来了。

乔公重新落座后，眼睛盯视着周瑜，郑重地说道："老夫我一个落魄之人，幸还有两位知书达礼的女儿，女儿们不才，如果能得到孙将军和周公子两位欣赏和垂青的话，老夫我自然是高兴万分的，只是这礼数上是不能少的。"

周瑜一听，非常高兴，立即起身拜谢，并答应回去立即请人来提亲并下聘礼。

"且慢，老夫还有话说。"刚要告辞的周瑜又被乔公喊住了，"小女儿小乔，是否刚才已与周公子有过一面之缘了？"

周瑜一听，确认自己所看到的女子便是小乔，心中更是狂喜。狂喜之下，周瑜也听明白了乔公的言下之意。

姐姐大乔是温婉贤德的女子，她的意中人是孙策。大乔的要求不高，知道孙策是英雄豪杰，一切全凭父亲做主，只要孙策能明媒正娶即可。而妹妹小乔则是曼妙多情，虽然已经谋得周郎面，但还是要考一考，才能考虑是否答允婚事。

周瑜听明白了，于是，高兴地回去向孙策复命并加以准备去了。

周瑜回来向孙策汇报了乔家姐妹的情况。孙策也是十分高兴，心想马上飞奔去求婚。

然而，正在这时，有紧急军情来报，无奈，孙策只好委托周瑜全权办理求婚之事。孙策命人准备丰厚的聘礼，并且特意嘱咐周瑜，一定要对乔家父女表明他的诚意。

带着兄弟两个人的诚意，周瑜命六位侍从抬着聘礼，在一个秋日，又向皖城东郊的乔家寓所而来。

乔公热情地接待了周瑜一行。一切进展得很是顺利，可是，到小乔这儿却卡了壳。乔公只得将周瑜等留宿一夜。这是为什么呢？

因为，这小乔，不仅人长得漂亮，而且很有才华。她要试一试周郎的文才，方肯答应婚事。

晚餐后，乔公乐呵呵地走进周瑜一行临时居住的客房，对周瑜说："小女小乔有一题，请周公子做答。"

周瑜又是拱手施礼说："乔老前辈请讲。"

乔公就开始口述题目。

小乔以"一二三四五六七八九十"为题，赋诗一首，是这样的："一个大乔两小乔，三春容貌四季娇，五颜六色调七彩，难划八九十分描。"

要求是，周瑜必须在天亮前将数字调过来和诗，方才算回答正确。

周瑜一下子也着实摸不着头脑了，口中反复叨咕着"一二三四五六七八九十"和"十九八七六五四三二一"，整个人陷入了苦思冥想之中。

咯咯——，咯咯——咯咯——，不知不觉已鸡叫三遍，周瑜没有半点睡意，一直在苦心琢磨着如何来回答。

正值九、十月份的秋夜，城外东郊一片漆黑，抬头望向夜空，此时，更显得月圆色皎。周瑜面对此情此景，突然灵感一现，在心里暗喊一声："有了。"

于是，一首和诗随即赋成："十九望月八成圆，七人已有六人眠，五更四点鸡三遍，二乔出题一夜难。"

既然已经答出此题，周瑜兴冲冲地就出了房门，刚走到院子里，一阵微风扑面而来，周瑜立即醒悟到，这已经是半夜了，想必主人都早已经入睡，只有等到天明喽！

可是此刻，周瑜却也了无睡意，不能前去打扰，索性就站在院子里，抬头望向了夜空。

此刻，一个窈窕的身影静悄悄地来到周瑜的身边。月光下，她的身影被拉得细长，更加显得苗条而纤弱。

"一个大乔两小乔，三春容貌四季娇，五颜六色调七彩，难划八九十分描。"

——这是一个女子的喃喃细语。

"十九望月八成圆，七人已有六人眠，五更四点鸡三遍，二乔出题一夜难。"

——这是一个男子的磁性呼唤。

声音虽然不大，但彼此都听到了，而且彼此的小心脏都被激荡得一颤。

顺着声音的方向寻去，两个人的目光在月夜中又相遇了……

于是，乔公大喜，两个女儿，一对姐妹花，同时嫁给两个天下英杰。一个是雄略过人、威震江东的孙郎，一个是风流倜傥、文武双全的周郎，堪称绝世美满的姻缘了。

时因，群雄并起，逐日相互攻伐，这一场两对四人的集体婚礼，并没有太过铺张，只是在孙策母亲吴老夫人的见证下，孙策和周瑜将各自的新娘接进府中，洞房花烛而已。

当然，郎才女貌，谐成伉俪，两情相惬，自然少不了举杯畅饮，恩爱缠绵的了。于是，成就了孙策与大乔，周瑜与小乔，美女配英雄的一段佳话。

轻摇鹅毛扇

小乔出嫁了，由一位清纯的小女子，嫁做了他人妇。表面上最大的变化当然是头发。

有时，小乔会梳着秦汉时代妇女最流行的垂云髻，发髻低低地下垂至肩部，看上去如云彩一般娴雅飘逸。有时，小乔也会梳坠马髻。这"坠马髻"是汉顺帝时，外戚梁冀的妻子孙寿创造的一种新式样。这种发髻略偏一侧，造成一种不平衡的观感，令人耳目一新。小乔也如都市中的贵族妇女一样梳成坠马髻，更是增添了许多娇媚之态，正如诗中所云："妆鸣蝉薄鬓，照坠马之垂髻。"

小乔的这般精致打扮，周瑜看在心里，自是十分高兴，并更加地怜爱。况且他本就是一位品貌非凡，惊才风逸，懂得生活的男子。除了在战场上的一身银色铠甲，更多的时候，他都是喜欢羽扇纶巾的一介儒生装束。

"纶巾"，乃是头巾名。幅巾的一种，以丝带编成，一般为青色。东汉末年，儒生为了表明自己不与贪官污吏同流合污，所以往往不戴冠帽，而戴纶巾，表示清廉、儒雅。

"羽扇"，是用鸟羽制成的扇子。

不知道从何时开始，男子们，特别是儒雅的男子，都以拿着羽毛扇子，戴着青丝绶的头巾，来体现自己态度从容、清廉不污、临危不乱、运筹帷幄，等等。

周瑜也是这样的儒生，当然也喜欢以羽扇纶巾示人。

小乔也最喜欢夫君如此的装扮。

在府中，周瑜与小乔夫妻两人，还是喜欢像初遇时那样，时常四目相对，却是一言不发，仿佛一切已尽在不言中。

周瑜的眼中看到的，是温软如玉的红唇，嘴角微弯，带着淡淡的笑容，如三月阳光，令人舒适而惬意。

小乔眼中看到的，是一张明净白皙的脸庞，透着棱角分明的冷峻，黝黑深邃的眼眸，泛着迷人的色泽，那浓密的眉，高挺的鼻，用眉目疏朗、目如朗星、鼻若悬胆……词语来形容都觉得不够确切。

然而，这样的时光，却也并不是天天能够享受的到。因为军务繁忙的周瑜，常常要行军打仗，镇守练兵。因此，两人越发地珍惜彼此凝视的时光。

那一日，周瑜又带兵出征了，小乔一个人闲在家中，想起了家中的老父，于是，便带着几个仆人，乘着马车回到了皖城东郊的家中。

自两个女儿双双嫁人之后，乔公的寓所便不再有人打扰了。两个女儿虽都希望父亲能与她们住到一起，但是乔公却乐得享受这难得的清静。两个女婿只好派人对乔公寓所重新进行了加固与修缮。

阔别几个月，再回到家里，看着胭脂井和流水淙淙的小溪，特别是那与周瑜相遇的竹林，一切的一切，都令小乔亲切而欢喜。

小乔钻入竹林深处，也学着当初周瑜的样子，想用乐曲唤来鸟蝉的欢语。费了好大的劲儿，终于吹响了，可是，鸟儿不是合鸣却是惊飞开去。小乔不由得自嘲地一笑，暗自说："看来这音律可是真功夫哦！"

嘎嘎——嘎嘎——，忽然，两声凄厉的鸟叫声在竹梢上空响起。初时，小乔还以为是她蹩脚的吹奏引来的，可是，还没等她看清楚，想明白是怎么一回事呢，只见一团白色的物体，在她头顶的竹梢处向下滑落，一下子正好砸落在她的眼前，再有半寸距离，说不定就掉在她的头上了。

惊魂未定的小乔，口中叨咕着："好险！好险！"

片刻之后，小乔才定睛细看，原来是一只通体雪白的白天鹅，腹部还插着一支羽箭。小乔看这白天鹅开始还抖动几下，一会儿之后，就再也不动弹了。

嘎嘎——，声音又起，小乔抬头向竹梢之上寻找，看见还有一只也是浑身雪白的白天鹅在低空盘旋，叫声更加地凄厉，如泣如诉。

小乔将地上的白天鹅抱起，再高高地举过头顶，她想让寻找它的同伴发现它。那只悲鸣飞翔的白天鹅真的看到了，于是，它不顾一切地俯冲下来，巨大的翅膀扇动的风，连竹叶都纷纷向四处倒去。

于是，小乔赶紧将手中的白天鹅平稳地放到地上，然后快速地退到一边去。

之后的几天，小乔看到那只活着的白天鹅一直守候在死去的同伴身边，久久，久久，不愿意离去，而且不时地还发出令人动容的悲鸣。

同时，小乔还惊奇地发现，活着的白天鹅经常用嘴爱抚着它死去的同伴。

白天鹅的嘴基是黄色的，从上嘴部一直延伸至鼻孔部，嘴尖是黑色的，看起来坚硬而强大。小乔看到它时常会飞至竹林外的小河边，在淤泥里掘地刨食。

不知过了多少时日，一天，小乔跟着活着的白天鹅来到河边，发现这只白天鹅竟然在河边掘出了一个坑，这个坑足以让它的同伴于此长眠。然后，活着的白天鹅一点一点用它的嘴拖拽着它的同伴，从竹林向准备好的河边墓地而去……

也许是时日有些久了，死去的白天鹅身上的羽毛已经开始脱落，再经这样一拖拽，它们的身后，一根根羽毛连成了线，似是铺就的一条通往天空的雪白之路。

那一刻，小乔真想上去帮忙，可她却被惊呆了似的，站在那里，一动不动。

终于，活着的白天鹅，将死去的白天鹅拖拽到了它的安息地，将它一点一点地掩埋……之后，活着的白天鹅也就在那里安了家，孤独地飞来飞去。

小乔被它们忠贞的爱情给震撼到了。她精心地拾起从那只死去的白天鹅身上掉落的羽毛，特别是一根根的羽翅，然后紧紧地抓在手心里，放在胸口上，感受着它的温软……

小乔在胭脂井旁梳妆，也将那些羽翅带在身边。梳妆完毕之后，只见她细细地将那一根根羽翅洗净梳理一番，立即，羽翅晶莹洁白了。

因为那两只生死相依的白天鹅，不知不觉的，小乔竟然在娘家中耽搁了许多时日。一日，有人来报，说周瑜已经凯旋而归了。于是，小乔匆匆告别老父，踏上了归程，只是，在她的身边，多了一个精致的盒子，里面装着那些洁白的羽翅。

　　夫妻两人新婚小别，再度重逢时，自然是更加地恩爱缠绵。小乔依偎在夫君的胸前，泪眼朦胧地讲述了她亲眼见到的白天鹅那不离不弃的爱情，令周瑜这个七尺男儿也唏嘘不止。谈至此，两个人不由得更深地相拥在一起。

　　羽翅，那些羽翅。这一刻，灵光一闪，小乔为那些她精心收集的羽翅找到了一个好去处——制作成鹅毛扇子。

　　于是，小乔多次拜访工艺师傅，花费了许多时日，亲手用那些羽翅，扎了一把晶莹剔透的鹅毛羽扇。

　　小乔的鹅毛羽扇当然是为夫君周瑜所制的。

　　这一把鹅毛羽扇中寄托了小乔对夫君周瑜的爱，那是如白天鹅一般生死相依的爱恋。只是想象着夫君每时每刻握着这把鹅毛羽扇，小乔就已经激动万分了。

　　千里送鹅毛，礼轻情意重！

　　为了表达自己这份珍贵的感情，小乔要亲自将鹅毛羽扇送到夫君的手中，哪怕是千山万水，也要把鹅毛送到亲爱的人手中，表达她的心意、诚意和爱意！

　　这一日，周瑜在一处军营操练水陆两军归入营帐，欣喜地看到了帐中竟然有两个女人。初时，周瑜一愣，待得细看，他赶紧快步上前，双膝跪拜："不知伯母远来，有失远迎，请受瑜儿一拜。"

　　能称呼周瑜为"瑜儿"的人，除了周瑜的亲生父母，不是孙策的母亲吴老夫人，还能是谁呢？

　　此时，吴老夫人见周瑜回到营帐，慈爱地拉起他，并牵着他的手说："瑜儿啊！军务繁忙，也不能冷落了娇妻哟！"

　　吴老夫人一边说着话，一边将身边搀扶着她的小乔的手，也揽过来，放在周瑜的手中，于是，三双手交织重叠在一起，三颗心也融合在一起了。

片刻之后，小乔羞涩地抽手回身，取出那把她精心制作的鹅毛羽扇，交到夫君周瑜的手里。那一刻，小乔看到夫君那双她所熟悉的眸子又亮了，又温润了……

从此，人们时常看到吴老夫人带着俊美的小乔来军营探望，而雄姿英发的周瑜则戴青丝带纶巾，摇动着鹅毛扇，骑上战马，驰骋于阵前。

巴丘的天空

话说周瑜助孙策攻破皖城，两人又分纳了天姿国色的大乔、小乔。转眼间已经是建安四年，即公元 199 年，周瑜和孙策都是二十五岁。

再说那刘勋被孙策用计引去上缭。上缭的土豪，皆坚壁清野，退守城中，使刘勋竟然一无所获，只好屯兵海昏，为如何攻城进行谋划。

忽然有人来报，说孙策袭击了皖城，因此，慌忙向回退兵。

当刘勋回兵至彭泽时，遭到了早就埋伏在此地的孙策派去的孙贲、孙辅的截击，因此，刘勋又败走至流沂，随后他派人到夏口向江夏太守黄祖求援，得到黄祖五千舟师的援助。

孙贲见刘勋有援兵到来，立即报告孙策。孙策得知这一战报，马上带上周瑜等人亲自出征，大破刘勋军，刘勋逃往许都。

这一场胜利，使孙策军不仅得到了刘勋的二千余人，而且还缴获了黄祖所派遣的数百艘战船。

乘着这些战船，孙策军水陆并进，向西锐击黄祖。尽管黄祖率水军迎战，又向刘表求援长矛队五千人，但孙策军攻势强劲，势如破竹。

在沙羡一场激战，孙策军大破黄祖。黄祖不仅船械尽失，就连妻儿老小也顾不上了。

接着孙策军又攻下寻阳，本想进一步讨取江夏郡，周瑜感觉时机还不成熟，就建议转道先攻取豫章郡为好。孙策采纳周瑜之计，屯兵椒邱，派功曹虞翻，去招降豫章太守华歆。

话说这华歆本就是一介书生，有文无武，怎么能抵御孙策的大军呢？因此，立即答应了孙策的招降。当孙策军入城之时，华歆以文人的普通装束迎接孙策。孙策也将华歆待为上宾。

之后，孙策授孙贲为豫章太守，并将原来的豫章郡划分出一部分为庐陵郡，任命孙辅为庐陵郡守。因为庐陵乃军事要地，因此，孙策决定留下周瑜，镇守庐陵的巴丘。

算起来，这应该算是周瑜与孙策两兄弟的第三次分别。

在平定了豫章郡之后，孙策其时已据有了丹阳、吴、会稽、庐江、豫章、庐陵等江东六郡。

如果论功行赏的话，周瑜是功不可没的第一功臣。

因为，从汉献帝兴平二年，即公元195年起兵，周瑜就在汉末军阀割据混战之时，坚定地站在了孙策的身边。

孙策军所取得的江东六郡，其中只有征取吴郡、会稽郡时，周瑜没有直接参与，但也有他的功劳。如果不是他协助孙策渡江，打败扬州刺史刘繇，吴郡、会稽郡就不可能为孙策所得。

其实，周瑜对于功劳与待遇是根本不介意的。英俊飘逸的他，看中的是情意和那一份多年前许下的承诺。

大丈夫别无所求，唯有信守承诺，才是义不容辞的责任和担当。

一天，周瑜昂首站在巴丘的土地上，面对着奔流不息的赣江水，他的心中充满了守卫边疆的自豪感。他抬头仰望着蔚蓝的天空，深吸一口巴丘清新的空气，顿感肺腑生津，舒畅无比。

此时，周瑜的心里、眼里都是如何依险制塞，如果操练水陆两军的事，全然没有想到，这巴丘之地，对于他来说意味着什么？尽管周瑜英俊异才，他也无法预知这一切。

认真细致地考察完这巴丘之地以后，周瑜以军事家的战略眼光洞察到，巴丘和牛渚矶等地有异曲同工之妙，都是易守难攻的兵家必争之地。

令周瑜高兴的是，今昔已不同于昨日，攻取江东六郡之后，孙策军已经是兵强粮足，且拥有许多艘战船和数万马匹的水陆之师了。

又一日，周瑜放眼镇守的巴丘，水路纵横，却多峡谷急流险滩。他便乘着战船，穿过江水狭窄之处，行至赣江一处较开阔的地段。湍流中间赫然现出了一个沙洲。周瑜想：若在此处操练一支水军，战时，将会是一支奇兵啊！

想至此，周瑜即刻命人将船靠近洲头。可是，停靠了半天，也没能将战船停稳。周瑜询问到底是怎么回事？

有兵士报告说，一因风大浪急，二因沙洲岸边只有光秃秃的大石，找不到抛锚之地。

闻报，周瑜走到船头观察。他放眼望去，兵士所报的没错，这样的地势确实很难将船靠岸。

怎么办？难道就这样放弃了吗？

周瑜抬头仰望着天空，一行候鸟排着整齐的队形，正在向北迁移。

他下意识地摇了摇手臂，可是低头一看，手里握着的却并不是鹅毛羽扇，而是一把剑。

周瑜这才想起，刚刚上船的时候，因为江边风大，他便将鹅毛羽扇放在了营帐中。

这时，周瑜看着手中的剑，若有所思……

忽然，周瑜转身将手中的剑抛向岸边的大石，力道之劲，拿捏之准，就连跟随他多年的将士也从未见过。

所有人，只看到周瑜忽然转身，随手一抛，姿势优美而洒脱，然后就见一道白光滑过……

还没等人们明白是怎么一回事呢，再看那剑，已经插进了两道大石的缝隙间。整个剑身都没入石缝中，只留剑柄在外面。

众将士赶紧以周瑜所抛之剑为抓手，将船锚抛稳，众将士这才弃船登岸。

因为此处是周瑜抛剑而成的一处操练水军之地，人们就将赣江中心的这一处沙洲命名为"成子洲"。

成子洲真是一处天然的操练水军之地。经过在此练兵，周瑜相信他的水军在将来的水战中，可以应对各种复杂的局面。

事实证明，周瑜设想的没错。在以后的大战中，东吴水师确实战无不胜，当然这是后话。

巴丘的天空中，有白云飘过……和另一个也叫巴丘的地方连成了一片。

也许是无独有偶，在位于湖南省岳阳市西北的洞庭湖畔，有一个巴丘山，站在巴丘山上，可前瞰洞庭，背枕金鹗，遥对君山，南望湖南四水，北眺万里长江。

这里是湖南省的北端，却是中国的中部，挨长江、伴洞庭。于洞庭湖来讲，它是门户，于长江来讲，它横贯其中。

为了更确切地表达巴丘地区的重要性，在这里，就有必要将后来发生的事，提前交代一下了。

在东汉末年的军阀混战中，群雄逐鹿。在这其中，有几股势力渐露锋芒。

其一，就是以曹操为首的曹军；其二是以刘备为首的刘军；其三是以孙策、孙权为代表的孙军。

这三股势力，在不同的时期，互结同盟，又互相牵制。

在赤壁大战中，孙刘联盟，与曹军抗衡。曹军在进退过程中，位于洞庭湖畔的巴丘是必经之地。而赤壁大战后，这巴丘地区又成了孙、刘两个军事集团的交界处。

话说周瑜助力孙策先进攻寻阳，打败刘勋，然后又征讨江夏，再回兵平定了豫章和庐陵，最后，于建安四年，即公元 199 年，周瑜奉孙策之命，留下来镇守巴丘。

而在此后，周瑜作为东吴的统兵大将，江夏击黄祖，赤壁破曹操，功勋赫赫，名扬天下。

赤壁大战后二年，即建安十五年，周瑜回归江陵，准备攻取益州。行进途中，借道经过巴丘，没想到，却因病死于巴丘，时年仅仅三十六岁。

周瑜英年早逝，令人十分思念和惋惜。而这时，周瑜的美丽娇妻小乔，才只不过是三十岁左右。小乔乍失佳偶，其悲苦是可以想见的。

小乔在如诗如画的江南，过着寂寞的生活。至吴黄武二年小乔病逝，终年四十七岁。

也许是出于对周瑜的敬仰，后世人对其生前所镇守的巴丘，以及病逝的巴丘，都进行了多种的阐述和描写。

后世人有诗曰：

凄凄两冢依城廓，一为周郎一小乔。

依据此诗，人们对周瑜和小乔的归藏之地，也进行了多种的猜测和判断。

无论如何，这巴丘之地，对于周瑜来说，都是无法抹去的关键之地。

不论这巴丘是同名的两地，还是原本就是同一个地方；也不论这巴丘是指江西峡江还是指湖南岳阳。

总之，都表达了人们对于有王佐之才而又风流俊逸的周瑜的无限敬仰之情。

第四章
托孤重臣，这才是哥们儿

什么是孤儿？

古代的孤儿和现代法律意义上的孤儿不是一个意思。

在古代，六尺指十五岁以下的未成年人，而七尺则指成年人。

在古代，因为妇女地位低下，如果父亲去世了，孩子就算成了孤儿。因此，在古代常常以"六尺之孤"，来专指没有父亲的未成年的孩子。

如果父亲去世了，未成年的孩子，不论是随母亲改嫁或和母亲相依为命，都是令父亲放心不下的。因此，从皇帝到平民，无一例外，在父亲离开的时候，都会顾虑孩子的未来。

由于中国古代帝王采取的是世袭制，因此，就有了很多的少年皇帝。

什么叫托孤？

人有旦夕祸福，先皇将年轻不更事的小皇帝托付给大臣们，就叫"托孤"。《论语·泰伯》中记载："可以托六尺之孤，可以寄百里之命。"

后来，世人就以"托孤寄命"，来指受遗命托付辅助幼君，或者是君主居丧时，受命摄理朝政。同时，也泛指托付以非常的重任。

兄弟永分别

时光荏苒，转眼到了建安五年，即公元 200 年。

春夏之交的一天，周瑜正在巴丘操练水陆两军。忽然，站在点将台上观看操练的周瑜感觉胸口闷闷的，说不出来的难受。周瑜暗想：这是怎么了？以前从来没有这种情况发生啊！

长长地喘了几口气，也没能改变胸闷的状况，周瑜就让副将继续主持操练，而他自己则缓步走下了点将台，向营帐走去。

周瑜刚走到营帐门口，就见一骑快马飞驰前来，还没等马步停稳，一军士迫不可待地翻滚着跳下马。周瑜的心不由得咯噔一下，急速地跳动起来。

"报告，吴会有加急书信。"跳下马的军士，在周瑜面前单膝跪地将书信双手至头顶，呈给周瑜。周瑜预感到有大事发生，急急接过信展开，只浏览了几下，眼泪就下来。

"备马，即刻起程，返回吴会。"周瑜一边抹着奔涌而出的泪水，一边下着命令。

只一盏茶的功夫，周瑜就带着一小队人马，星夜向吴会奔驰而去……

却说信中写了何事，会令本来气度神闲的周瑜如此惊慌呢？

原来信中讲到大将军孙策遇刺，情况危急，因此，急召周瑜速回。

义兄遇害，周瑜能不悲痛欲绝吗？先不说周瑜如何星夜赶路，只说一下孙策被害的前因后果吧！

且说孙策在周瑜等人的辅佐下吞并江东，通好曹操。曹操此时正在河北一带征战，没有时间顾及到江南，便用厚赏加联姻等多种方式，对孙策及其亲信多加笼络。其实，孙策也知道曹操乃是奸雄，因此也只虚以应酬，与曹操进行往来。

一天，孙策闻听曹操出兵攻袁绍，许都空虚，便也想借机进袭许都，奉迎汉献帝。于是，孙策就秘密厉兵秣马，整装待发。

正在这时，忽然一名巡江的将士，抓住了一名细作，截获一封书信，押送到了孙策的面前。

孙策打开书信一看，不禁勃然大怒。

信的内容是这样的：孙策骁勇，与项籍相似，应该加以贵宠，召还回京邑。他若被诏，不得不还。否则常留外镇守，必为后患！

信末的署名是吴郡太守许贡。

孙策审问细作，才了解到许贡暗地里私通曹操，所以才写这样的密信给曹操提醒。遇到这样吃里扒外的部下，孙策岂能不发怒？因此立即假借有事情商议，派人通知许贡前来见孙策。此时，许贡并不知道密信已经被截获，便马上前来了。

孙策拿出密信给许贡看，许贡还想抵赖，于是就押上细作与许贡对质。这样，许贡才无话可说了。

孙策呵斥道："你想断送我性命，是吗？那好，就别怪我对你不客气了。"

于是，孙策命令左右，将许贡拉出去，就地问斩。

且再说这孙策，天生就喜欢打猎。这一日，孙策带了数名骑士，去西山打猎。突然，一只鹿跑到了马前，又急驰而去。孙策看见猎物，眼睛立即就亮了，哪能轻易让猎物跑掉呢，于是拍马驰驱逐鹿。

孙策所骑的座骑，乃是上等精骏的宝马，跟从的人是绝对赶不上的。偏偏这鹿还很机灵，向前腾跃着窜入了树林中。孙策还不肯舍弃，向林中探望查找鹿的去向。

鹿不知去向，孙策却看见有三个人持弓站立在草丛中，便疑惑地质问道："你们是什么人？"三人回答是韩当的部下，也在此射鹿。孙策半信半疑地一边走一边看着这三人。

突然，这三人从草丛中跃出，弯弓搭箭，向孙策射来。孙策仓猝间，不及躲避，面颊中箭。孙策当即忍痛拔箭，取弓回射，有一人应弦倒地。而其余的两人大喊着："我们是许贡门客，特来给主人报仇！"一边说，一边用箭乱射。

孙策用弓抵挡着那二人射来的一箭又一箭。正在危急时刻，孙策的随从们赶到了，一拥上前，把那二人砍作了肉泥。

孙策脸上受伤，血流不止，众随从赶紧护卫着孙策回营，并命医士调治。医士诊治之后说："将军所中之箭的箭头有毒，必须静养，不宜动怒，需过了百日，方可无虞。"

可这孙策年少气锐，怎么会百日不出，安养府中呢？勉强休息几天，就召集将佐，到城楼上阅览。

忽然，城下人声喧哗，俯首一看，见许多士民，围着一个道士下跪，就连孙策身边的将佐也离开孙策去跪拜那道士去了。

孙策一看，气就大了。哪里来的道士敢在此撒野，眼里还有我孙策这个江东小霸王吗？如此想着，他便立即命人拿下这道士。一问这道士，名为于吉。这于吉见到孙策，并不畏惧，反而还义正言辞地质问孙策，他何罪之有？

孙策回答道："你敢妖言惑众，罪应斩首。"

于吉答道："贫道在曲阳泉上，得神书百余卷，依方疗病，并未迷惑人。"

于吉越辩驳，孙策越生气。就想将于吉问斩，这时，众将也纷纷为于吉求情。孙策一见，所有人都倒向于吉一边，更是气上加气。于是就喝令立斩于吉。

此令一出，就连吴老夫人也来劝说孙策。孙策以做为一城之主，此言既出，号令不行，不能服众为由，连母亲的话也没有听，仍然一意孤行。

最后，孙策身边的人全体都为于吉求情，想办法。孙策越看越气，竟然亲手挥剑，将于吉斩成两段，并且将于吉尸首陈于市曹，严令任何人不许给于吉收尸。

想来这孙策如此行为，也是因病易怒，再加上这许多年来一直一帆风顺，渐渐生出一些骄横与刚愎之气。

对于孙策的所作所为，母亲吴老夫人哭泣着说道："你连日瘦损，为什么不知道静养呢？"

孙策闻听母亲之言，拿过镜子察看，啊——，一声惊呼，立时金疮迸裂，晕倒在地。为什么会这样呢？

原来，孙策一照镜子，镜子里竟然出现了于吉的面容。

经过一阵竭力施救，孙策才苏醒过来，然而，他自己也知道时日不多了。于是便召长史张昭等入内嘱托后事。

在孙策打猎遇刺受重伤时，妻子大乔便日夜和衣陪伴，不眠不休，不食不饮，全心照顾。此时，孙策拉着她的手，嘱咐她要照顾好十八岁的幼弟孙权，要她帮助孙权接掌大权，并除奸讨逆。大乔含泪答应夫君最后的嘱托。

这时，长史张昭等人入内，孙策努力挣扎着想坐起来，可是已经心有余力不足了。大乔见状，将夫君扶坐在她的怀里。

孙策用眼睛挨个环顾着每一个人，最后他的目光定定地瞅着门，母亲吴老夫人明白，他是在找一个人，这个人当然是他的义弟周瑜了。

母亲吴老夫人含泪俯身对儿子孙策说道："已经飞书报知瑜儿了，现在应该已经在归途中了。"

孙策虚弱地冲母亲微笑了一下："怕是赶不上了——"

即使是隔着千山万水，两兄弟的心也是相通的。此时的周瑜真想长着一双翅膀，快速地飞回到义兄身边，可是，他没有翅膀，只能骑马换船地日夜往回赶，无奈，终因交通工具所限，周瑜还是没能赶上见孙策最后一面。

孙策因药石罔效逝世。

临终前，孙策将权力交给弟弟孙权。

周瑜奔丧还吴，虽然没有亲见兄长最后一面，但是在吴老夫人那儿，周瑜已经知晓孙策的最后嘱托。

周瑜在兄长的灵堂前与兄长进行了最后的告别。

此后，周瑜便与长史张昭一起，共同辅佐孙权，成就孙吴霸业。

托孤之重臣

话说周瑜闻义兄孙策凶信，星夜从巴丘往回赶，可惜，终因路途遥远，而使兄弟间未能见最后一面。这成为周瑜人生中最大的遗憾！

周瑜到达吴会，马不停蹄，直奔大将军府，满眼见到的却是灵堂挽联，一时胸闷气短，竟然晕了过去。

等周瑜醒转过来时，已经躺在了床上。他睁开眼，看到了吴老夫人那关切的目光。白发人送黑发人的悲痛，已然让吴老夫人显得苍老了许多。

"伯母，瑜儿心里好痛啊！"周瑜挣扎着起身，投入吴老夫人的怀中，痛哭失声。吴老夫人见到周瑜，想起儿子，也是珠泪涟涟，于是，娘俩抱头哭成一团。

想这吴老夫人，是一个知书达礼的坚强女性。自多年前夫亡后，她就以已微薄之力辅助长子孙策。如今，长子也英年早逝，她知道，她还不能倒下，她必须坚强，她还得辅助幼子接着走下去。因此，在人前，她强忍着悲痛，没有掉一滴眼泪。而此时，看到与亡子同年的周瑜，她也泪奔了……

半晌之后，周瑜停止了哭泣，"伯母，您老年纪大了，不可太过悲伤了。以后，瑜儿就是您的亲生儿子。"周瑜知道作为母亲，吴老夫人是最为悲痛的。

见吴老夫人止住了悲伤之后，周瑜又接着问道："兄长可留下什么话给我？"

周瑜知道，义兄没有等到他赶回来，一定会留话给他的，而这个传话人，唯有母亲是最佳人选了。

果然，止住悲伤的吴老夫人，向周瑜述说了孙策最后的嘱托……

却说孙策自知来日不多了，就召长史张昭等进来嘱咐道："中国方乱，群雄并起，我们占据了吴越之地，控制了吴淞、钱塘、浦阳三江，可以说已经有了根据地，站住了脚，本来想着与大家一起共图大业，无奈我将天不永年，这是无可挽回的了。你们一定要尽力辅佐我的幼弟啊！我如在天有灵，一定会静观接下来的成败的。"

一口气说了这么一大段话，累得孙策剧烈地咳嗽起来，母亲吴老夫人和妻子大乔在一旁看得心痛不已。

张昭等人闻大将军孙策此言，纷纷表示一定会尽心尽力的。稍微缓过一口气的孙策，见张昭等人如此回答，得到了一丝安慰。

孙策环顾左右，见弟弟孙权站在一侧垂泪，便将印绶取出来交到孙权手中，说道："权弟，决机战阵，与天下争衡，你不如我；可是，若论举贤任能，使手下将士们尽心尽力，保证江东的安然无恙，我不如你。如今，我把一切都托付给你了，你一定要记住父亲和为兄我创业的艰难，不能有丝毫的懈怠啊！"

此时，十八岁的孙权已经哭成个泪人，含泪跪拜接受兄长交给他的印绶。孙权知道，兄长交到他手里的不仅仅是权力，更是一份沉甸甸的责任与使命。

然后，孙策又用眼神示意幼弟孙权，附耳过来，尽力一字一字，清楚明白地说："弟切记，外事不决问周瑜，内事不决问张昭。"

孙策看向母亲，依稀母亲的头发一夕间全都白了。他虚弱地说：

"母亲大人，策儿——不孝啊！"吴老夫人无语地紧拽着儿子的手，仿佛她一松手，儿子就会消失不见了似的。

"母亲——，替儿转告瑜弟，一定要如待我一样待权弟，来生我们一定还要做兄弟……"

孙策的声音，越来越小，越来越弱……最后已经发不声来了，只是用眼睛一一扫视着众人，再最后，瞑目竟逝，年仅二十六岁。

吴老夫人断断续续地传话至此，周瑜和吴老夫人自是悲伤至极。

然而，这并非一哭就能了事的，所有人等，应该继承先志，继续奋斗才是。

这是孙策的托孤重臣们的一致选择！

除了周瑜，"内事不决问张昭"的长史张昭，也对哭倒孙策床前的孙权这样说："这并非一哭所能了事，应勉承先志为是。"说完此话，张昭就让孙权换上大将军的服装，并扶孙权上马，让孙权出去视察军队。同时，率领众僚属联名上表朝廷，下饬内外文武官，请求让孙权接替兄长孙策照旧供职。

孙权出生于光和五年，即公元 182 年，此时正好是十八岁。因为兄孙策遇刺身亡，孙权接过了军国大事。

孙权，字仲谋，出生在徐州下邳，做为军事家孙武的后裔，孙权生来紫髯碧眼，目有精光，方颐大口，可以说是形貌奇伟异于常人。孙权自幼文武双全，少年时就随父兄征战天下，因此，他善骑射，年轻时常常乘马射虎，胆略超群。因其勇武和足智多谋，一代枭雄曹操，也不禁称赞道：生子当如孙仲谋。

话说建安五年，即公元 200 年时，孙权接过的只有会稽、吴郡、丹阳、豫章、庐江、庐陵等六郡，而且这六郡都为偏远险要之地，也并没有全部归附。

纵观天下英雄豪杰，都分散在各个州郡，他们只注意个人安危去留，并未和孙氏集团建立起君臣之间相互依赖的关系。

孙权这位幼主初上任，虽然长史张昭将上表下饬等一应事务做得相当到位了，可是，所有的眼睛都密切注视着事态的发展，此时的孙权需要最强有力的支持。

关键时刻，首先出面支持孙权的是张昭、吕范、程普等人，而从外地带兵前来奔丧的周瑜的态度，更是重中之重。

握有重兵的周瑜，岂能不明白这一点呢！

周瑜从失去义兄的巨大悲痛中振作起来。孙权任命周瑜为中护军，同长史张昭共同掌管军政大事。此时周瑜这个中护军，与之前孙策发兵荆州时所任命的中护军还是稍有不同，更多的是有了统领诸将事务的职责了。

于是，周瑜坐镇吴郡，留在孙权身边任中护军，对江东六郡军政大事统筹安排。并且，周瑜与张昭两人，一人辅外，一人辅内，招贤求治，使得局势渐渐平静下来。

最主要的一点是，周瑜乃孙策时代的有威望的重臣，他的信义著于三江。可是，周瑜并不居功至伟，而总是用君臣之礼对待孙权。周瑜能如此，其他人就自然不敢有异议异动了。

由于周瑜等人的大力支持，东吴军中，已经再没有人对孙权产生疑义了。接下来，就是让孙权取得社会上的承认。因此，众人商议之后，立即派人去许都遣回张纮。

话说这张纮，在孙策起兵初期是做过重大贡献的。两三年前，更为孙策所派，到许都入贡方物，并被曹操留任为侍御史。

当年袁曹相争时，孙策有借此机会袭击许都的意向。世上没有不透风的墙。孙策的这一举动，当然有风声传入许都，曹操便对孙策有了戒心。

而今闻听孙策阵亡，曹操便也想趁机进攻江东。张纮见此，便谏言说："乘丧进攻不是仁义之举，如果攻不下来，反而会将好友变成了仇敌，当今之计，最好的办法还应该是以笼络为好。"张纮如此说，表面上是为曹操着想，其实是在帮助孙权。

听了张纮的建议，曹操即下书封孙权为讨虏将军，领会稽太守，并且让张纮回归江东，劝孙权继续归附许都。

这样，张纮顺利地奉诏回到了东吴。

同时，张纮和周瑜一样，对于吴老夫人，都是欠下收留之恩情的。

吴老夫人是一位明达事机之人，她以敏锐的眼光注意到了这一切。张纮归来，吴老夫人就以孙权尚年幼为名，委托张纮与张昭共掌内事。张纮也有感于孙策的赏识和吴老夫人的信任，随时为孙权献计献策，做到了知无不言。

做为被义兄托孤的重臣，周瑜深感自己肩上的担子很重。不论是对于义兄的忠诚，还是对于少年时"孙吴"的承诺，他都觉得自己必须全力辅佐孙权。

当周瑜看到孙权坐上讨逆将军之位时，有那么一刻，周瑜恍若看到了义兄孙策的影子。他想：幼弟孙权长大了，再不是那个哭喊着跟在他们兄弟两人后面疯跑的孩童了。然而，做为大将军，孙权毕竟还显得嫩了些，还需要鼎力支持的。因此，周瑜暗自给自己下着命令：为了孙吴，一定鞠躬尽瘁，死而后已。

周瑜也知道，空有一腔激情和忠诚是远远不够的。他充分认识到人才的重要性。

周瑜做为中护军，行军打仗的"外事"繁忙，使他无暇兼顾"内事"。而孙权身边可用之人，除了张昭、张紘，也没有几个可以担当重任的谋臣，因此，周瑜想到一定要招贤纳士，才为治理国家的重中之重。

此时，周瑜突然间想到了一个人，那个曾经毫不犹豫地借三千斛米给他的人，那个为祖母守孝丁忧的人——鲁肃。

细算起来，鲁肃的三年丁忧期已满了吧？

举贤荐鲁肃

建安五年，即公元 200 年，同年的周瑜和孙策均为二十六岁。不幸的是，孙策遇刺身亡。弟孙权继任了长兄的位置。和孙策有总角之好的周瑜，从巴丘回到吴郡，坚决地拥护孙权，孙权委周瑜以中护军的身份与长史张昭共掌众事。

正是用人之时，周瑜向孙权举贤推荐了鲁肃。

回过头来，话说建安三年的那一日，鲁肃回老家东城为祖母奔丧。

在鲁肃为祖母丁忧期间，他有一好友叫刘子扬的，写信给他说：纵观当今天下，各路豪杰中，以你的智慧和才能，是大有作为的。特别是现在的形势下，不能让自己闲滞在东城，应该赶紧接上老母，出去闯天下。

刘子扬信中还建议说：在附近就有一路豪杰，为首的叫郑宝，他在巢湖地区，拥有将众万余人。这一地区肥沃富饶，庐江人大都去依附郑宝了，我们还等什么呢？纵观这种形势，是机不可失，失不再来啊，赶紧下决心吧！

鲁肃听刘子扬信中说的句句在理，而为祖母守孝丁忧期也已将满，他就返回曲阿家中，本想接上母亲，整顿行装，去投奔郑宝，可是，当他回到家中才发现，母亲和家人却已经离开了。

鲁肃心里一惊：母亲和家人都去哪儿了呢？一问才知，原来是周瑜来过了。鲁肃这才将心放下来。

话说周瑜细算鲁肃为祖母守孝时日已到，知道鲁肃这个孝子，不论以后作什么打算，都必定先回曲阿探母，因此，周瑜就先期将鲁肃的母亲接到了吴郡，命人好好照顾着，料想这鲁肃肯定会寻到吴郡来的。

周瑜料想的不错，果然，回到曲阿的鲁肃，不见了母亲和家人，立即奔赴吴郡来拜见周瑜。

这一天，正在忙于军务的周瑜，闻报鲁肃求见，微微一笑，一边说着"快快请进来"，一边已经起身相迎了。

两位久别的老朋友，先互相问候，再分宾主落座。之后，鲁肃直言问周瑜："弟为何将老母及家人接来此处？"

周瑜微笑着不答反问："子敬兄接下来将做何打算呢？"

于是，鲁肃就把刘子扬的建议和自己的打算，都一五一十地对周瑜说了。

"子敬兄，留下来吧！留在吴郡，我们兄弟两人并肩为孙吴效力吧！"周瑜对鲁肃说。

"留下来的理由呢？"鲁肃反问。周瑜便引经据典，侃侃而谈。

周瑜引用了当年马援回答光武皇帝的话："当今之世，不但君王选择臣子，臣子也在选择君王。"

言至此，周瑜将话锋一转，切入正题，说："如今，吴主亲贤臣，尊重将士，并且广纳奇人异士，这样的主人难道不值得我们选择吗？"

"我说了这么多，子敬，你就不要再为刘子扬说的话而纠结了吧！机不可失，时不再来，良禽择木而栖啊！"周瑜的话说到最后，颇有些语重心长的意思了。

认真思考周瑜说的话之后，鲁肃答应辅佐名主，共谋发展。

见鲁肃一点头答应，于是，周瑜马上去见孙权，向孙权推荐了鲁肃。

这一天，周瑜来到了大将军府。

孙权闻报周瑜有要事求见，马上起身相迎，并以兄长之礼对待周瑜，"公瑾兄，请坐。"

但是，周瑜却不以兄长自居，对幼主孙权很是尊重，即便是在称呼上，周瑜对孙权总是以"主公"称呼。

周瑜说道："此次拜见主公，是向主公举荐一个人。"

待得到孙权的同意后，周瑜才力荐鲁肃的才干与能力，是可以做为辅佐之臣的人。

在举荐鲁肃的同时，周瑜还建议孙权，当今之计，应该多方搜罗像鲁肃这样的人才，不能让他们流散外地为他人所用，而成为我们的对手。他还强调要想成就孙吴大业，人才是第一位的。

对于周瑜的建议，孙权频频点头。同时，孙权委托周瑜多举荐人才，并且表示会将网络人才之事，做为东吴目前的头等大事加紧办理。对于孙权的态度，周瑜也很是欣喜。

于是，孙权立即约见了鲁肃，两人一见交谈很是畅快。彼此都认为自己的选择是对的。

孙权将网络人才一事，部署下去。一传十，十传百……吴主的贤德之名，重视人才之心，一下子传扬开去，一时间，有识之士纷至沓来。

这一天，大将军府中宾客盈门，笑声朗朗。

细数之下，除了周瑜和鲁肃，还有一干文臣武将，他们是：

琅琊人诸葛瑾，表字子瑜，因躲避战乱来到江东，是一位机敏练达的有识之士，孙权闻其名声而请来，待若上宾。孙权先任命诸葛瑾为长史，后来又转任中司马。

汝南人吕蒙，擅长军事，孙权任命他为别部司马，他不负所托，勤于带兵演练，没有丝毫怠慢。

会稽人骆统，平素里对后勤保障工作很有研究，孙权就任命他为功曹，行使骑都尉的职责。

其他如：下蔡人周泰、寿春人蒋钦、余姚人董袭、庐江人陈武等都是随孙策征战多年，战功卓著之人。

特别是周泰，之前就随孙权驻守宣城，有一次，突遇山贼围攻，孙权差点遇害，多亏周泰拼死保护，身中数十创伤，孙权才死里逃生，得以突围。因此，孙权对周泰更加信任，待遇较优。

此番，孙权把众将请来，与大家亲切地进行交谈，倾听大家的意见，使每个人都非常高兴，都为得遇明主而兴奋不已。在座的每个人都憋着一股劲儿，要为东吴出力献策，以实现自己的抱负。

看着眼前的一切，想着诸多军政要事渐渐理顺，并走上正轨，周瑜的心安稳了许多。

周瑜想：为今之时，军中事务更为重要。主公已经聚拢了诸般人才，而自己则可以专心去视察边境、整治军务去了。这样，才不辜负义兄孙策将外事交给自己的委托。

想至此，周瑜便向主公孙权请辞出来。等诸位宾客起身告退时，鲁肃也即告辞而出。行至大门外，诸人纷纷告别，各自奔赴自己的岗位去了。

刚走出没多远，鲁肃便被一位士卒喊住了，告诉他请留步，孙将军请他再前去叙话。于是，鲁肃就又折返回来。孙权见到鲁肃，也不再讲究礼节，拉着鲁肃手进到内室。再命人摆上酒菜，就与鲁肃合榻对饮起来。

孙权对鲁肃说："当今天下汉室江山岌岌可危，四方各地纷扰复杂，我继承父兄打下的基业，常常思考着如何成就大业的问题，如果能达到齐恒公、晋文公那样的成就，是最大的目标了。子敬，你眼光独到，见识广博，为今之时，我们接下来将怎么办？"

鲁肃早就对天下形势做过分析和预测，见孙权问，他便知无不言、有理有据地进行了一次详细的阐述。

鲁肃是这样说的：

过去高祖皇帝诚心诚意地要尊崇义帝而没有成功，是因为有项羽在里面搅局。现在的曹操就像当年的项羽一样，将军怎么能成为齐桓公和晋文公呢？以我的预料，汉室江山不可能再复兴，曹操也不可能被铲除。因此，将军为今之计，只有鼎足江东，以观天下的争斗。而这样的规模，也不会给自己招来不必要的麻烦和嫌疑。

为什么这样说呢？现在势力最大的是北方的曹操，因其势力大，相对的，也就事务繁多。我们就趁曹操忙于北方事务无暇他顾之时，去剿除黄祖，进攻刘表，一直到长江尽头，都占据并为我们所有，然后建号称帝，最后再图谋统一天下，这样，就是成就像高祖皇帝一样的基业了。

听了鲁肃的长篇宏论，孙权只低调地补充说："现在我们只要尽力占据一方就好，希望可以辅佐汉室罢了，子敬此言，现在还不是我所能达到的。"

孙权口中虽然这么说，其实心中是同意了鲁肃的设想。

见孙权陷入了深思之中，鲁肃也就适时告辞而出。这时，夜已经很深了。望着朗朗的夜空，鲁肃的心情爽朗无比……

这样，周瑜向孙权所荐的鲁肃，被孙权另眼相看，且非常器重。

然而，被孙策托孤于内事的张昭却对鲁肃有异议。张昭认为鲁肃不够谦虚，说他年少粗疏，不可重用。虽然张昭多次在孙权面前非议、诋毁鲁肃，但是，孙权一直不为所动，相反，他还厚赐鲁肃。

鲁肃能得到如此对待，自是尽心尽力辅佐孙权。以后的事实证明，每当遇到大事，鲁肃都参与谋划，并且思虑深远，确实是有过人之明。

可以说，除了义兄孙策，周瑜最看重的就是鲁肃了。周瑜向孙策、孙权兄弟两人都举荐过鲁肃，甚至在自己病危时写信给孙权，推荐鲁肃代替自己。当然这是后话了。

反对送人质

话说东汉末年，轰轰烈烈的黄巾农民起义，使早已腐朽不堪的东汉政权分崩离析，名存实亡。而在镇压黄巾起义的过程中，各地州郡独揽军政大权，地主豪强也纷纷组织私人武装，占据地盘，形成大大小小的割据势力。之后，这些势力不可避免地转入了争权夺利、互相兼并的长期战争之中。

这些割据势力主要有：河北的袁绍、河内的张杨、兖豫的曹操、徐州的吕布、扬州的袁术、江东的孙策、荆州的刘表、幽州的公孙瓒、南阳的张绣等。连年征战中，袁绍、曹操两股势力逐步壮大起来。

公元196年，曹操迎献帝，迁都许县，汉献帝改年号为建安，这是曹操挟天子以令诸侯的开始。于是，曹操威势大增，他先后击败了吕布、袁术，占据了兖州、徐州以及部分豫州、司隶。

而公元199年，袁绍战胜了公孙瓒，占据了幽州、冀州、青州、并州等地，几乎将河北占尽，并想向南争夺天下。

这样，曹操和袁绍这两股华北最重要势力的决战，在所难免。

起初形势是袁绍强曹操弱。

彼时，袁绍已无后顾之忧，地广人众，兵力在十万以上。曹操则是四面受敌。而关中其他小股势力则在观望中。南边刘表、张绣不肯降服，东南孙策蠢蠢欲动，暂时依附袁绍的刘备也是貌合神离。

尽管如此，当时的一些有识之士，在综合分析了曹、袁的优劣后，都看好曹操。果然，接下来，局势向着有利于曹操的方向发展。

公元198年11月，吕布被曹操消灭。公元199年6月，袁术病死。11月张绣投降曹操。刘表中立，孙策保守江东。总之，局势变得更加明朗了。

公元200年1月，袁绍率精兵十万南下。

在此之前，曹操为避免腹背受敌，已先击溃与袁绍联合的刘备，并进驻易守难攻的官渡。

公元 200 年 4 月，曹操以声东击西之计，在白马击斩袁将颜良，大败袁军。于是，两军对垒于官渡，相持数月。其间，曹操采纳谋臣的建议，派兵袭烧袁军粮车；又亲自率领五千精锐奔袭袁军乌巢粮屯，全歼袁军，烧毁全部囤粮。这一计，使袁绍部军心动摇，纷纷溃散投降。曹操乘机歼敌七万多人。袁绍父子率仅剩的八百余骑向北逃窜而去。

官渡一战，袁绍从此一蹶不振，而曹操则兵威日盛，志得意满，以为天下可以掌握在自己手中了。

到了建安七年，即公元年 202 年，袁绍因兵败忧郁而死，曹操趁机彻底消灭了袁绍这股军事势力，进而，曹操有了令天下所有人臣服的野心。

这一年，周瑜二十八岁。

早在公元 200 年，孙权刚接掌孙策之将军位时，曹操就想借机除掉孙吴势力，只是因为北方袁绍虎视眈眈，战事吃紧，使曹操无暇它顾，才听从了张纮的建议，封孙权为讨虏将军，答应孙权继续臣服于许都。

但是，曹操始终是对孙权不放心的。可是，曹操对孙权不放心，却没理由制裁，因为此时的孙权，并没有给曹操任何不忠的借口。

那么，怎么办呢？曹操的谋臣们就想出让孙权送子入朝当人质的主意。

因此，建安七年，曹操下书一道，令孙权送子入朝。

这回轮到孙权不知如何决断了。事关重大，孙权当即召集群臣一起商议。

话再说回来，孙吴集团中，所有的人心里都明白，刚到弱冠之年的孙权并无子嗣，如果要送子入朝，被送去当人质的人，只能是孙策之子。

可将孙策之子送出，不仅孙权，就连张昭、秦松等辅佐的谋臣，也认为于情不义，于理不合。众人犹豫再三，一直不能决断。

不论重臣们的意见如何，这么重大的决定，有两个人的意见孙权是必须要听的，这两个人就是——母亲吴太夫人和周瑜。

因此，孙权急速召回在外监军的周瑜，专门为商议送人质到曹营一事。

回到吴郡的周瑜，一听说曹操要孙吴送子入曹营，立即感觉有一股气，充塞进了胸中，心想：欺负我们孙吴没人吗？竟然要用小孩子当挡箭牌。

好在周瑜并不是火爆脾气，他知道，此时，不是意气用事之时，因此，他并没有立即表态，而是陷入了沉思……

细心的人发现，沉思中的周瑜，眼眶里竟然有些湿润，亮晶晶的，似有泪含于眼圈之间。

良久，在人们的急切等待之中，周瑜他才开口表明自己的态度——不行，坚决反对！

当然，周瑜反对的理由，不只是因为即将送去的人质是义兄之子。他引经据典地对孙权及众人，深入细致地陈述了他反对的理由……

周瑜引用了战国时期楚国的例子。

昔日的楚国，是华夏族南迁的一支，开国君王是黄帝的子孙。

黄帝的子孙在商末有一个叫鬻熊的，他很有学问，曾做过周文王的老师。鬻熊的儿子是周文王的谋臣，但不幸早亡。鬻熊的孙子继承祖志，并以字为姓氏，成了熊姓，取名为熊绎。周成王论功行赏，分封诸王时，封熊绎于丹泽之地，建都于丹阳。因此，楚国可以说也是根红苗正。

然而，刚开始的时候，楚国所分封的领地，只局限于荆山一侧的丹阳一隅，土地方圆不满百里，被人称为是蛮夷之邦。

直至后来继承者们选用贤能，广开国境，一路南征，不断强大起来。虽然，在建国后的相当长时间里，楚国都一直过着艰苦奋斗的穷日子，但是，功夫不负有心人，等到在郢地建都之后，楚国终于奠定了扎实的根基，并继续占据荆、杨二州，一直到南海。

如此，楚国世代传承家业、竟将楚国延续达九百多年之久。

"回过头来再看看我们——"言罢楚国，周瑜将话锋一转，将人们的思绪又拉回到了现实。

他接着说，现如今主公您继承父、兄留下的基业，不仅兼有六郡之众，而且兵精粮足，全体将士听从号令。

我们再制定相应的政策，采集山里的铜，铸成钱币，提取海水煮成食盐，再用船只往来调度，各地互通有无。此外，我们的水路畅通，有一定的优势，假如在水上扬帆起航，早晨出发，黄昏便到。如此这般，百姓吃穿及军需用度不愁，辖境内美丽而富饶，那么，人心不仅不会乱，而且还会得到万众的真心拥护。

在此基础上，我们士风劲勇，所向无敌，又为什么要急切地送人质呢？假如人质一送入，就不得不与曹氏建立关系。建立起了关系，那么，一有召唤命令就不得不去，这样，我们就会受制于他人。

为今之时，不如不派遣人质入曹营，静观他们的变动情况。假如曹氏有率兵统一天下之能，我们再臣服于他也不晚。假如他们内部混乱，将士犹如被火烧着了，不退兵就是自我灭亡。那么，凭主公您的韬略和勇敢，扬威立万等待天命，又为何要送出人质呢？

周瑜一番话，说得孙权和众人纷纷点头赞许。那一日，孙权见天色已晚，便遣散众人，择日再议，唯独留下了周瑜。待众人离开之后，孙权亲热地拉着周瑜的手，恢复了兄弟般的情态，说："公瑾兄，母亲天天念叨你呢。"

提到吴太夫人，周瑜的心温暖了起来，脸上的严肃之容顿消，换之以青春少年的俏皮。是啊！母亲，多少年来，周瑜一直把吴太夫人当作亲生母亲一般无二呢。

"虽然身在外，但心中无时无刻不在思念着母亲哟！"周瑜也紧握了一下孙权的手回答。

于是，孙权和周瑜两人，就这样携手走进了内堂。见到周瑜和孙权一同进来，有那么一刻，吴太夫人心中一痛，又想起了长子孙策，她掩饰地揉了揉眼睛，然后面露笑容，柔声说道："瑜儿，权儿，你们哥俩，今天怎么凑到一块，一同回来了呢？"

"母亲——"孙权喊了一声，站在一边儿。"伯母——，近来身体可安好？"周瑜也唤了一声，然后，又像往日一样，蹲跪在吴老夫人膝前。

吴太夫人抚摸着周瑜的头，怜爱地问："瑜儿，你在外辛苦了！"不等周瑜有所表示，吴太夫人心明眼亮地又说，"今天你们兄弟一同回来，一定是有大事要决断的吧？"

于是，孙权将送子入曹营一事，如实向母亲禀明。周瑜也谈了自己对这件事的看法。听过之后，吴太夫人没有任何犹豫，立即支持周瑜的决定，说："瑜儿说得对。"

事后，吴太夫人对孙权说："瑜儿与策儿同岁，两人只差一个月，我一直视瑜儿为自己的儿子，你一定也要以兄长之礼对待他啊！"看到孙权点头了，吴太夫人这才放下心来。

最后的结果是，孙权没有送人质给曹操。

讨麻保二屯

时间一秒一秒地流逝，不知不觉地走进了公元 206 年，即，建安十一年，此时的周瑜三十二岁。

此前，周瑜作为东吴的中护军和对外军事主要负责人，为了确保东吴能充分地占据江东六郡，将守御边防要塞，平定周边山贼的骚扰为己任。

有人可能要问了，小小一两个山屯毛贼，何以要如此的大费周折呢？首先来说说东汉的行政区划。

东汉时，设置了十三个监察区，或称州、刺史、部；州之下是郡，或称王国；郡之下是县，或称邑、道、公国、侯国等；县以下是乡，也称为亭；而所谓屯，则是亭之下最小的行政单位，乃是百姓聚集的村落了。

麻、保两屯，本来也只是百姓聚集的两个村落，然而，和其他普通村落不同的是，这两屯所处的位置不仅险峻，而且是巩固夏口防御的重要关口。特别是麻屯口的正南，就是蒲圻州，也就是陆水进入江的入口处。

长期以来，有麻、保两个屯的山贼，凭借着险要地势，一直是阻挡东吴陆路和水路进出的要地。东吴如果想确保平安，并想有进一步的发展，讨伐麻、保两屯之战，再所难免。

事实上，对麻、保两屯之战，从孙策时代就开始了。

建安二年，孙策亲自率领太史慈等将士征讨麻、保叛贼。太史慈是一位身高七尺七寸的美须髯公，他有如猿一样的手臂，善于射箭，常常弦不虚发。孙策有太史慈这员虎将的协助，这一战，给了麻、保两屯的山贼以重创。

建安八年，孙权又亲自率凌统等将士征讨麻、保两屯。

这一年，孙权率领大军大举西进，攻打荆州的江夏郡黄祖一股势力。在保屯，孙权军与黄祖军进行了一场激战。眼见着孙权军已经打败了黄祖军，正准备大举攻城之时，忽然间闻听江东各郡爆发了大规模的叛乱。大概是由于江东各地部队多数被抽调进行西征，因而被江东各郡的小股势力抓住了机会。

由于后方大规模叛乱的爆发，孙权不得不放弃即将到手的胜利，将军队的主力撤回去进行平叛。

孙权亲自指挥在保屯的这一仗，可以说，双方打了个平手。

孙权因变故不得不撤离，无法直接参加随后攻打麻屯的作战了。而此时，在麻屯还余有上万人负隅顽抗，于是，孙权就命凌统与督张异等人留下，继续围攻麻屯。

东吴众将士在凌统的率领下，用身体抵挡箭蔟和滚木雷石，集中优势兵力专攻一面，一子就撕开了麻屯的防线。东吴将士再乘胜追击，大破麻屯之兵。

然而，建安八年的麻、保之战，虽然攻破了山寨，大破了山贼，但并没有斩草除根，很多山贼都突围出去，四散奔逃了。

因此，麻、保两屯的问题仍然没有得到彻底解决，和第一次孙策率军讨伐后一样，待大军一撤走，这些山贼又逐渐聚拢在一起，积蓄力量，伺机蠢蠢欲动，二三年之后就又发生暴动了。

正是如此，才引出建安十一年第三次麻、保两屯之战。

这一次，孙权是做了充足的准备的。

除了对麻、保两屯的重要战略意义的认识之外，孙权及部将一起总结了前两次讨麻、保两屯的成与败，得与失的经验。大家一致得出的结论是：对于东吴而言，能否夺取麻、保两屯，已经不是让两个村落臣服征收一些赋税的问题了，而是上升到了战略性的高度。

因此，这次务必要一击成功，永除后患。如此看来，为了麻、保这两块兵家必争之地，东吴真是破釜沉舟，豁出去了。

甚至，为了对付两个小村落，孙权不惜动用了杀手锏——周瑜。

自孙策去世，孙权统领东吴以来，周瑜以中护军的身份，做为托孤重臣与长史张昭共掌众事。事实上，周瑜已经成为江东方面的军事负责人。

此前周瑜参加的都是东吴的重大战役，而建安十一年的这次平定麻、保两屯的作战，是非得周瑜亲自出马不可了。

俗话说：杀鸡焉用宰牛刀。在对待麻、保两屯的问题上，东吴已经接二连三的派主将亲自上阵了。

这在东吴战争史上是绝无仅有的情况。

这第三次讨麻保之战，首先是孙权和周瑜，为了扫平两个村寨山贼的叛乱，两人并肩出战。这是孙权和周瑜一起参加的第一次作战，也是仅有的一次共同出战。所有人一见这阵势，就知道此事事关重大了。

其次，还要牵涉进一个人，他就是时任丹阳太守的——孙瑜。

孙瑜做为东吴孙氏的族人，忠诚为东吴，没有二心。而且，建安九年，孙瑜实领丹阳太守一职，被众人所依附，手下将士已达万余人。孙权因其功绩，加封其为绥远将军。

也可以说，孙瑜是东吴将士中少有的几个官职超过周瑜的人之一。

周瑜与孙瑜这两位东吴大将联手，对麻、保两屯进行讨伐，真是要彻底解决麻、保之忧的节奏了……

话说建安十一年时，周瑜的职务是中护军、领江夏太守。而孙瑜的职务则是绥远将军、领丹阳太守。

此时，丹阳郡已属于孙权地盘，而江夏郡还在刘表手里，因此，孙瑜是实领太守，在丹阳治理郡中事务，而周瑜是遥领太守，率军在长江一线备战，为进攻江夏郡做着准备。

因此，这次麻、保作战的态势就一目了然了。

建安十一年的某日，丹阳郡内的麻、保两屯，又发生了叛乱。做为丹阳太守的孙瑜，自然是要领兵去平叛的，可仅靠孙瑜辖区内的万余兵力，肯定是不够的。那么，怎么办呢？

目前，孙权所能想到的最稳妥办法，就是调动在长江一线的周瑜军主力了。

这一天，周瑜正在营中操练水陆两军。突然有大将军书信送到。

信中，孙权以大将军的身份，令周瑜军立即整装出发，开拔到丹阳郡，并明确周瑜这位中护军，可以指挥督导孙瑜这位绥远将军。于是，周瑜以中护军的身份统领两军，一起展开对麻、保两屯的作战。

为什么要这么强调一下呢？

因为孙瑜为实领太守，通常是不出郡境作战的，除非有强敌大举入侵时，才会抽调兵力增援长江防线。

所以，在此前，周瑜和孙瑜各自作战，并没有交集。这次却不同了。

这第三次麻、保之战，与前两次最大的不同之处在于，周瑜、孙瑜等军打算彻底解决麻、保问题。纵观前两次的经验，要想彻底解决问题，不是一朝一夕的事儿，必须得做好长期作战的准备。否则，不痛不痒地打散了山贼，过不多时，还会死灰复燃。

这样，一旦周瑜大军进驻丹阳，如果没有重大事件发生，周瑜军就有可能长期驻扎下来。而在丹阳界上，不可避免地就会出现了两个军事首领。

那么，到底谁听谁的？孙权具有远见卓识地给出了正确的答案。

因为周瑜在军事上的才能是高于孙瑜的，况且，周瑜本就是孙策临终托孤的军事负责人。

又一日，周瑜率数万大军进驻丹阳。

而此时，孙瑜也接到了孙权的命令。等周瑜率军一到达，孙瑜率众亲自出城迎接。不需要周瑜传达，孙瑜是对周瑜恭敬有加了。

不待周瑜询问，孙瑜马上将麻、保暴乱的诸般问题，详细地向周瑜进行全面的介绍。

听过之后，周瑜先是亲自前往麻、保两屯周边地区，察看地型、地势，随后又召集众将进行集体商议。

此时，周瑜所读的《孙子兵法》等兵书，在头脑中滚动着……

开动脑筋，再加上集思广益，一个个破敌之术，慢慢地形成了。大家共同的计策之一就是——擒贼先擒王。

经过无数天的苦战和等待，机会终于来了。

双方交战最终的结果是：东吴军先是杀掉了麻、保两屯的头领，这样麻、保叛军就失去了领导，其次是生擒了上万山贼。

可以说，这是一次比较彻底的胜利，根除了麻、保两屯山贼再次叛乱的基础。

建安十一年，周瑜圆满完成了第三次的讨伐麻、保两屯之战后，从丹阳撤军，并率军驻守宫亭，时刻准备着参加更大的战役。

话说正是彻底扫平了麻、保两屯，才为建安十三年春，孙权征讨黄祖和赤壁之战，铺平了道路。

九柳八卦阵

话说，建安十一年，周瑜奉孙权之命，督师成功平定麻、保两屯的暴乱之后，回兵驻守宫亭。

与麻、保两屯不同，宫亭是一处湖泊的名称，水域包括鄱阳湖和雷水等广大湖区。在宫亭湖之北有一处陆地，名为桑洛洲。

和往常一样，周瑜到达一地，先进行实地考察。来到宫亭时，周瑜不仅眼前一亮，而且，简直可以说，竟然是欣喜若狂了。

眼见着整个区域，既是一处水面宽阔，陆地平坦的水陆两栖练兵场，又是一处地势错综复杂，暗藏玄机之地。

"真是一个天然的排兵布阵的绝佳之地啊！"周瑜想。

从那时起，周瑜就开始在宫亭湖之北的桑洛洲上，构建了虽鲜为人知，却极为著名的军事营垒——九柳八卦阵。

周瑜动用了他幼时所习的兵书阵法知识，再结合在牛渚矶、巴丘等地的实践经验，拟构了一套完整的军事基地的设想。这个设想是集军事训练基地和后勤保障基地的综合体。

这套军事基地的设想，是出于对当时的军事形式的考虑。

如果以桑洛洲为基地，向南，可以扼长江和宫亭湖的南出口，向北，则可以掌控宫亭湖以北的雷水广大水域。

另外，俗话说：兵马未动，粮草先行。这桑洛洲既是军事要塞，又是鱼米之乡，当然是最佳的后勤补给之地。

作为东吴的军事负责人，周瑜就下决心要在桑洛洲上大作文章了。

经过慎重思考，周瑜将基调定为——九柳八卦阵法。而九柳八卦阵，是以九宫八卦阵为原形的。

所谓的九宫，是指乾宫、坎宫、艮宫、震宫、中宫、巽宫、离宫、坤宫、兑宫。而其中，乾、坎、艮、震属四阳宫，巽、离、坤、兑属四阴宫，再加上中宫，共为九宫。

在九柳八卦阵中，周瑜用现实中的九个州代替九宫。

而九州借指扬州、荆州、豫州、青州、兖州、雍州、幽州、冀州、并州这九州。只看这样大规模的设想，周瑜的壮志雄心，就由此可见一斑了。

那么，为什么最后定位并命名为"九柳八卦阵"呢？

整个的设想一经拟构完成，周瑜就携大将程普，率所部将士进行构建和实际演练了。

首先，周瑜指挥将士在桑洛洲上种植九行柳树作标，种植桃树作志。其次，又按八卦之形设卡，再配设以奇门。最后，将州与州之间的界线，用桑洛洲天然纵横的水网相隔，形成八卦阵形。

在九柳八卦阵中，除了设九州之外，还设有一湖、一池、一台。湖，名为曹湖；台，名为点将台；池，名为小池。

九州的最中间一州，也即为九宫之中宫，是九柳八卦阵的中枢之地，其他为卫所。

九柳八卦阵成形后，周瑜令程普屯兵于此。

程普留守桑洛洲，坐镇中宫这一中枢之地，借助九柳八卦阵，指挥东吴军平时勤于操练，战时则驰骋疆场。

桑洛洲周围本就芦苇遍布，水网交错，再有了九柳八卦阵，东吴军便如虎添翼，在长江中下游一带，出，则如有虎狼之势，入，则如入无人之境。

每当芦苇花盛开的时节，桑洛洲上，一片自然天成的芦苇荡里，风吹动着芦花轻轻地飞扬，远远望去，如雪似雾，如梦似幻。

如果是局外人，见到的只能是满眼风景，却不知，里面暗藏玄机。事实上，自从有了周瑜的九柳八卦阵，桑洛洲上就充满了神秘之感，基本上除了当地原有居住的百姓可以进入外，是不让闲杂人等进入的，入口均有军士把守，进出极为严格。

一个芦花盛开的时节，一队人马从九柳八卦阵的中宫大营驶出。

为首的是一位骑白马，着白袍，一身银盔银甲戎装的人。只见他英姿勃发地骑于马上，手里还拿着一把雪白的鹅毛羽扇，一见之下，都不禁在心中赞叹道：好一位俊逸的儒雅之将！

当然，名眼人一看便知，这人不是风流儒雅的周瑜，还能有谁哟！

在周瑜的身边并驾齐驱的，是骑着黄骠马的程普。

话说这程普，也算得上是东吴的五虎上将了。他是集忠臣、贤臣、虎臣于一身的人物。周瑜之所以让程普驻扎九柳八卦阵，正是看中了他这些优点。同时，也可见周瑜对九柳八卦阵的重视，以及桑洛洲九柳八卦阵的地理与军事功能的重要性。

刚刚，在九柳八卦阵的中宫大营，也就是程普的营帐里，程普已经向周瑜详细地汇报了驻军桑洛洲的基本情况。

最后，程普兴奋地介绍说："我们的九柳八卦阵，这应该是史无前例的奇门遁甲阵法了。耳听为虚，眼见为实，请中护军移步，前去阅军！"

此前，九柳八卦阵法对于周瑜还只是一个模拟的阵法，他早就想真正地一览自己的构想变成现实的场面了。因此，他只说了一个字——"好"，就带头向帐外走去。

一切早已经准备就绪。

周瑜、程普一行，在一个高高的楼台前下马。这楼台当然就是这桑洛洲上的阅军台了。阅军台，共有三层，从外观上看，可以寻找到一丝舒城的周家城堡的模样。

周瑜没多做停留，下马后，信步登上了阅军台的顶楼平台。

阅军台的楼顶，是一个很开阔的平台，呈四方型，长宽均有三十余米。阅军台的四周旌旗飘扬，旗下挺拔地竖立着精神抖擞的军士们。在阅军台正中空地上，面向四方架起的四面大鼓最为耀目。

这阅军台地处高岗之上。东面，是一片湿地，放眼看去，白色芦花与碧波荡漾的湖水交织参杂在一起。南面，台前是一处较平坦的空地，可容纳数万人。西面，绿色的树木与田野间，依稀可见村舍与房屋，有炊烟渺渺升起。北面，则是一望无际稻田和沟渠……

环顾四周，原生态的一切，静静地尽收眼底。谁人也不会想到，这里面竟然暗藏着杀机。

此时，周瑜来到阅军台的南面，将目光向南延伸。极目远眺之下，悠然可见一座秀美的山峦，周瑜将鹅毛羽扇向前平伸出去，指着那山问道："那座山是什么山？"

程普介绍说，谁人也不知那山具体是什么山，只是因为山的位置在南方，于是，人们就习惯地称之为"南山"了。

周瑜只是点点头，没有说话。

周瑜不知道，后世有位叫陶渊明的诗人，写了一首诗：采菊东篱下，悠然见南山，此后，这"南山"便大大的有名气了。

而更有后世人进一步考证：陶渊明的诗中的"东篱"，即为九柳八卦阵中九州中之其中一州，"南山"即为今天江西省九江境内的"庐山"。

话说回来，这时，立于阅军台上的周瑜，将目光收回，优雅地摇动着鹅毛羽扇，冲着程普点头示意可以开始了。

只听程普一声令下，战鼓擂响，原本静静的阅军台四周，突然旌旗招展，喊杀震天，仿佛是天兵从天而降。随着鼓点的节奏和旗帜的起伏，只见：陆地上，刀光戟影，嘶声呐喊；水网里，战船穿梭，箭簇纷飞……

不知是呐喊声太过响亮，还是有箭簇掉到了河水里，竟然将九柳八卦阵中水网里的鱼，都惊得飞了起来。

这演练场面虽然宏大，壮烈激越，但是号令却严谨，整个战阵中的千军万马一直按照中军的统一指挥，有条不紊，令出必行。

阅兵台上的周瑜，一直目不转睛地四周观看着。伴随着战场上的战况，他脸上的表情和身体动作也不断地发生着变化。只见，他手里的鹅毛羽扇，时而在胸前慢慢摇动；时而又举至头顶，仿佛手搭凉棚一般；时而又被他紧扣在胸口，一动不动……不只是外部表现，其实，他的心，也随着战阵中的局势变换而变化着……

不知过了多长时间，战阵停止了变动。再看阅兵台南面的空地上，不知何时，已黑压压地聚集了上万全副武装的将士们。

只听程普恭敬地对周瑜说："中护军，请您开始点将！"

此时的周瑜，仍然是一言不发地微微点头，然后走到面南的一面大鼓前，放下鹅毛羽扇，双手拿起鼓棒，击向鼓面。

咚咚——咚——咚咚咚——

这是周瑜擂响的战鼓，鼓声时急时缓，时低沉时铿锵。传进每一名将士的耳膜、心头，似有节奏韵律，又似进军的号角，如春风化雨，又如严寒冰雹，立时，众将士群情振奋，情绪高亢，呐喊如潮……

当一切又归于平静之后，人们便永远记住了这里发生的一幕，从此，这里便被人们称为周瑜点将台。

走下点将台的周瑜，复又骑马、换舟，沿着奇门遁甲之地，在桑洛洲上四处察看，无一遗漏，甚至细小到对茅草、芦苇草和谷物秸杆的功用，都做了详细地安排。当时，可能连程普都没想到，这些看似不起眼的茅草，竟然在日后火烧赤壁的大战中，派上了大用场。

周瑜检阅完桑洛洲上的九柳八卦阵之后，他放心地将九柳八卦阵交给程普，而自己则率部奉孙权之命前往柴桑。

第五章
聪慧如他，安邦有希望了

什么是聪慧？

"聪慧"，也称作"聪惠"，词面意思为聪明而有智慧。

《国语·齐语》是这样记载的。

桓公又亲问焉，曰："於子之属，有居处为义好学，慈孝於父母，聪慧质仁，发闻於乡里者，有则以告。"

三国时代的魏国人曹植，在他的《静思赋》中写道："性通畅以聪惠，行嬝密而妍详。"

而唐朝时，著名诗人杜甫，有一首著名的《忆幼子》诗中写道："别离惊节换，聪慧与谁论？"

到了现代，"聪慧"一词，往往和智商联系在一起，常常偏重在"智慧"上。

那么，对于周瑜而言，聪慧又是指什么呢？

体现在周瑜身上的聪慧，就是在危急的时刻，能够临危不惧，临变不惊；就是在关键的时刻，能够保持清醒的头脑，看到潜伏的危机；就是在复杂的人事关系面前，巧化矛盾，慧眼识人。

有了周瑜这样聪慧的人，安邦有希望了！

矛盾巧化解

江夏太守黄祖，对于孙权来说，是有杀父之仇的。

早在多年前，战功赫赫的孙权之父孙坚遭到黄祖的伏击，被黄祖的士兵射杀身亡。

由此，黄祖与孙氏一族的仇就算是结下了。

在建安七年时，即公元202年，孙权掌控的东吴军，发起了对黄祖的复仇之战，这一战，孙权并没有让周瑜参与。

然而，就在孙权征讨黄祖之际，母亲吴太夫人突然病重，孙权只得班师，无功而返。

孙权母丧，依礼厚葬母亲，后又守制多年，一直没有出兵。

但是，孙权没有一刻忘记向黄祖复仇。

然而，东吴军与黄祖多次征战却始终未分出胜负，这让孙权很是焦虑。

到了建安十二年，即公元207年，周瑜时年三十三岁。

已任江夏太守的黄祖，派遣大将邓龙率领兵将数千人攻入柴桑。这次孙权不能再失败了。

于是，孙权将驻守宫亭的周瑜请出迎敌。

周瑜接到孙权的命令，将宫亭及桑洛洲上的九柳八卦阵等事宜，全部交给老将程普，而自己即刻领精兵数万，追击邓龙。

周瑜出兵，所向披靡，对邓龙一战，获得全胜，生虏邓龙，送给东吴。孙权很是高兴，但，这还远远不够，孙权的目标是取黄祖的首级。

建安十三年，春，即公元 208 年的春天，孙权开始征讨江夏。此时的周瑜三十四岁。

这天是一个出行的好天气。

似雾非雨中，一艘战船训练有数地沿江顺流而下。潮湿的空气，滋润着船上每个人的肌肤，清清凉凉地，说不出来的惬意。

站在船头的周瑜，气度恢弘，眉宇间透着稳重和洒脱。此时他放眼江岸，喧鸣的鸟儿落满了春天的沙洲，有莺歌燕语，不时伴着微风，飘进他的耳底，听得他如痴如醉……这是平生他的最爱。

然而，不多时，所乘船只已靠向一处岸边。周瑜无暇留恋这美妙的鸟语，立即弃舟登岸。他也无暇欣赏被各色各样的花儿覆盖了的山峦，牵过战马，亲昵地拍拍马背，便翻身上马。

看周瑜上马的姿势，轻松而优美，再配以江水山峦，就好似一幅动静结合的人物风景画。

只是还没等画者落笔，画中人就策马扬鞭绝尘疾驰而去。看进眼里的就又是另外一幅人马相随的背影图了。

周瑜接到主公孙权的旨令，让他赶去吴郡议事。

主公每有召唤，必定是刻不容缓的大事，因此，这会儿，周瑜马不停蹄地立即前往。

待周瑜回到吴郡之后，孙权就召集众将到堂前议事。

孙权居于正中高位，众将分座下面两排。只见孙权向下扫视众人,嗓音低沉地说道:"讨伐黄祖,取其首级,一直是我未了的心愿。今天请大家来复议此事,想听听你们有什么好办法?"

孙权的话音刚落,就见右后位有一少年起身,抱拳朗声说道:"统,自愿请求前往冲锋陷阵。"

周瑜一看,这少年,身高七尺有余,满脸的英侠之气,但是,清秀的眉目间却似隐含着淡淡的杀气。

周瑜具有过目不忘之能。

虽然这少年不直属于周瑜,但是,周瑜仍然对他的情况了如指掌。他的名字叫凌统,现任校尉一职,其父乃是从征校尉凌操。

早在孙策时代,凌氏父子就一起来投,并被孙策封为从征校尉,在孙策引兵渡江时,二人屡立战功。

孙权统军后,凌操继续效力于孙权。

建安七年,即公元 202 年,凌操跟从孙权讨江夏黄祖。东吴军攻入夏口时,凌操先登,打败黄祖军先锋后,轻舟独前,被黄祖的部将甘宁流箭射杀而死。

因此,凌统早就憋着一口气,立志要再次参加征讨江夏一战,为父报仇。

有了凌统的请战,立时众将群情振奋,情绪高昂。看到众将如此,孙权甚是欣慰,立即亲自点将督军。

"周公瑾听宣!"孙权提高了声调,朗声喊道。周瑜闻听之后,起身出列,抱拳说到:"末将在!"

"现任命你为前部大都督,引水陆两军,任意挑选战将,择期出发,与江夏黄祖决一死战!"孙权说至此,竟然也激动地起身离座,不待周瑜回话,就走到周瑜面前,抱拳拱手继续言道:"公瑾兄,拜托了!"

孙权志在必得之心，如此可见。

周瑜也大声回答："请主公放心，公瑾自当尽心竭力，万死不辞!"

此时的周瑜三十四岁，正是最为雅达而聪哲之年。有周瑜亲自领兵出战，孙权感觉胜算已占到了九成以上……

又一天，新任前部大都督周瑜正在排兵点将之时，都尉吕蒙报告称欲引荐一位降将。等到这位降将进来报上姓名，立即引起了小小的躁动。

这是为什么呢? 原来吕蒙引荐的这位降将不是别人，就是凌统的仇人——甘宁。

甘宁，本是一位少年游侠，直到戴冠之年，才因读了一些书而想做一些求取功名的事情。那一年，他听说孙权正在招延俊秀，聘求名士，就想前去归附。不料，经过刘表的地盘时，因他所带的队伍太显眼，过不去，只得归附了刘表，并在江夏太守黄祖处效力。

甘宁在黄祖军败于孙权落荒而逃时，凭借着神箭，阻止了孙权军的追击，才保全了性命，可以说，对于黄祖甘宁是立了大功的，可还是没能得到黄祖的重用。当甘宁失意之时，苏飞便帮助他曲线借道带兵投奔孙权而来。

初时，甘宁因曾射杀过东吴大将，有些顾虑，因此，带队归降时，先见了吕蒙，又通过吕蒙进见了周瑜。

在周瑜和吕蒙的推荐下，孙权听取了甘宁的意见，坚定了用兵的决心。

甘宁向孙权如实述说了黄祖的情况。

他介绍说，黄祖现在已经年老昏耄，财力和粮草都已缺乏。其手下部将不仅互相欺弄，而且见利忘义，侵害吏士，使吏士心生怨恨。另外，黄祖军的舟船战具，废弃一直不加修缮，军纪也已混乱。

因此，现在如果引兵进攻，黄祖必败。

虽然有张昭等人反对甘宁的建议，但是孙权、周瑜还是坚定了征讨黄祖的决心。

接下来，就是让甘宁与众将，特别是与凌统相见的事情了。

既然同朝为官，更要共同对敌，碰面是迟早的事。那么，在排兵点将的誓师大会上相见，是最有利的时机了。

就这样，经吕蒙报告，降将甘宁，出现在东吴将领们的面前，也出现在了凌统的面前。

仇人相见，分外眼红。一听眼前所站之人就是杀父仇人，纵然是宽厚仁义的凌统，也是红了眼，立即就想杀了他。当然，自有其他将领，将凌统给拦住了。

看见凌统的神情，甘宁的心里就全明白了。

甘宁趋步上前，面对凌统单膝跪地，连声向凌统请罪，并说听凭处置，决不还手……

凌统还欲奋力挣开众人的牵绊，悲声涟涟。

见此情景，周瑜语调缓慢地对牵拉的人说："松开他——"

大家都无法想像松开凌统的后果是什么？但，大都督的话是威严的。此时，没有了束缚的凌统，唰地抽出了宝剑，剑尖直指甘宁的胸前。

剑，闪着寒光，所有人的心都提到了嗓子眼，唯有周瑜神态镇定。面对这样的态势，缘何周瑜还会如此镇定呢？

原因就在于，周瑜有慧眼识人之能。

以周瑜对凌统的了解，他断定凌统绝不会杀不还手之人。

对于甘宁，周瑜虽然还没有过多的了解，但他知道，假如在凌统的剑前，甘宁胆怯了，或是还击了，那么，这个人也就不会为他所用了。

这也算是周瑜对他们两人的一次考验。

而且，以恩义著于三江的周瑜，也理解凌统此时此刻的悲愤。这种情绪是不能压抑的，必须让他释放出来。

事实正如周瑜所预料的那样向下发展……

凌统虽然悲愤举剑，面对一动不动的甘宁却一直没有刺下去，而甘宁面对利剑，不还击也不躲避，两个人就那么一直僵持着，双目互相对视着……只是，凌统的眼中喷的是火，而甘宁眼中含的是歉疚。

不知过了多长时间，只听周瑜略带磁性的声音响起："来，把剑给我！"

原来，不知何时，周瑜已经来到了两人中间。周瑜用睿智的眼睛盯视着他们，掌握着火候，恰到好处地适时开口说了几个字，并握住了凌统拿剑的手。凌统便如一个听话的孩子，默默地松手，任由周瑜取走了宝剑。

周瑜又伸手去挽甘宁。甘宁见状，诚惶诚恐地慌忙站起，可能是单跪得太久的缘故，站起时，甘宁还趔趄了一下。

甘宁复抱拳谢过大都督。

周瑜又看着两人说："现今军务紧急，此事暂且不提，待江夏军务完成，我自当为两位主持一次比试，如何？"

见凌统和甘宁都点头同意，周瑜便回身坐上大都督位，向众将朗声说道："众将听令！"

众将肃立听令。

接下来，周瑜便排兵与点将，各路将领得令后，各自领兵，奔向江夏⋯⋯

艨艟自在行

涨潮了！

连日的春雨，难得的一个阳光明媚的暖春之日，周瑜重回到停靠在江岸的船上。由于雨水的充溢，江水涨起来了，抬眼望去，潮涨江阔，波涛滚滚。战船漂浮在水面上，轻如一根羽毛。周瑜一声令下，战船便起锚扬帆，自由自在地逆流而上。

从小就喜欢立于船头的大都督周瑜，此刻仍然迎风而站，手中握着的，当然，还是那洁白的鹅毛羽扇。

看，阳光照在波光潋滟的江面上，像给水面铺上了一层闪闪发光的碎银，又像被揉皱了的绿缎。听，层层鳞浪随风而起，伴着跳跃的阳光，拍打着船舷，而战船过处，惊得江面上的水鸟，扑翅着飞离了江面。

此刻，周瑜的心情是急切的。为即将迎来的这一战，周瑜已经准备了许多年。

总角之年的苦读和奇遇，让周瑜生发了建功立业的梦想。追随义兄起兵，他将少时的梦想付诸于实践。辅佐孙权之后，他更是为了成就孙吴的基业而竭心尽力，为了不再受制于人而秣马强兵。

无疑，周瑜是有深谋远虑的战略眼光的。

早在建安四年，周瑜就向孙策献计攻取了皖城。之后在与刘勋的一战中，打败了前来驰援刘勋的黄祖五千精兵，并夺取了百余艘战船。

周瑜那时就敏锐地意识到，要在水网纵横的江东占住脚，并图谋更大的发展，建立强大的水师是势在必行的。因此，周瑜以缴获的战船为基础，以其独到的眼光，在牛渚矶、巴丘、桑洛洲等军事要地，排兵布阵，训练水师。

在此前的征讨山贼或攻城略地等征战中，水师一直没有派上用场，而这一次，是针对刘表军的江夏黄祖水师的真正较量。

这也是周瑜统领水师出征的第一次征战。一旦成功，就拥有了进一步雄霸江东的资本，就不会再受制于人了。

因此，周瑜的心，充满了期待。

上晓天文，下知地理的周瑜早就料知，春暖花开时，丰富的降雨，会让水位上涨，原本的水上天险，也会因为水量的增多，而减弱许多。而最为关键的是，他的艨艟大船可以自在航行。

所以，涨潮，对于东吴水师来说，是个极好的时机。

就在这美丽的湖光山色中，周瑜所乘坐的战船到达了东吴的一处边塞要隘。上百艘水师战船已经奉命集结于此，整装待命。

一日清晨，周瑜行使孙权任命的前部大都督职责，率同吕蒙、董袭、凌统等将领，充当先锋军，在甘宁的引导下，溯江而上。

长江水道的上游地段，布满急流险滩，黑夜是无法行船的。因此，周瑜督师计算着路程，挥师猛进。

黄昏时分，转过一道弯，自然天成的景致现出了人工的痕迹，这是东吴水师到达了由江夏黄祖军驻守的一处隘口——沔口。

昏黄的落日，镶嵌在山顶，并将最后一抹余光，洒落在江面上，映射在船甲板上，一片金黄……

如此的美景，却无人顾得上欣赏。

东吴的战船再向前行进时，落日仍在，辉光却被挡住了。原来，是有两艘艨艟大船挡在了前面。

这是两艘连在一起的艨艟大船，它们就犹如置于水上的两座城堡，几乎将狭窄的沔口堵得严严实实。

不，也不能说堵得严丝合缝了。

因为，体积再大也毕竟是置于水面的浮船，而不是地基稳固的城堡。隘口的空间虽然堵上了，可是，急速流淌的江水是堵不住的。

两艘艨艟大船，在奔腾咆哮的大江上，坚守着，摇摆着……

鼓声一响，只见两只大船中，有千万只弓弩齐发，箭，如雨点一样密集，阻止了东吴战船的前进。

水大浪急，壁高千韧，东吴战船既无法抛锚停稳，又处于下游较低的地势。特别是普通的战船，上有密集的箭弩，下有急流险滩，风雨飘摇之中，时刻有倾覆的危险。

必须速战速决！

见此情形，早就胸有成竹的周瑜，迅速启动了第一套作战方案，并具体下达了作战指令。

这第一套方案是，周瑜命令己方那艘艨艟大船，摆在战队的最前面，并令船上的将士搭弓射击，尽量杀伤敌军。但这只是做为掩护的一个烟幕弹。

因为，在风大浪急的险滩，大船的稳定性比小船要高得多。而且，这艘艨艟大船在规模上与黄祖军的阻挡之船是一样的。虽然在地势上处于下风，但做为掩护，还是绰绰有余的。

用艨艟大船与敌军相对峙，只能保持不败，但如果想要进攻，完全射杀敌军，是万万不够的。

正在两军箭弩相持之时，不知不觉间，落日一点一点被山体吞没，最后完全消失不见。

天，一下子就黑了。

黄祖守军赶紧点起了火把。他们是怕东吴水师借着黑暗来袭。但是，怕，就不会有袭击吗?

当然不是!

天黑的那一刻，东吴的战船上也暂时停止了射箭，却没有点火把，也没有了呐喊。这黑黑的一片，神秘莫测，令黄祖守军摸不着头脑，心惊胆寒。但是，他们别无它法，只能静静地等待东吴水军的宣判。

这时，大都督周瑜，又启动了第二套方案。

这第二套方案，是机动灵活的暗夜进攻方案。

就在太阳即将落山的那一刻，在艨艟大船的指挥舱里，周瑜摇动鹅毛羽扇，气定神闲地向都尉董袭、校尉凌统下达准备出征的指令:

"命你二人，各领一百敢死将士，身披厚重的铠甲，手持刀剑，分乘数十船只，冒矢冲上敌方大船。目标是砍断连接两只艨艟大船的缆索和系着巨石为锥以固定舰只的大绳，使两只艨艟大船分离并顺水漂流，既可大功告成。"

董袭、凌统领命而去。

二百敢死将士早已经全副武装整装待发，数十艘船只也早就集结待命。

借着夜色，东吴水师的几十艘船，一齐向隘口处黄祖军的两艘艨艟大船奋力划去。

船只进入到了火把照耀的光亮范围内，被黄祖军发现，于是，万弩齐发，箭，便如雨点一样射落下来……幸好，董袭、凌统率领的敢死队员们的身上都披着厚重的铠甲，再加上他们挥剑奋力格挡，弩箭纷纷掉落江中。

但箭雨毕竟太过密集，董袭、凌统所率领的船只一时无法靠近黄祖的艨艟大船，并且不断有人中箭……

危急关头，借着火光，督战的周瑜命令东吴大船上的弓弩手，一齐向对面大船射箭，压制着黄祖船上的守军，让敌军不能随意地直接站在船板上面张弩射箭。这样，黄祖军阻击敢死队员的箭雨，就弱了很多。

董袭、凌统瞅准时机，迅速率队将船划近，并冲上艨艟大船。他们主要目标就是砍断船与所坠大石，船与船之间连接的缆索。

这一招非常奏效。

只见，失去牵绊捆绑与固定的两只大船，在江水的冲击下，向两边分流而去。

原本稳固的守卫优势尽失。

在犹如孤岛的黄祖军两只艨艟大船上，董袭和凌统率领敢死队员们，拼死战斗，大败敌军，攻下这一处隘口，取得了初步的胜利！

西征报家仇

任何事情，总是无风不起浪，有因才有果。

先回过头看一下。

汉献帝初平三年，即公元 192 年，时任长沙太守的孙坚奉袁术之命，进攻刘表把守的荆州。刘表派黄祖在襄樊迎战，战事失利。孙坚乘机渡汶水围攻襄樊，被黄祖射死于岘山。

从此，黄祖家族与孙吴结下了世仇。

假如黄祖当年不杀孙坚，孙策、孙权兄弟两人就未必会几次三番地将主攻目标对准夏口。

夏口也称为江夏。位于汉水下游长江入口处的北岸。而汉水的下游又古称为夏水，因此得名。

夏口在东汉末年隶属于荆州，时任荆州刺史为刘表。

再来说说这刘表吧！

刘表，字景升，是鲁恭王刘余的后代。若论血统，刘表属于汉家皇室一族，是正宗的皇亲。

刘表身长八尺有余，姿貌温厚而魁伟。他少时就知名于世，与七位贤士一起号称为"八俊"。

那一年，李傕等攻入长安，刘表派遣使者向李傕献贡示好。经大将军何进举荐，李傕便任命刘表为镇南将军、荆州牧，封成武侯。

居荆州期间，在对内政策上，刘表实行恩威并施，招贤纳士，同时又开经立学，爱民养士；在外交政策上，实行远交袁绍，近结张绣，内纳刘备。先杀江东孙坚，后又常抗曹操，是曹操强敌之一。

刘表占据地方数千里，拥有带甲十余万，不仅称雄荆江，而且成为仅次于两袁兄弟的一股强大势力。

可以说，刘表在荆州的管理，体现出了一代能臣的本色。

经过几年努力，刘表将寇贼遍地、处处糜废的荆州治理得有声有色，使荆州变成了万里肃清的东汉后期最后一片乐土。

也可以这样说，由于刘表的有效管理，让各路诸侯对于其治理下的荆州都是垂涎欲滴。

鲁肃就曾经对孙权这样评价荆州："沃野千里，士民殷富"，这也算是对刘表恰如其分的评价了。

说到这里，谁还能说刘表是"虚有其表"呢？他完完全全是一个有勇有谋的实干家啊！

但不得不提的是，在刘表雄霸荆江的那些年里，江夏太守黄祖功不可没。

话再接着说回来。

为报杀父之仇的孙策、孙权兄弟，于建安四年，即公元199年的腊月，与曹操、刘璋联合进攻江夏，因力量悬殊，黄祖战败，妻儿子媳七人被杀。尽管如此，黄祖并没有彻底消亡，仍然坚持据守江夏八年之久。

当公元200年孙权继承父兄基业之后，在江东广纳贤士，谋求更大的发展。而对于杀父大仇，一直是孙权的忧心之事。

孙权即位后，屡攻黄祖地域，但都无功而返。适逢黄祖的部将甘宁来归降，呈献破黄祖策略，事情便有了决定性的转机……

建安十三年，即公元208年的春天，孙权亲自督军攻打夏口，并任命周瑜为前部大都督。

这一回，孙吴是要聚全力，誓杀黄祖祭亡父之灵的节奏了！

前部大都督周瑜，率领水师出战，没有辜负孙权的期望，第一战就旗开得胜！

话说这一日，周瑜用计，董袭、凌统率敢死队员砍断艨艟大船的缆索，东吴军队因此挥师猛进。

黄祖一看大事不妙，慌忙命令大都督陈就带领水军，扬帆击鼓迎战。但是，东吴军队已经势如破竹，陈就哪里抵挡得住！

陈就水军被吕蒙、甘宁等一阵驱杀，后大败被擒，吕蒙亲自手起刀落，将陈就砍首。

接着，东吴军挥师直指江夏。

东吴军兵临江夏城下，黄祖又派出最后一张王牌——大将苏飞，开城迎战。苏飞也不能抵抗，又为东吴军所擒获。剩下光杆司令黄祖，只能挺身出走。

可到了这时，黄祖哪儿还能逃得了？

果然，黄祖没逃出几步，便被追杀过去的东吴军擒住，并立即取其首级。至此，黄祖任太守的江夏郡兵败城陷，黄祖战死身亡。

于是，周瑜率先引兵进江夏城。

在进江夏城的那一刻，周瑜在心里默默地念叨：义兄，家族大仇已报，你可以含笑九泉了！

周瑜命人用一个匣子装盛黄祖的首级，待等孙权率军入江夏城之后，拟期归祭到孙坚墓前。

孙权引兵入江夏城之后，且悲且喜。

悲的是，见黄祖首级，就想到了先父孙坚。喜的是，孙家的世仇终于得报了。做为儿子，可以告慰于九泉之下的先父了。

话说，又一日，报得父仇的孙权，召开置酒大会，欲论功犒赏诸将。

这一战，论头功，当属甘宁了。

不待孙权犒赏甘宁，甘宁先下席泣拜为苏飞求情。想那黄祖战败被砍首后，还有一个空匣子是准备装黄祖手下的大将苏飞首级的。

而这苏飞，对于甘宁是有过命之交的。想那前日，如果没有苏飞帮助，甘宁怎么能脱离黄祖来到东吴效力呢？

如今，苏飞有难，讲义气的甘宁，怎么能不以德报德，拼死相救呢！

甘宁冒着被责罚的危险，用自己的人头给苏飞打保票，求孙权赦免苏飞。于是，孙权命人将苏飞从监牢里放出来，并召令苏飞参加酒宴。

苏飞入谢孙权不杀之恩。就在苏飞要与甘宁一起入座的时候，席间忽然有一人跃起，拔剑出鞘，直接刺向甘宁。

事发突然，甘宁不得不躲避。这跃起之人，不是别人，正是与甘宁有杀父之仇的凌统了。

想西征之前，在周瑜的极力劝说下，为了顾全大局，凌统暂时将私仇放下。如今，凌统见主公的父仇已报，而同为人子，凌统岂可与仇人共席呢？

感同身受的孙权也是唏嘘不已，便转而问寻周瑜，此事应该如何处置为好。

周瑜也是左右为难，只提议说，还是先将两人分开吧！

孙权因此只好命令甘宁领兵五千，带着苏飞，出屯当口。甘宁拜谢立即离去。

经过这一个插曲，庆功酒会也就散了。孙权很是扫兴，也没有论功行赏，只带着俘获的万余人，班师径直回去了。

无疑，在这最后一次的西征江夏对黄祖一战中，孙权任命周瑜为前部大都督是最对的选择。

虽然做为前敌总指挥，周瑜没有直接为孙氏手刃仇敌，但是，周瑜的因地制宜的计谋，以及机智的临场指挥，是东吴军顺利攻破江夏军的致胜法码。

而随着黄祖的战败被杀，周瑜这个前部大都督也完成了使命。孙权返回吴郡，留给周瑜的指令——去丹阳泽继续操练水师，以备再战！

周瑜又是欣然领命而去……

竭诚而尽智

周瑜登上了点将台。他凭栏放目，吴天如洗，鄱水苍茫。

这是位于江西九江庐山南景的一个点将台，是周瑜为了阅兵固垒所筑的。

周瑜很享受站在点将台上羽扇纶巾，谈笑自若，指挥千军万马的感觉！

回想前事，纵然是一路顺风顺水，仕途得意的周瑜，也是感慨良多……

周瑜回想自幼与义兄孙策交好，后来，又助其扫荡江东，那是何等的豪迈啊！

可惜的是，义兄孙策遇害，英年早逝。托付他与张昭一起共同辅佐幼弟孙权。他感谢义兄的信任，也深感肩上的担子太重，太重了。

自与义兄永别之后，深受孙权的信任。不仅让他执掌军政大事，而且，每当有要事发生，必先征求他的意见。他也竭诚而尽智，不敢有半点的松懈之心。他深感自己任重而道远。

此刻，在周瑜的面前，静静的。没有金戈铁马，没有震天的喊杀声，也没有乱石穿空，惊涛拍岸。周瑜就是想在这个时候，走上点将台来，让自己的头脑冷静一下，以便更好，更仔细地分析当前的形势。

这一路走来，周瑜很少遇到挫折，更找不出一点重大的缺失，平步青云的际遇不仅让别人钦羡，就连他自己，有时都觉得有些不真实。"我何德何能，让东吴臣民引以为傲和崇拜呢？"

周瑜心中清醒：携天子以令诸侯的曹操，命令主公孙权遣子入朝随驾。因为自己及多人的劝阻，曹操的这一人质要挟之计没有得逞，肯定是引起了曹操的不满。在打败袁绍之后，北方战事一了，一定会将矛头对准东吴的。

而此前，东吴一直将江夏黄祖做为主攻目标，分身无术，再者兵少力薄，还不足以与曹操抗衡，因此，只能受制于曹。

突然一个念头在周瑜头脑中渐渐形成，并且越来越强，越来越清晰。二分天下，和曹操南北对立——这是周瑜经过冷静思考和分析之后，为东吴策划的战略思想！

大丈夫岂能永远受制于人，是应该鼓励主公与曹操分庭抗礼的时候了。

烟雨更浓密了，对东吴未来的构想，使周瑜激动不已。他裹紧衣服走出这阵烟雨，走下了点将台。他知道，前路一定不会是平坦的，但是，只是观望和等待，就永远也不会实现。

不试试，怎么会知道呢？

然而，世间事，时刻千变万化，错综复杂，任你再机智，再料事如神，也终有难预料之事……

此时，已是汉献帝建安十三年，东汉末期军阀混战的局面，渐渐趋于明朗化了。留存下来的每股势力，都在为下一步进行着殚精竭虑的谋划。

在北面，曹操携天子以令诸侯的局面，随着袁绍的兵败，已经变成了曹操的一枝独秀。曹操彻底废除汉献帝，取而代之只是时间的问题。曹操谋划的是一统天下之计。

在南面，尽得长江下游江东肥沃之地的东吴，名义上虽然还依附于曹操，但等江夏事一了，东吴是要进一步取荆州，夺西蜀，占据南面半壁江山，依长江天险，与北面的曹操做二分天下计。

在西南方，失去了黄祖的荆州刘表，已经处于了风雨飘摇之中。荆州这一肥沃之地，便成为了炙手可热的争夺焦点。

荆州的战事

荆州确实是个好地方。

当汉献帝建安十三年，即公元 208 年到来的时候，经过东汉末期军阀的长期混战，依然尚存的，只有三股势力：北方的曹操、江东的孙权和居无定所的刘备了。

此时，说到刘备这个人，不得不着重墨说一下。他就是中山靖王刘胜之后，换言之就是汉朝的皇室宗亲，表字玄德。

据说，在刘备家屋舍的东南角篱笆墙上，生长着一棵高大的桑树，足足有五丈多。这棵桑树枝繁叶茂，从远处遥望，只见枝叶伸展之型，犹如富贵之人所乘车辇的车盖，南来北往的人都很引以为怪，皆称此树不是一般的树，或许因此树当有贵人出现。

刘备儿时，经常与刘氏同宗的一些孩子们在树下嬉戏。一天，小刘备指着绿荫如盖的桑树对玩伴们说："我将来一定会乘坐像有这样的羽葆盖车。"

听了刘备的话，小孩子们并不以为然，可恰巧被他的叔父听到了，吓得叔父立即上前捂住了他的嘴，警告说："你可千万不能乱说，这是要让我们遭至灭门之罪的啊！"

青年时期的刘备，与公孙瓒等人一起师从东汉大儒卢植。然而，他不爱读书，却喜欢弄狗骑马，喜欢结交豪爽之士。因此，有不少年轻人争相依附他，其中最为著名的两位好兄弟，便是关羽和张飞，三人在桃园结为义姓兄弟，誓言同生共死。

刘备素以仁德为世人称道。其为人谦和，宽以待人，知人善用。他也志向远大，却命运多舛，半生漂泊，一直居无定所，并多次遭遇追杀。好在，他吉人自有天相，危急时刻总能得贵人相助，化险为夷，就连刺客都被他感动了。

真可谓：福也因宽厚仁德，祸也因宽厚仁德。

早年，当汉灵帝末年之时，刘备因为随从官府进行镇压黄巾起义有功，被任命为安喜尉。不料，干得好好的，却因为朝廷将所有因战功而提拔的大小官员一律开除，他也在开除之列，因此失官。

不久，时逢大将军何进派遣都尉毋丘毅奉诣去丹阳招募士兵，刘备就随同一起前去。当行至下邳时遇到贼寇，刘备因奋力抗敌有功，被封为下密县丞，不久便辞官。后来他又当过高唐尉，并升迁为县令。为贼所破后，他便投奔了已为中郎将的同门公孙瓒。公孙瓒上表奏请封刘备为别部司马，与田楷驻守东屯。

袁绍进攻公孙瓒时，刘备就与青州刺史田楷一起去抵抗冀州牧袁绍。在与袁绍的争战中，刘备多次历有战功，又升为平原县令，后领平原国相。

刘备的功劳盖过了其他人，有一郡民刘平，耻于在刘备之下，便买通一个刺客想杀他，关键时刻，刘备的气概和风度使刺客都不忍刺杀他。

又一年，曹操征讨徐州。徐州牧陶谦便遣使向田楷求救。刘备又与田楷各自领兵千余人前去。途中，得数千饥民归附刘备。等到达到徐州时，陶谦又给了他丹阳的四千兵马。从此，刘备便离开田楷归附陶谦，并被陶谦封为豫州刺史，屯兵小沛。

至此，刘备总算有了一席落脚之地。

之后适逢陶谦病重，他对糜竺等人言明，"非刘备没有人能让徐州安稳"，因此，当陶谦死后，糜竺等率徐州人迎接刘备入主徐州。

建安元年，即公元 196 年，袁术来攻打徐州，刘备在盱眙、淮阴迎敌。此时，曹操上表封刘备镇东将军，领宜城亭侯。

刘备与袁术相持数月，吕布乘虚攻袭下邳。下邳守将曹豹反叛归降了吕布，使得刘备的家眷被吕布虏获。刘备便攻击吕布的后防。双方处于相持阶段，为了妻与子，刘备向吕布求和，吕布归还刘备妻与子。

接下来，刘备派遣关羽驻守下邳，而自己归守小沛，因为宽厚仁德之名，又集结了兵丁上万人。吕布又来进攻时，又败走归附曹操。

此时，曹操以丰厚的待遇笼络刘备，封刘备为豫州牧，因此，时人又都称刘备为刘豫州。

曹操让刘备回到小沛，收罗分散的兵卒，并赠给他军粮。曹操这么做是有目的的，就是让刘备带兵向东攻击吕布。

而此时，曹操的众谋臣已经对刘备动了诛杀之心。刘备只得逃到了徐州，又召集了兵众数万人。

到了建安五年，即公元 200 年时，刘备被曹操击破，又前去依附袁绍。

曹操在官渡之战中打败袁绍之后，刘备又向南投奔了荆州的刘表。因声望日高，刘表对他也有所防备。

曹操、袁术、袁绍、吕布等几股势力互相争斗，刘备在夹缝中求生存。期间，刘备办了一件他一生中最对的一件事，那就是三顾茅庐请出了诸葛亮，于是，从建安十三年起，因为有诸葛亮的计谋，刘备接下来的路，走得比较顺畅了……

而这之后，刘备与孙吴集团、与周瑜的交集就多了起来。

此时，三方势力强弱不同，因地制宜，因势利导所制定的政策方略也是不同的。

北方的曹操，在官渡之战打败袁绍以后，已经占据了整个北方，他们的实力最强，战略目标当然是一统天下。渡江南下，只是时间的问题。

江东的孙权，先有周瑜在柴桑生擒邓龙，后又二讨江夏黄祖，终于取得了西征黄祖的胜利。这一切说明了，打败刘表，夺取荆州，乃至进一步攻取南郡，与曹操南北相抗，二分天下，也只是时间的问题！

自从建安十二年，即公元 207 年，刘备前往隆中拜访诸葛亮，三顾茅庐之后，实实在在地成了一股不可小觑的势力。诸葛亮向刘备献上的隆中对，是一个三分天下的计策。后来的事实证明，这个战略的实现也只是时间的问题了。

可以说，曹操掌握着天时，孙权拥有着地利，刘备具备了人和。

不约而同地，三股势力首先都把目光投向了荆州。

曹操携天子以令诸侯，所掌握的天时，在北方已经初见成效。曹操本无暇南顾，如今见孙权攻取江夏，唯恐其攻取荆州，养成羽翼。于是在公元 208 年的七月份，他下令开始南征，并集结大军于南阳。

曹操将目标盯向了荆州，盯向了南方，继而挥师南下，将南部的发展态势一下子给打乱了。因此，各路人马不得不重新规划、洗牌了。

花开三朵，各表一枝，首先说一说刘备的人和。

话说黄祖战亡以后，失去了这员大将的刘表，害怕孙权攻袭荆州，惶惶不可终日。闻报孙权已撤军，方才稳下心来。

早些时候，屡败于北方曹操的刘备，已慕名而投靠了刘表。因为可以算得上是刘氏宗亲，便互称为兄弟。不过刘表对刘备既依靠又防备。

刘表有两子，长子刘琦与次子刘琮。

长子刘琦知道自己无人庇护，整日提心吊胆，害怕为人所害。幸好有诸葛亮用"申生在内而危，重耳在外而安"之语点醒，并在刘备的帮助下，向父亲刘表讨取了接替黄祖继任江夏太守之职，也算是逃离了虎口。

当然，此后刘琦也投桃报李，在刘备无路可走的危急时刻，接纳刘备，让刘备又有了暂住之地。

次子刘琮，虽然有母、舅庇护，然而终不能成大器。当曹操南下攻伐，父刘表去世后，刘琮便不战而投降了曹操。

且说孙权攻取江夏时，一日，刘表唤刘备，想寻求解围之法，年老的刘表竟然生发了等他百年之后，欲将荆州送给刘备之意。当然，素有仁厚之名的刘备岂能趁人之危呢！

刘备也用事实证明了他的仁厚。当刘表主动欲送荆州给刘备，刘备没有答应。军师诸葛亮问他为什么不就此接受？

刘备回答说："景升待我很好，我若夺其位置，岂不是薄情之人吗？我决不忍心做这样的事。"

诸葛亮听完感叹到："将军如此仁厚，但恐怕将来得多费力气了。"

刘备不接受赠予，并自动请求驻守樊城。

不久，荆州传来刘表病危的消息，刘备兄弟情深，前去探望。刘表临终托孤给刘备。刘备慨然应允。

但是，刘表次子刘琮的娘舅蔡瑁，以小人之心度君子之腹，恐怕刘备有抢夺之意，欲杀刘备。亏得有山阳人伊籍提醒并帮助，刘备才得以逃出。

对于刘备，周瑜给出的评价是：备乃枭雄也。周瑜看人的眼光是独到的，确实是比孙权和曹操更准一些。

花开的另一枝——拥有地利的孙权方面，此时，是如何决策的呢！

建安十三年，即公元 208 年，孙权任命周瑜为前部大都督，西攻江夏，斩太守黄祖，然后准备进一步夺取荆州。

到了八月份，传来刘表病死的消息。鲁肃便立即入见，给孙权分析了当前的发展态势。

鲁肃认为：荆楚之地与东吴紧紧相邻并接壤。荆州不仅有金城之固，而且沃野万里，士民殷富。如果占据并拥有它，这是建立帝王基业的资本啊！

鲁肃进一步提出代表孙权去荆州吊丧，了解情况。孙权批准了他的请求。

鲁肃到了夏口，闻曹操已向荆州进兵。鲁肃日夜兼程，等他到了南郡，刘表的儿子刘琮已经献出荆州降曹，刘备准备南撤渡江。鲁肃当机立断，去找刘备。在当阳长阪，鲁肃与刘备相遇。荆州已归曹操，吊丧之事也只能是借口了。因此，彼此相见，共议如何抗曹才是正题了。

这一日，鲁肃与刘备、诸葛亮等人进行了一次会谈。

鲁肃首先试探着问刘备下一步将向何处去？刘备虽然待民仁厚，却也不会所有事都让别人尽知的。因此，刘备假装回答道："从前我和苍梧太守吴巨有旧交，现在拟投奔他去。"

鲁肃平素就是一个忠厚老实的人，听了刘备的话，便直言劝说道："苍梧处于偏僻的岭南，怎么能相助呢？我建议你不如向东投奔孙吴。因为，孙权将军聪明仁惠，敬贤礼士，江左英豪，都愿意归附于他。为今之计，最好是与孙将军联络，共同抵御曹军。"

鲁肃说完，还没等刘备回答，在一旁的诸葛亮立即插嘴说："刘使君与孙将军素未会面，如何轻易地就去投奔呢?"

　　哈哈——，鲁肃听后大笑着对诸葛亮说："令兄子瑜，现在是江东的长史，与我是好朋友，我愿意陪同你们去江东。这样，既可以使你与兄长相聚，又可以和孙将军共议大事，可以说是一举两得啊!"

　　听闻鲁肃之言，诸葛亮就和刘备说道："军情紧急，我愿请命，前往拜见孙将军，合谋抵抗曹军。"

　　其实，鲁肃有所不知，他此言正和诸葛亮之意，只是偏待他相邀，才肯说出来罢了。

　　当然，诸葛亮的心思与计谋，耿直的鲁肃是玩不过的，纵观东吴，唯有周瑜与之不相上下了。

　　刘备点头应允了诸葛亮的请求。事不宜迟，诸葛亮便立即偕鲁肃登船出发，共赴江东。

　　由此，荆州的战事，便告一段落。

　　而此时，两位同样英俊帅气，有王佐之资的人物就要见面了。他们的智慧比拼也将从此开始。

　　当然，这两位重量级的人物不是别人，正是周瑜和诸葛亮了。

　　两位年龄上相差六岁的儒将和谋臣，虽有短暂的交集，但主要是各领风骚地尽情挥洒他们聪明才智。因为他们太过优秀，连史学家们都叹为观止。

　　后世之人，从史书的记载中，从他们留下的点滴痕迹中，将取之不尽地想像和假设，将他们演义的一代传奇描写得更加离奇……

联蜀以抗曹

公元 208 年的 9 月，天下的形势是这样的。

曹操已占据江陵，拟定继续向江东进攻。孙权出兵屯守在柴桑，坐观时局的发展态势。而刘备则率部进驻夏口，派诸葛亮随鲁肃去柴桑会见孙权。

柴桑，此时逐渐成为了焦点。

而当曹操率军自江陵东下时，孙权便已将前敌指挥所设在了柴桑。

这一日，孙权在柴桑接见了一个尊贵的客人——诸葛亮。

经过通禀，鲁肃和诸葛亮并肩走了进来。孙权起身相迎，互致问候以后，就分宾主入座。

诸葛亮打量一下孙权，见孙权方脸阔口，眉目之间精光四射，知道孙权并非一般的平庸之主。便徐徐开口向孙权游说道："现在海内大乱，将军起兵占据江东，刘豫州也广收众人。可以说，你们两人志趣相投。如今，你们在江南一起对抗曹操，真可谓是无独有偶了。"

在此时，不论是诸葛亮还是孙权，都用"豫州"这个别称，来称呼刘备。

孙权听后，皱起了眉头，心事重重地问："现在曹操拥兵百万，顺江飘流而东下，我们或者是主战，或者是主和，不知道究竟是和好，还是战好呢？"

诸葛亮料想得到孙权并非一般的说辞可以劝说得动的人，因此，他正话反说，接连运用了激将之法。

激将法之一。

诸葛亮先将曹操的英武渲染了一番。如，平河北、破荆州等威振四海之举，让天下的英雄都没有了用武之地。并说，这也是刘豫州逃到此地，请求与将军联合之计的原因。

然后，诸葛亮故意对孙权说："如果想要举东吴之力，与中原的曹操抗衡，就不如早与曹操决裂。否则，就按兵不动，收起铠甲，北面事曹，或许还能苟且偷生。"

最后，诸葛亮进一步说，像将军这样左右摇摆，外似服从，内实犹豫不决，当断不断，那么，大祸临头的日子就不远了。

听诸葛亮这么一说，孙权脸上微微有了怒色，强忍着没有发作，反问道："刘豫州为什么不投降曹操？"

诸葛亮不露声色地，再次运用了激将法。

激将法之二。

诸葛亮慷慨激昂地举了个例子，来反衬刘豫州不能投降的理由。这个例子的主人公，是一位名叫田横的人。田横只是一名普通的青年壮士，犹能守义而不甘受辱，更何况刘备呢？

诸葛亮继续说："刘豫州乃是汉室胄裔，英才盖世，众人对他都很仰慕。大事如果不成，也是天命如此，怎么能够卑躬屈膝，甘心事曹操呢？"

诸葛亮的两次激将之法果然奏效，听到此番言语，孙权简直要勃然大怒了。

于是，孙权慨然说道："我不能举全吴土地和十万兵甲，俯首事人。我已经决定了，联合抗曹，非刘豫州莫属。"

孙权并不是草野莽夫，他虽然愤而拍板决断，但也没有忘记反问了一句："刘豫州新败，那么，他又拿什么来抵抗曹军呢？"

孙权提出的这个问题应该是所有人心中的疑问。

当然，在这一点上，诸葛亮早就深思熟虑了。如果连这样的问题都回答不了，诸葛亮怎么敢只身来到东吴游说孙权，又凭什么联蜀以抗曹呢？

那么，究竟诸葛亮是如何回答的呢？

只听诸葛亮申辩道："刘豫州虽然新败当阳，但尚有关羽水军，不下万人，长公子刘琦合江夏之众，也在万人以上。"

这些个统计人数的话，其实只是个开头语，区区两万兵马，在曹操的百万大军面前，又算是了什么呢？

因此，机智的诸葛亮又继续分析曹操的百万大军的言语，才是孙权最想听到的。

诸葛亮共讲了三点看法。

其一：

曹操率众从北方而来，一路奔袭，定当疲惫。据可靠消息说，曹军追击刘豫州，采用的是日行三百里的战术。古语说：强弩之末，势不能穿鲁缟，就是说的曹军这种情况。

其二：

曹操众军是北方人士，不习水战。荆州百姓，是被曹军所胁迫，并不是真心归附，如此可见，曹操并不是真的不能敌！如果将军能督选猛将，统兵数万，再与刘豫州同心协力，必能打败曹操。

其三：

如果曹操落败了，必定返回北方，那么，我们荆州与你们东吴的势力就强盛了。三足鼎力的局面，就在此一举了。

话说诸葛亮讲的这三点看法，归根到底还是三分天下的决策。

经诸葛亮这么一分析，孙权高兴地说道："先生伟论，令人佩服，我定当与刘豫州共同拒曹。"

无论如何，这次孙权接见诸葛亮还是有一定的成效的。诸葛亮的一番说辞，在孙权的心里有了一些影响。

孙权让鲁肃送诸葛亮出帐去与诸葛亮的亲兄弟，时任江东长史的诸葛瑾相见。兄弟相见，肯定是有说不完的话，这里不进行详述了。

诸葛亮的出使，使联吴抗曹的统一战线得以形成。当然，其出发点肯定是站在刘备的立场上的。

孙权誓斩案

得知曹操准备渡江东侵，又听了诸葛亮的分析，孙权便立即召集众位将领商议。正好曹操派使者致信给孙权。

大战在即，何去何从？

不只是孙权和刘备等防守一方堪忧，做为攻方的曹操，其实心里也是没底的。

曹操虽然号称拥有百万之众，用来吓唬别人可以，但想一下子吞并孙权和刘备的联合之军是很难的。

所以，曹操所采取的决策，是想先和孙权联手消灭刘备，然后再图谋江东的孙权，这样就有十足的把握，将阻止他一统天下的所有障碍物各个击破。

曹操的算盘就是这么打的。

话说孙权正要和众人商议如何决策，曹操的信使就到了。

孙权命人将书信呈上，当众展开阅读。孙权只见信中说："近日奉皇帝之命南下征讨叛乱的罪人，刘琮束手就擒。现在，我率领水军八十万，愿与将军在东吴会师，将军意下如何呢？"

单看信中所言，曹操的骄态就已毕现。

孙权看后，不露声色，只是将信的内容向众人公布。众人一听，统统大惊失色。

有一人上前开口说话了。孙权一看，此人不是别人，正是被兄长孙策临终托孤，问决于内事的长史张昭。

说实话，长史张昭自孙权当政以来，还是尽心尽力的。他是一位汉末的老臣，是一位文官，书生气十足，而且对大一统的汉朝江山有着无尽的留恋。在他的内心深处，是拒绝战争的。

思想决定行动。

张昭说道："曹操挟天子威望，用兵四方，如果拒绝，则名不正言不顺。况且，将军足以抵抗曹操的，只是凭借着长江天险。现在，曹操获得了荆州，也拥有了艨艟战舰，沿着长江向东攻来。这时，我们的长江天险，已经不能称其为天险了。因此，不如就前往迎接曹操好了。"

在座的各位文官武将们一听，大多数都附和张昭的观点。那一刻，劝孙权降曹的建议占了上风。

唯有鲁肃不发一言。

长期以来，孙权一直都很敬重张昭等这些满腹经纶的人物，但这些人也太过于迂腐，他们的观点总是和孙权达不到一个点上。因此，尽管孙权接受兄长的嘱托，遇有内事问计于张昭，但是在采纳张昭的意见上，却是大打折扣了。

人们你一言，我一语地争吵不休，孙权心烦地起身如厕，鲁肃便跟着孙权到了屋檐之下。

孙权知道鲁肃要单独向他表述意见，于是，就拉着鲁肃的手说："子敬，你想说什么？"

鲁肃回答说："刚才听众人的议论，都是专门想误导将军的，不足与图谋大事。为今之时，我们可以投降曹操，唯独将军您，不可以。"

孙权闻言，重重地握了一下鲁肃的手，鼓励他继续说下去。

得到鼓励的鲁肃继续说道："我们这些做臣子的投降了曹操，仍可谋得一官半职，即使不能做官，最坏的也还可以告老还乡。而将军您如果投降，可就没有安身之地了。希望将军早定大计，不要听信众人的议论啊！"

孙权听完鲁肃的话，叹息着对鲁肃说道："那些人所坚持的提议，很是让我失望。现在，只有你的思路是前景光明的大计，正好与我的观点相同啊！看来，这是老天将你赐给我了。"

也许，鲁肃是上天赐给孙权的，但是，归根到底是周瑜引荐给孙权的。如果说，长期以来，内事问计于张昭不合孙权的心思，而周瑜外事都忙不过来，那么，在内事的决策上，鲁肃就起了很大的作用。

此时，孙权见鲁肃的主战观点与他不谋而合，于是就进一步征询道："如果我们抗击曹军，须用谁来督师呢？"

"只能是周瑜。"鲁肃的回答干脆而直接。

也许，这就是传说中的惺惺相惜吧！

同样，谁又能说这不是孙权心中唯一的人选呢？

孙权再看了一眼鲁肃，没再说话，转身返回。少顷，孙权重新回到了座位上，众人也争吵得差不多了，都在等待着孙权的决定。

孙权扫视着众人，并没有明确的表态。只说此事容后再议。随后，他立即派人到鄱阳，急召周都督回来，再行商议此事。

而这时，周瑜正在鄱阳湖训练水军。

话说这鄱阳湖是我国最大的淡水湖泊。它承纳赣江、抚河、信江、饶河、修河五大河流。经调整蓄积后，由湖口注入我国第一大河——长江。每年流入长江的水量超过黄河、淮河、海河三河水量的总和，是一个季节性、吞吐型的湖泊。

而此前周瑜做为前部大都督打败黄祖之后，黄祖的水师装备尽归东吴，因此，东吴的水师也更加强大了。

与黄祖的水上一战，也让东吴发现了在水战方面的不足并总结了成功的经验。如何整合水师，并提高东吴水师的整体作战能力，是摆在东吴，也是摆在周瑜面前的一项艰巨而紧迫的任务。

因此，江夏黄祖战事一了，周瑜便奉孙权之命，由前部大都督变成水军大都督，直接来到鄱阳湖这个天然的水上训练基地。

此时，正值夏季水量丰盈之时，东吴水师的艨艟战舰，时隐时现地在浪涌波腾的浩瀚水面上驰骋着……

这一天，周瑜接到孙权的召唤，便即刻赶往柴桑。

周瑜回到柴桑，一番合情合理的分析之后，更加坚定了孙权的抗曹决心。

孙权立即重新召集众人议事。他任命周瑜和程普为左右都督，并让周瑜主持战事，再任命鲁肃为赞军校尉，帮助周瑜运谋划策。

此时，张昭等投降派还想再劝。只见孙权拔剑向桌案上砍去，剁去一角，向众人宣布道："诸将吏如果再言降曹，如同此案！"吓得众人脸色皆变，不再敢言。

那么，周瑜和孙权说了什么？让孙权最后下此决心呢？

周瑜说："曹操名义上为汉相，实际上是汉贼。将军继承父兄遗志，拥有江东，地方数千里，而且兵精粮足，应当为汉室除贼去害，为什么要投降汉贼呢？"

孙权闻听周瑜此言，自是心中顺畅，然而，还是有顾虑，因此问道："我并不想降曹，但又怕敌我双方力量悬殊，战而不敌，因此，召你来商议。"

周瑜眉毛一扬，随即分析了曹操与孙权两军的胜败关键，并给孙权列陈了曹军此番东来所犯的四忌：

曹军之第一忌。

曹操东来，北方其实并未完全平定，马超、韩遂尚在关西，为曹操的后患。曹操一心向东进攻，就是一忌。

曹军之第二忌。

南方人善水战，北方人惯习陆战，曹操竟然舍马鞍而就船桨，弃长用短，与吴越争衡，就是二忌。

曹军之第三忌。

现在已经是深秋，转眼就将到隆冬，天气盛寒，马无藁草，就是三忌。

曹军之第四忌。

曹军远途跋涉，疲惫不堪，水土不服，必生疾病，就是四忌。

终上所述，周瑜总结说："曹操犯此数忌，有多少兵又能怎么样呢？"

听了周瑜的分析，孙权投袂起身说道："曹操老贼很久就想篡夺汉室之位，只是忌惮袁术、袁绍、吕布、刘表和我等数人。现在数雄都已被消灭，只有我尚存。我与老贼势不两立！"

这时，在孙权心里，周瑜的话正合他的心意。而周瑜豪气满怀地向孙权自荐请战。

周瑜说："将军擒曹，现在正是最好的时机。愿领精兵数万人，出屯夏口，保证为将军打败曹军。将军不用忧虑了。"

慧眼识诸葛

周瑜来到柴桑，力排众议，坚决主战。

待到孙权以拔剑断案之举，下了最后的决心时，原本势单力孤的鲁肃才将一颗悬着的心放下来。

于是，鲁肃当即入见周瑜，将诸葛亮前来求援的前因后情，详细讲给周瑜。周瑜听罢鲁肃的介绍，便对诸葛亮产生了浓厚的兴趣便立即让鲁肃约请诸葛亮相见。

对于周瑜的邀请，诸葛亮很是兴奋，马上前去拜会。

此时的诸葛亮二十八岁，初出茅庐，还是一位默默无闻的后生小子。而时年三十四岁的周瑜，自弱冠之年相助孙策起兵以来，早已经是战功卓著，赫赫有名了。

年轻的诸葛亮怀着一颗崇敬之心，走入了周瑜的视野。

当两人目光相对的时候，彼此从对方的眼中看到了"欣赏"两字。那是超越了六年的年龄之差的欣赏。

这一刻，他们都在心里为对方点个赞！

"我年轻的时候就似他这样。"周瑜在心里说。

"当我人到中年时，似他这样就好。"诸葛亮在心里说。

此时，站在一旁的鲁肃，觉得不便打扰这两个惺惺相惜的人，因此，悄悄地退了出去，将时间和空间交给了周瑜和诸葛亮两人。

当然，初次相见的寒暄是必不可少的。然后，话题自然转到了军事。

诸葛亮笑着说道："虽然众人的反对意见没有了，但恐怕孙将军还是有疑虑的。应该给孙将军进一步剖析，让孙将军了解曹军的真正实力，使孙将军了然无疑，方可成事。"

"孔明你提醒得太好了。"周瑜情不自禁夸奖说。

接下来，两个人又就当前形势以及如何抗曹等问题，谈了很多，直到日已西沉，诸葛亮才告辞而出。

望着诸葛亮渐渐隐入夜色里的背影，周瑜心想：此人有一语击退百万兵之才，得到他，相当于得到了半壁江山。为友，是最佳搭档，若为敌，则是最强劲的对手。

那一刻，周瑜打定了要为东吴留住诸葛亮这个人才的想法。

大战在即，千头万绪，周瑜的头脑一刻也不停地运转着。诸葛亮提醒得好，唯今最主要的，是打消主公孙权的疑虑。

想至此，已经到了晚餐时间，待吃过晚饭，周瑜又复去见孙权。

孙权正在房中来回地走动，见周瑜这么晚来相见，知他必有要事，因此，拉着周瑜的手，将周瑜让进屋。

"公瑾所来何事？"不待落坐，孙权就急切地问到。

周瑜察言观色，见孙权的眉宇仍然没有展开，似还有疑虑。

也难怪孙权存有疑虑，这毕竟是关乎东吴生死存亡的大事。孙权想的是，假如一招不慎，就可能满盘皆输，那么，父兄辛苦创下的基业，就有可能彻底断送在自己的手中了。

"主公你是不是还担心曹操八十万大军之事？"周瑜没有绕弯子，而是直接问道。

孙权只是微微点了点头，没有说话。

周瑜也没等孙权回答，又接着说了下去——

诸人劝主公迎接曹操，无非是因为曹操虚张声势地说拥有八十万之兵，所以才惶恐。事实上，曹操的军队人数肯定没有那么多。

为什么这么说呢？这不是没有根据的盲目自信和胡乱猜测。

你看啊——

曹军所得北方兵士，不过十五六万，且久战成了疲惫之师。至于荆州的降兵，最多也不过七八万，而且对曹操尚还二心，并不是全心全意的归附。试想，以疲兵疑卒，沿江向东而来，人数就算再多，又有什么可惧怕的呢？

说到最后，周瑜再次请战，愿领五万精兵，就可制服曹军了！

"公瑾所言，足以消除我的疑虑了。"说着，孙权便起身抚着周瑜的脊背，宛若亲兄弟一般。

这一下子，孙权是真的将心放下来了。

孙权敞开心扉，对周瑜说了许多知心话。

张子布（张昭）等人只知各顾妻儿，毫无远见，很令我失望。只有你和子敬（鲁肃），和我同心。我已经选好了精兵三万人，备齐了粮草物质。接下来，就劳烦你和子敬、程普等，即刻出兵。然后，我再集结兵马，给你当后应。如果你的前军攻击不顺，就回兵向我靠拢。我现在已经发誓，亲自与曹操决一死战，没有一丝犹疑了。

孙权话都说到这个份上了，自是决计主战了，周瑜便只有领命，即便是赴汤蹈火，也在所不辞了。

孙权了解周瑜定会全力以赴的，但是，孙权仍然追加了一句："公瑾还有什么困难，或者是还有什么需要提醒的吗？"

经孙权这么一说，周瑜也正还有一事需要说明，于是，便又说道："诸葛孔明乃是难得的人才，他的计谋还在我之上啊！若为主公所用，我东吴必将是如虎添翼。"

这一次，周瑜再一次和孙权的观点不谋而合。

孙权很高兴周瑜能这么说。孙权心想：既慧眼识人，又雅量高致，唯周瑜也！这是我东吴之福啊！

周瑜告退而出。

时已至深秋，秋天的夜空，星星分外明亮。仰望着辽阔的天际，周瑜的心情和这天上的星星一样，无比的明亮和舒畅。

这一仗是必须要打的，据有雄才伟略的孙氏一族，岂能永远受制于人呢？好在，这一场遭遇战选在了自己的地盘上，这就已经占了三分胜算了。

此刻，周瑜想起了义兄孙策，他知道，义兄一定在天上的某个地方，微笑地看着他呢！甚至，他都看到了义兄孙策的笑脸，那么清晰，又那么深邃……

是日，孙权召见了诸葛亮之兄长史诸葛瑾，让他留住诸葛亮。

诸葛瑾即刻去找弟弟诸葛亮。

见面后，诸葛瑾刚和诸葛亮说了主公孙权的挽留之意，诸葛亮不仅不同意，反而邀请兄诸葛瑾与他同行。

这也难怪，如果诸葛亮是那种随风而倒的墙头草，即使他再聪明，也不会被重用，更无人敢用。

对于谋臣而言，忠诚比智谋更重要！

诸葛瑾没有完成任务，只能无功而返向孙权汇报。

诸葛瑾这口开得略有些艰难，但必须得如实地说："瑾弟亮已经委身于刘氏，从道义上来说，就不应该再有二心了。亮不留在吴，就和瑾不会去往刘是一样的。况且，况且，现如今，既然已经联合共拒曹操，也就不必计较亲疏了吧！"

这是孙权乃至周瑜预料之中的事。

孙权又将诸葛瑾这一番话转告了周瑜，周瑜虽然觉得有些可惜，但也觉得理当如此。于是，周瑜爽快地邀约诸葛亮同行。

翌日，孙权授命周瑜和程普为左右都督，鲁肃为赞军校尉，领兵三万，在诸葛亮的引领下，往会刘备，并力敌曹……

艨艟战舰披波斩浪向前，周瑜又一次站上了船头，他的眼里闪着熠熠的光。当然，他的手里又一次地摇动着鹅毛羽扇，心里暗暗地立下誓言，要奋力一博，不负主公所托。

无独有偶，又有一个人来到了船头，虽然没有周瑜的挺拔威武，但也称得上是仙风傲骨，关键的是，他的手里，竟然也摇动着一把鹅毛羽扇。

这个人就是诸葛亮。

两个人一样的羽扇纶巾，一样的气定神闲，一样的运筹帷幄，见此景，后世之人改当如何评说？

与其说，眼前的对曹一战，是孙、刘的联合，不如说，这就是周瑜与诸葛亮的联合。

事实也是如此。

此后，孙、刘联军大败曹军于赤壁，从此，奠定了三国鼎立的格局。

从此，成就了周瑜的一世英名。

从此，诸葛亮以天下第一谋臣的形象万古流传。

这才是历史的真实。

第六章
火烧赤壁，这是儒将的大爆发

什么是儒将？

儒将，是指有学识，具有文人风度的儒雅将帅。

狭义的儒将，是不习弓马的；而广义的儒将，则是会骑射，只是不以武力见长而已。

用现代人的话说：儒将就是既要有学问和修养，还要懂艺术，并且还得是文武双全的、接近于完美的男人。

周瑜就是这样一位儒将。

他儒雅中不失血性，文雅却又不失豪情。

他不仅有颇具书卷气的俊美外型，而且还有沉着冷静，深藏不露的聪明睿智。

他不仅妙通音律，"曲有误，周郎顾"，拨琴谈笑间，樯橹灰飞烟灭，而且他还能银盔银甲，亲自披挂上阵，在战前冲杀。

一生战功卓著，但真正成就他儒将风采的功绩还是赤壁之战。

赤壁之战是影响三国最大的战争。

没有周瑜，赤壁之战就不会胜利；没有赤壁之战，就不会有三国鼎立。

甚至可以说，没有周瑜，就根本不会有赤壁之战。

当时，曹操势力强盛，无不惧服。

刘备一方早已被打得落花流水，被逼到退无后路的地步，诸葛亮奉命出使东吴，名为结盟，实则与求救无异。

放眼中土只有东吴堪能抵挡，但实力仍然悬殊，所以，东吴的主和与主战两派一直僵持不下。

最后，主战派占了上风。

然而，促使赤壁之战的，不是诸葛孔明的舌战群儒、智激周瑜，而是正史中周瑜的力排众议、精辟分析。

总之，赤壁之战，是周瑜军事才能、独到眼光和大胆谋略的一次集中大爆发！

瑜知备枭雄

奔腾不息的长江水一泻千里。

一排排战舰逆流而上，宽阔的江面，显得窄了许多。战舰过后，浪涛汹涌，翻滚着分别向两岸冲去，溅起无数白色的浪花。

这是周瑜率领的东吴水师战舰。

此时，已是初冬时节，纵然是长江流域，江风一吹，也令人感到了丝丝寒意。好在，将士们自幼生长在长江边儿，深知这个季节，应该如何御寒。

这一日，东吴战舰到达了樊口。

刘备自从接到诸葛亮派的信使传话，早已经等待多日了。

见到东吴的水师战舰，刘备便派糜竺近前犒赏将士，并代他向东吴水师致意。

糜竺见到周瑜，转达了刘备的欢迎之意。

周瑜便诚恳地对糜竺说：“我本想前去拜见刘豫州，共议对曹良策，只是因为身负统军大任，不方便离开。如果刘豫州肯屈尊就驾前来上船一叙，我将深感欣喜。”

本来就是这个理，并不是周瑜托大摆谱，当然，更谈不上包藏杀机。大战在即，既然已经结盟，再互相猜忌、陷害，既不是君子所为，也于己无利。机智儒雅的大将周瑜，岂能不知这个道理呢？

因此，后世之人多般猜测周瑜有暗害刘备之心，纯粹是以小人之心度周瑜这位君子之腹了。

话说糜竺回去向刘备报告，刘备不假思索地马上让人准备快船一只，即日去见周瑜。

刘备的结义兄弟关羽是有顾虑的。大家都知道周瑜是足智多谋的人，现在又没有诸葛亮的书信告之，这里面不会有什么阴谋吧？于是，关羽就将他的顾虑和刘备说了。

刘备听了关羽的劝说，稍稍迟疑了片刻，说：“我们已经和东吴结盟，欲共同破曹操，周郎想见我，我如果不去，不是欲结同盟的诚意。如果两方互相猜忌，是什么事也做不成的。”

刘备素以仁义著称，这点屈尊和胆量还是有的。况且，诸葛亮前期已经做好了工作，刘备只需前去摆个姿态就足够了。

刘备有此胆识，这才是真正的枭雄本色。

关羽见大哥刘备坚持前去，为了有备无患，便要求同刘备一同前往会见周瑜。刘备答应了关羽的请求。

这时，快船已经准备好了。刘备带着关羽上船。一声令下，快船便向东吴战舰划去。

这次刘备与周瑜的会面，是两人的第一次相见。

刘备上舰，标志着孙吴联盟的正式形成。

长期以来，知己知彼，是周瑜能百战百胜的制胜法宝。

因此，周瑜对刘备其人是做过一番功课的。既然要与刘备联合，自然要对他的情况有所了解喽。

周瑜也早就想见见被人们疯传的刘玄德了。

一见面，周瑜先是对刘备打量了一番，刘备身高七尺五寸，确实是手大臂长，至于双手垂下过膝，却是有点夸张了一些。

面相上看，只见刘备肤色白皙、低眉顺眼，真的是一副"福像"。

周瑜想到曾听人说起过刘备的双耳垂肩，很是好奇。今日一见，果然长着一对招风大耳，特别是两只耳垂，异于常人，很是特别。

周瑜还特意看下刘备的下额，黑黑的胡须，虽然不是很浓密，却也是有的。周瑜心想：没有胡须并因此被取笑一说，也许是发生在年少时的事吧！

迎面走来的刘备，笑容温暖，即使是在这样的冬季，也让周瑜感觉到了犹如春风扑面而来。

那一刻，周瑜了解了为什么生于贫苦家庭的刘备，能笼络一大批像关羽、张飞、诸葛亮等有能力的人，尽心尽力地辅佐他了。

世上的事，有因才有果。刘备能礼贤下士，思贤若渴，而且能仁厚待人，不分贵贱，一视同仁，所以，他才被时人所敬重。

所以，当他帮助陶谦守护徐州时，陶谦将徐州和家人托付给他。

所以，当他兵败投靠曹操时，曹操给予厚待。

所以，当他离开曹操投靠袁绍时，袁绍之子袁谭出城百里相迎。

所以，当他投靠刘表时，刘表出城十里相迎。

所以，他虽然实力很弱，却得到荆州、益州大批人士的鼎力相助。

刘备长袖飘飘地快步向周瑜走来，离老远，周瑜就听到了刘备热情的问候。待到与刘备交谈，寥寥数语，周瑜便敏锐地看出：刘玄德真乃枭雄也！

纵观刘备的经历，可谓历尽人生的坎坷与磨难：

多少次的更换投靠势力？多少次的得到根据地又被抢走？多少次的命悬一线？连刘备自己也记不清了，但是，刘备没有放弃。

刘备也是有野心的。他一直就想当皇帝。其实，如果刘备安心做一个臣子，他也能建立一份功绩。但是内心的野心使他无法屈居人下，他要做的是万人之上的人。

他的这份野心给他带来不少危险和压力，因为，谁人也不是傻子。

投靠曹操时，曹操的谋士看出了刘备的野心，就建议曹操杀掉刘备。曹操自己当然也看出了刘备的野心。

有一天，曹操宴请刘备，席间曹操似不经意地对刘备说，天下能称得上"英雄"两字的人，只有刘备和自己了。刘备闻听曹操此言，惊吓得手一颤抖，筷子都掉地上了。

在刘表手下时，刘表也看出了刘备的野心。难怪远在千里的曹操谋士郭嘉说，刘表是不会信任刘备的。

尽管如此，刘备却愿意承受那份危险与挑战，从不轻言放弃。

此刻，刘备向周瑜走来。

说实话，见到刘备的那一刻，周瑜就断定刘备真的是位枭雄。就凭刘备能亲自前来，就可以认定，刘备是绝对不输给曹操的真正的王者。

也因此，在周瑜的心里，对原本自己为东吴设计的二分天下计，有了一丝忧虑和动摇。

但这时这刻，周瑜想的完全是如何与刘备结盟，先战胜向东吴冲来的曹军。

刘备到达船上和周瑜相见。

周瑜在战船的指挥舱已经设好酒宴迎接。说了见面必说的一些客套话之后，周瑜便请刘备坐到上座。

周瑜这是以贵宾和主公之礼接待刘备的，足见周瑜的知书达礼和谦恭之意。

落座之后，刘备直入了主题："大都督，带来多少人马啊？"

周瑜答："三万。"

刘备一听，只有区区三万啊，三万对八十万，是不是太少了点！失望之色，不免挂在了脸上。

周瑜一见刘备的脸色，便微笑着说："兵不在多，而在将才。刘豫州请放宽心，看我如何打败曹操便是了！"

难得，这是第一次，在周瑜的话语中有了一丝丝自负。这是一种对事态了如指掌、胸有成竹的自负。

刘备听后夸赞了几句。

然后，两人就出兵驻守地点，以及负责攻击的曹军目标等问题，也进一步进行了深层次的交流。

军情紧急，也不是叙话之时，因此，刘备也没作太长时间的停留，即刻下船返回，自去安排兵马，按双方约定，助力周瑜进攻曹操。

而周瑜则挥师继续向前挺进……

赤壁初对垒

知己知彼，才能百战百胜。周瑜深得其中之奥妙。

公元208年的春天，在西征黄祖一战中，周瑜做为前部大都督，就是缘于对敌对双方情况的掌握和详细分析，有针对性地制定方案，做好充分的准备，才取得了胜利，立下了大功。

到了这一年的秋天，曹操南下，目标直指江东，在孙权战和未定之时，又是周瑜及时从鄱阳湖赶回，正确分析了曹操远来的种种弊端，才使孙权决定与曹操一战的。

这次的对曹操一战，虽然在战略上，将曹军号称的百万大军没放在眼里，但在战术上，周瑜还是相当重视的，因为他也深知骄兵必败的道理。

对曹一战，周瑜不仅对曹操仔细分析，更是对己方的诸位将领，做足了功课，细小到连他们的性格、爱好都详尽地了解和分析。

在樊口，拜别了刘备劳军之后，周瑜督导东吴水师，继续高歌猛进。在行进时，周瑜没让自己的头脑闲着。他反复地将对敌的各种可能遇到的情况，做了预判和分析。

此时，对己方参战将领的阵容，周瑜是满意的。

鲁肃为赞军校尉，是非常令人放心的，也许鲁肃在打仗冲锋上不是最好的，但让他管粮草器械的供给，绝对一点问题没有，这是他的专长。

程普做为老将，除了战场经验丰富，在九柳八卦阵中的操练，也已经相当地纯熟了。

另外，吕蒙、黄盖、韩当、周泰、甘宁、凌统、吕范等等，这些东吴的精兵猛将，都让周瑜信心十足，因为，周瑜了解他们，关键时刻是能够担当重任的。

后来的事实证明，东吴的这些精兵强将的表现，带给周瑜的满意度，远远超出了周瑜的想象……

回过头来，再说一说曹操。

公元208年夏，曹操统军南下，乘胜攻取江陵。之后，曹操以刘表大将文聘为江夏太守，仍统本部兵马，镇守汉川。益州牧刘璋也派兵给曹操补军，开始向朝廷交纳贡赋。

这一切，似乎来得太顺了，顺利得让曹操找不着北了。他以为天下已尽在他的掌控之中，于是更加地骄傲轻敌，并对谋臣贾诩劝他暂缓东下的劝告不听不闻。

此时，在曹操眼里，一切人等劝说他息兵暂缓进攻的说词，都是别有用心的阴谋和不怀好意，遂下令再有劝停者——斩！

曹操这位主帅发烧至此，任谁都不能令其降温。长江边儿上冬季的寒冷，可以吗？

长江上冬季的寒冷，特别是冬季夜晚的寒冷，对于北方人来说，如果不身临其境，永远无法理解那是怎样的一种阴寒。在北方人的想象中，北方的冬季冷得滴水成冰，呵气成霜。这样的天气都应对自如，难道还怕那全年不结冰，时刻不停奔流的长江水吗？

事实是，这种寒冷让曹操的发烧降了温，让北方的将士们打起了寒颤……

公元208年，冬，曹操亲自统率大军，顺长江水陆并进。

周瑜和刘备在樊口船上会面，约定孙、刘联军在刘表长子刘琦驻守夏口集结，并做好部署，共同迎击曹军的进攻。

因此，东吴水师溯江而上。

而曹操的水军因为是顺流而下，前进的速度实在是太快了。没等周瑜率领的东吴水师到达夏口进行部署，曹军已经冲过了夏口。

这一日，周瑜奉命统率东吴水师，与曹操的水军相遇于惊涛拍岸的赤壁。两军就不可避免地在赤壁，展开了第一次的遭遇战。

由此，赤壁一下子便"火"了。

在这里，有必要先将"赤壁"寻根溯源一番了。

早在新石器时代，赤壁地区就有了人类居住繁衍的痕迹。夏、商时期，属荆州的云梦泽地。西周及春秋时期，为楚国的云梦泽地。战国时期，为楚国夏州地。秦朝时期，为南郡地。

到了汉代，为江夏郡沙羡县。

赤壁，这个地名的由来，还有一段传奇呢！

传说中的汉高祖刘邦，乃是赤帝之子下凡，他是斩蛇起义，定下了汉朝四百年的基业。虽然这是人们对英明神武的汉高祖的神化，但是有汉以来，沿袭秦制，在地名命名上自有一套规矩，却是实实在在的。

汉朝高祖皇帝在地名命名上的规矩，就是以阴阳五行、二十八宿来定方位，而以"赤"色为上乘。

汉高祖六年时，开始治理沙羡县。时任县令为梅赤，他着手调查沙羡县境内的山川河流，发现许多没有具体的地名。于是，梅县令就按照朝廷的旨意和规矩，命名了一批地名。

其中，当然就包括"赤壁"了。

那么，在沙羡县这样一个小方城内，如何以五行、星宿来命名呢？

于是，梅县令就专门去拜访了老道长骆文聪。

老道长骆文聪白须白发，没有人知道他的具体年龄，传说他在陆水南岸已经修持近百年，有上知天文，下知地理之能。

话说某一日，梅县令请见道长，道长似是早有预料，不待梅县令开口，道长便摆开罗盘、八卦。推演了一番之后，道长便用沙土描绘了地形，标注了名号，并朗声向梅县令做着介绍。

梅县令看着，听着，频频地点头……

中央一山属金，五行以金为首，名曰金紫山。金紫山之东为苍龙之象，取其坑，名为"石坑"。金紫山之南为朱雀之象，取其柳，名为"柳林"。金紫山之西为白虎之象，取其"奎""觜"，名为"奎觜"。金紫山之北乃玄武之象，取其壁，名为"赤壁"，四方的四个地名各距金紫山六十里，这样，"赤壁"的地名就出现了。

赤壁之地，不单独指一山一水。它是沙羡县北部、长江南岸的统称。

赤壁是由赤壁山、南屏山和金鸾山这三座小山组成。它们起伏相连苍翠如海，景色秀美。

陆水由赤壁山之东注入长江。在赤壁山的西南临江处，岩石斜亘达三百余米，怪石嶙峋，汹涌的江水直扑断崖，似卷起的千堆雪，声如巨雷。

赤壁隔江与乌林相望。

话再说回到曹操军与孙、刘联军相遇时的赤壁。

曹操的军队素以步骑为主，如今面对着涛涛大江，一下子就失去了威势。新改编的降兵以及荆州新归附的水兵，本就是乌合之众，又适逢疾疫流行，战斗力大打折扣。

这样的队伍，怎么抵挡得住东吴的精干水师呢！

因此，这番两军相遇刚一交战，曹操水军的疲软之态就立现出来。

只见，双方战舰靠近交战，东吴水师箭飞如雨，而曹军将士在战舰上站立尚且不稳，根本没有还手之力，因此，只能纷纷寻处躲避。躲避不及者便中箭倒下。曹军伤亡惨重。

曹操一看，不敢恋战，慌忙命军队退向北岸，屯兵乌林。

周瑜虽然初战胜利，但这场突然遭遇之战，并不在周瑜的战术计划之内。考虑到对敌方的情况掌握不明，也不能恋战，于是，周瑜收军结营，驻守到南岸。

这样，两军在赤壁的南北两岸，隔江对峙，侍机再战。

曹操军队的将士，多系北方人，对于南方的水土，夜晚的寒冷、水上的颠簸等等，相当地难以承受。动辄呕吐不止，以至于筋疲力软，不堪战斗，因此，曹军一直逗留不战。

而周瑜也没有必胜的把握，因此也是静观敌变，没有出战。

这样，转眼就过了十多天。

在这休兵的十多天里，双方虽然没有直接交战，但却都没有停止观察对方的动静和加紧演练。

这样，双方的将帅谋士们，在赤壁，展开了一场军事与智慧的大比拼……

对阵计连环

东吴水军是以逸待劳之师，周瑜将军事功课都做在了战前。

周瑜自义兄孙策去世后，不论所任何种官职，都一直将打造和演练东吴水、陆强师为己任。他熟读兵书，深知军事上的强大，是东吴在军阀割据中掌握主动权的关键。

因此，在东吴的各个军事险要之地都留下了周瑜督军练兵的身影……

砖墙镇的"放马沟"和"洗马荡"等地，便是周瑜操练陆兵，放马养马的最佳场所。

"放马沟"大致呈南北走向，整条沟笔直，沟宽三四十米，全长二十余里，确实适合放马。

在"洗马荡"有一块长宽各为十米的"演武石"，在上面，有周瑜挥动宝剑和指挥将士们奋勇冲杀的身姿。

周瑜教习水军的点将台，在鄱阳湖附近就有三处。

一处在九江市区的甘棠湖上，人称"烟水亭"；一处在鄱阳湖中的松门岛上；最重要的一处在星子县城，这里也是周瑜在鄱阳湖教习水军的指挥中心。

早在建安十一年，即公元 206 年时，周瑜就具有前瞻性地在鄱阳湖一带操练东吴水军，以备迎曹军。

周瑜以星子县城为中心，设立多处点将台，以备随时分散进行操练和指导。那么，周瑜为什么要以星子县城为中心呢？

这是因为，星子县城北倚庐山，南邻中国最大的淡水湖——鄱阳湖。周瑜再此设立了点将台。每当登上点将台，凭栏纵目，可见庐岳高耸，鄱湖苍茫，真可以说是，万顷波涛陈迹尽，人间俯仰看兴衰！

一分耕耘一分收获。

如今在曹操和孙、刘联军对峙于赤壁之际，周瑜的远见卓识便得到了充分的验证。

如果说，此番东吴水军是以逸待劳，那么，曹操的北方远征之军，加上新归附的乌合之众，就是临阵磨枪了。

接着，临阵磨枪的弊病也相伴而来了。

北方籍的兵士本来不习水性，一上船就晕船，再加上一番紧急演练，更是呕吐不止，难以承受。有一些年老或体弱的士兵们，甚至感觉肠子都要吐出来了。

将士们在船上站都站不稳，更别说是打仗了。大敌当前，这样的兵力怎么能够取胜呢？

怎么办？曹操陷入了深思之中……

是夜，寒星满天，忧于军事的曹操实在是无法入睡，便信步走出了营帐。

想着白日里，骑马登高视察旱寨的情形，曹操是相当满意的。信马登高而望己方营寨，傍山依林而扎营，前后互相兼顾，不仅出入有门，而且营内进退曲折，暗含阵法。曹操自信：即便是突然遇袭，哨炮一响，也能立即集结，转眼便如铜墙铁壁一般坚不可摧了。

最令曹操忧心的，应当是水寨了。因此，寒夜里，曹操骑马出营，径直向江边的水寨而来。

江边上的水寨，此时，火把通明，亮如白昼。曹操一行下马上船。

水寨是由几十艘艨艟战船所围成的城郭，向南分二十四座门，城郭内部藏有小船，往来进出都有水中的巷道。

大小船只在水面上井然有序。曹操看在眼里，很是欣慰。但很快，他的好心情就消失了，这是为什么呢？

因为，待曹操船行近前，发现一只只小船上都空无一人，只是任凭小船依附着艨艟战船在水面上漂浮着。曹操等人上到一只艨艟战船上，船甲板上，也只有插在桅杆上的火把兀自亮着……人呢？

曹操一看就火了。如果这时敌军来攻，该当如何？

等到曹操怒气冲天地走进船舱，眼前的一幕让他硬硬的心为之一软，气也顿时消了大半。

曹操看到的是怎么样的一幕啊！

船舱里，将士们三五成群地龟缩着身子挤成一团互相取暖。有人呻吟着，有人还不时地呕吐着，船舱里狼籍一片。

看到曹操一行进来，将士们想挣扎着起身。可是，起来的人，身体似打摆子一样抖着，有的人干脆就没站起来，本想要解释一下，可上牙碰下牙抖动得吱吱作响，语不连声……

曹操不能再看下去了。他无言地走出船舱来到艨艟战船的甲板上，面对着南岸，那边只有零星的灯火，黑暗，更给那边增加了几许神秘的色彩。

突然，一阵风起，一股江浪拍向了战船，偌大的战船便猛烈地摇晃起来，使站在甲板上的曹操等人都险些摔倒。又一股江风刮来，冷嗖嗖侵入肌骨，令曹操等人也打了一个寒颤，不由得都缩起了脖子。

这样子是不行的，必须得尽快想一个万全之策啊！

曹操紧了紧袍袖，向左右望着夜色中自家的朦胧"城郭"……

突然，脑海中灵光一闪，曹操迅速地抓住这灵光，慢慢地整理出了一个清晰的思路。

对，何不建立一个真正的水上城堡呢！

大江之中，潮起潮落，风浪不息，北方之兵不习惯乘船，动荡颠簸，容易生病。如果将这些相靠的大船小船三十一排，或者五十一排地首尾用铁环连索在一起，再在两船连接处铺上木板，那岂不是和陆地上的城堡一般无二了吗？

将水寨也变成旱寨，那么，以我八十万大军，又怕谁来？

曹操说出了自己的想法，众将一听，也很是喜悦，纷纷说道，在水上筑城，不用说人走，就是马匹也可以上船了。乘坐这样的战船航行，任他风浪潮水再大，又有什么可怕的呢？

此计在曹军中达成了共识，因此，曹操即时传令，让军中铁匠，连夜打造连环大钉，将战船首围相连，锁住船只。

这样，战船上将士的风浪颠簸之苦减弱了，战斗力也慢慢地恢复了。

等待时机，以利再战，曹操对此信心满满！

就在曹操为北军不习水战而忧心之时，周瑜也没有片刻的闲着。

这一日，周瑜信步登上长江南岸的赤壁山顶，向北岸的曹营瞭望，身边只跟着从小就相随于他的老家人周虎。

此时的周虎已是不惑之年的人了。这许多年来，周虎一直忠诚地默默守护着他的主人。如今，周虎很为周瑜高兴，因为，世上没有第二个人，比他更了解周瑜自少年时就信守的一个诺言。

这个诺言就是——倾尽全力地帮助孙氏后人成就一代基业。

周虎想，一路走来，主人周瑜信守了承诺，如今看来，离大功告成的一天似乎不远了。

然而，此刻的周瑜并没有周虎那么乐观。面对着曹营，鉴于敌众己寡，久持不利的形势，周瑜决意寻机速战。

放眼对岸，周瑜以敏锐的鹰眼，捕捉到了对面曹军战船的变化。

"虎子，你看对面曹军的战船，看到与此前有什么不一样吗?"周瑜用手指点着对岸的战船，向周虎求证着。

周虎确认说，曹军的战船似乎比以前稳固了许多呢! 看来他们是在船上动了手脚了。

嗯! 对，没错。应该是因为北方人不习乘船，曹军为克服此弱势而将船只相连，制成了连环船。

周虎的话印证了周瑜的判断，也将周瑜拉回到了冶父山。那本师傅欧翁相赠的《孙子兵法》，早已经烂熟进周瑜的灵魂之中了……

孙子曰: 战争向来以速战速决为主，作战时，如果仅凭士兵的血肉之躯相博，或是运用笨重的武器，如戈、戟、矛等进攻，不但不能使战事速决，反而会消耗大量的时间和财力，甚至拖累国家。为了迅速赢得战争胜利，在必要的时候，应该利用自然环境来夺取胜利，地型、水、火都可以是利用的对象……而火攻是最常用的，也是最有效的手段……

想至此，周瑜的脑海中，突然蹦出了一个字——火。

敌强我弱，必求速战速决，迟则生变。曹军连在一起的战船，虽然稳固，但同时也不再灵便。看来发动进攻的时机到了。

而最有效的方法就是——火攻！

周瑜知道，运用火攻，并非单纯是个用火的问题，还必须考虑到其他相关因素。这些因素主要有以下几点：

一是点火器材。在发动火攻之前，就得将火源准备充足。

二是点火时机。发动火攻要看天时，点火要看准日子。天时是指气候干燥的季节，日子是指月亮行经箕、壁、翼、轸四星所在的位置，因为这四个日子就是起风的日子。

三是点火的方位。点火的方位要和派兵接应配合着灵活运用。如果从敌营内部放火，就要及时从外部接应。如果从外面放火，就不必等待内应，只要按准确时机放火就行。重点注意：要从上风放火，不要从下风进攻。

这几点，在利用任何外部环境时都是适用的。一个优秀的军事家，不仅要会放火，还得会用兵……

正当周瑜的火攻之计在头脑中渐渐成型的时候，有一单骑向赤壁山顶飞奔而来。周瑜凝神一看，便高兴地暗自说道：此计可成矣！

是什么人到来了，会让周瑜如此高兴呢？

他就是曾接替周瑜担任过春谷长的老将——黄盖，字公复。

黄盖诈降计

话说周瑜正在赤壁山顶向曹营观望，一骑飞马前来，周瑜乐了。

因为，周瑜刚刚在头脑中形成的用火攻的破敌方案，有人可以去实施了。

马至山顶，一个人飞身下马，正是老将黄盖。

对于周瑜来说，黄盖是绝对的老前辈。因为黄盖是跟随孙坚举兵讨董卓时的老将，时被封为别部司马。孙坚死后，又随从孙策、孙权兄弟为东吴四处征战。

虽然是老将，但黄盖从来不倚老卖老。

做为春谷长的继任者，黄盖比周瑜任职的时间更长，因此，应该说，在春谷的治理与发展上，黄盖的功劳要大于周瑜。黄盖将春谷治理得如此繁荣，为东吴的军用和民用物质的供应做出了巨大的贡献。

黄盖不仅宽厚待人，严于律己，而且有勇有谋，惯于征战。每次征战时，一定会身先士卒，冲在最前面，因此，深受将士们的敬重和爱戴。

当然，黄盖更受到了周瑜的尊重和信任。

当曹军南下之时，黄盖奉命加入了对敌的战队。而此时，他又兴冲冲地来见大都督周瑜。

从黄盖的脸色上，周瑜料定，黄盖定是有破敌妙计了，因此，周瑜迎上前去。

两人相见，客气话不用说了，闲言也少叙，只需双目对视，便已知对方心意。这是有重大军情相商的节奏了！

此时的赤壁山顶上，只有他们两人。而自黄盖下马，周虎便自觉地退到远处，为他们担任警戒去了。

望着对岸的曹军战船水寨，黄盖说："我已派人探明，曹军是用方钩将船舰首尾相连。"

黄盖将目光从对岸收回，停顿了片刻，又看着周瑜的眼睛，接着说："寇众我寡，难以长久地坚持，必求速战速决。如今，曹军为求稳固而将船舰相连，但教用火一烧，不怕他们不败走。"

周瑜微笑着答道："我也早有此意，但是，曹军沿江巡弋，恐怕是不会容许我们的船舰过去，怎么纵火呢?"

黄盖一听周瑜与他不谋而合，兴奋地拍了一下坐骑，只见那马似懂得主人的心意，响亮地打个响鼻，做为呼应。

黄盖说："为何不用用诈降计呢!"

周瑜鼓掌说道："此计非公复没有人能够办到。可先派人送一封信给曹操，曹操如果中计，便可成功。"

曹操是一位足智多谋且又疑心很重的人，仅送一封信过去诈降，怎么会轻易相信呢? 看来必须得加点猛料才行啊!

周瑜和黄盖都深知这一点，不约而同地，两人都想到了一计——苦肉计。

此时，两人都深深地望向对方的眼睛，那里面有欣赏、信任，还有心领神会。

片刻之后，周瑜主动上前，握住黄盖的手说："如此，得让您受苦了!"

黄盖也很激动，说："我受点苦没什么，这恐怕要有损大都督您的名声了。"

两人的手握得更紧了。

这一刻，赤壁山记住了他们名字，长江水听到了他们的心曲。

黄盖跨马急驰而去。望着黄盖远去的背影，再环顾着整个赤壁，山峦起伏间，长江水如一条白练蜿蜒而去……

当周瑜从赤壁山上下来，刚回到营帐中，就有兵士来报告说赞军校尉鲁肃押运的粮草到了。周瑜听报，眉头一扬，不易觉察地露出一抹笑意，然后，一面出帐迎接鲁肃，一面传令诸将立即到中军大帐议事。

不多时，众将都到齐了。周瑜手中摇动着鹅毛羽扇，扫视了一下众将，以不容质疑的口气命令诸将，各领取三个月的粮草，然后分头作好破曹的作战准备。

没等周瑜说完，老将黄盖打断周瑜的话茬，抢白道："不要说三个月，就是支用三十个月的粮草，有用吗？"

"怎么没用了？粮草都没有用，你说什么是有用的吧？"话没说完就被打断，大都督周瑜的脸上明显写着"不高兴"三个字。

众将都不敢言语，只有黄盖继续以不屑的语气接着说："如果这个月内能打败曹操，那自然最好不过了。假如一月之内都不能击溃曹军，我看啊——倒不如采纳张昭的主意，干脆讲和算了，免得浪费粮草，也免得百姓跟着受苦啊！大家说，是不是啊？"

黄盖边说，还边鼓动着众将，已经有人在暗暗地点头应和了。

周瑜闻听，气愤地站起身，用鹅毛羽扇指着黄盖的鼻子，声色俱厉地说到："你，你，你——这是灭自家威风，长他人志气，动摇军心的投降派，你这样做，对得起主公吗？亏你还是三朝元老级的人物，简直就是怕死鬼！"

黄盖一听也更来气了。他本来以江东旧臣自居，这番被后生小子当众指着鼻子骂他是怕死鬼，也是不甘示弱地暴跳如雷，说出来的话也是针尖对麦芒："你这黄毛小儿！不是我是怕死鬼，是你大都督好大喜功吧？"

黄盖倚老卖老，似根本就没把周瑜放在眼里。

而此时的周瑜，也已经是三十四岁的年纪了。他自弱冠之年随孙策起兵以来，可以说是很受器重，连现在的主公孙权都得礼让他三分。这下子却被黄盖如此奚落，似乎，也火大了！

就这样，两人唇枪舌战，各不相让，矛盾逐渐升级和激化，众将从来没有看到过如此的场面，都不知如何是好了。

正在这时，只听盛怒中的周瑜话语改质问为命令，但见他怒不可遏地喝令道："来人，把这个临阵退缩的老儿推出帐外，斩立决！"

这一下，众将都有点蒙圈了，怎么会到这个程度呢？

早在周瑜和黄盖做口舌之争一开始，大将甘宁就有些担心，因为甘宁也是降将，对这样的场面太熟悉了。甘宁知道，副将和主帅有矛盾，如果太激化，往往都是副将占下风的。况且，在东吴诸将中，甘宁是最佩服黄盖的。

因此，甘宁第一个站出来，以黄盖乃东吴旧臣为由，替黄盖求情。周瑜不由分说，将甘宁一阵乱棒打出大帐。

众将一见大势不好，大都督这是火冲脑门，太不冷静了，大战再即，怎么能先斩副将呢？

何况老将黄盖平素人缘极好，大家一齐跪下，苦苦为黄盖讨饶。

见众人如此，周瑜不易觉察地暗暗松了一口气。

周瑜缓和了一些口气，对众将说，黄盖的死罪可免，但活罪难逃，将斩立决之罪，改为重打一百脊杖。

众将一想这一百脊杖下去，黄老将军还有命在吗？因此，又继续苦求。

见众将如此，周瑜起身抬手掀翻案桌，呵斥道："将这黄老儿杖打五十大板，再有相劝者，与他同罪！速速行刑，众将退堂——"说完，周瑜转身先径自离开中军大帐。

眼见着有两人将黄盖掀翻在地，另有一个人狠狠地挥起了脊杖……众人一见，这挥杖之人不是别人，竟然是大都督的贴身士卫周虎。周虎对大都督周瑜的忠心每个人都心里明镜似的，这下由他主罚，下手还能轻得了吗？

因此，众人不忍目睹老将军被打的惨状，都慢慢退出帐外守候。

"一，二，三……五十"一下一下的数杖声，从帐中传出，敲击着众人的心。似乎，还夹杂着老将黄盖忍而不发的闷哼声。

数杖声停止后，周瑜这才恨声不绝地复进入大帐，众人也纷纷鱼贯而入。再见那黄老前辈，已经是衣衫破烂，血肉模糊了。

当黄盖被抬回自己营帐之后，东吴军中的这一番闹腾终于结束了，同时也迅即在全营传开了。

当然，在两军对峙的时刻，这种家丑，想不让敌方知道，都很难！

对岸的曹操，在第一时间，得到了东吴军将帅不和的消息。

是夜，风平浪静，借着夜色，一艘小船，偷偷地从东吴军中划出，划向对面的曹军。

而此时，曹操因为士兵晕船的问题解决了，心情大好，正与将佐在营帐内痛饮。酒过三巡之后，乘着三分酒兴，曹操信步出寨登舰，眺览夜景。

水天一色，寒月横空，突然乌鸦一丛，向南飞去。曹操不由得取过一只船桨，横搁船头，信口作歌道：

对酒当歌，人生几何？譬如朝露，去日苦多。

慨当以慷，忧思难忘。何以解忧？唯有杜康。

青青子衿，悠悠我心。但为君故，沈吟至今。

呦呦鹿鸣，食野之苹。我有嘉宾，鼓瑟吹笙。

明明如月，何时可掇？忧从中来，不可断绝。

越陌度阡，枉用相存。契阔谈宴，心念旧恩。

月明星稀，乌鹊南飞。绕树三匝，何枝可依。

山不厌高，海不厌深，周公吐哺，天下归心。

曹操歌方唱罢，就有一名军吏前来报告说，东吴有人前来，说有密信要面呈曹丞相。曹操闻听转身回舱并立即召见。东吴信使进来，呈上书信，曹操就在灯下直接阅读起来。

曹操先看信的落款，乃是东吴老将黄盖，便觉有些怀疑，不知信的内容如何？于是，曹操便回头细看书信内容：

黄盖受孙氏的厚恩，长期以来，一直被封为将帅，而且待遇不薄。然而，黄盖对如今天下大事，也略知一二。同时，也深知以江东六郡山越之人，抵挡中原百万之众，肯定不敌。这也是天下所有人的共识。即使是东吴将士，谁也不是傻子，都知道这是不可能的事情，唯有周瑜、鲁肃这些偏激而浅薄的人，还不明白其中的道理。我今天之所以归附曹军，是志在选择良主，同时也是乞求保护东吴的百姓免受动荡之苦。周瑜所督领的军队，很容易摧破。交锋之日，黄盖我定为前部，率先来降，只是事情变化多端，具体的时日，无法先定，书信里就不详细说了。

话说曹操正阅读黄盖来信时，又有周瑜怒杖黄盖的密报送来了……

这便是周瑜和黄盖所施的"苦肉计"和"诈降计"。

烈火破楼船

黄盖遣人送伪降书给曹操，那么曹操能相信吗？

话说曹操接到黄盖来信，反复看了多遍，才对送信之人说道："你是由黄盖派来的，莫非是来诈降的吧？"

送信之人当然极力言说黄盖的诚意。听了送信之人的辩解，又听密报传来了周瑜与黄盖的矛盾，不由得曹操不信了。

另外，在曹操的潜意识里认为，即便黄盖是诈降，又能奈我何？

因此，曹操便对送信之人说："黄盖如果愿意投降，当会封以高官爵位，我这儿也不必亲自回复了，就麻烦你给他带个口信就行了。"

自然，替黄盖送信之人马上回去向黄盖汇报。

却说黄盖，表面上被周瑜的五十大板打得血肉模糊。但周虎行刑时注意了手劲，黄盖只是皮肉受伤，并没有伤到骨头。只须在伤口处敷上些草药，就没有大碍了。

黄盖正在帐中养伤，闻去曹营送信之人的汇报，很是高兴，似乎伤口都没有那么痛了。随即，黄盖就喊来一位心腹，耳语几句，这位心腹就前去向周瑜禀报此事去了。

至此，"诈降计"取得了重大成果，它是孙、刘联军取得赤壁大战胜利的重要计谋之一。

于是，周瑜便密令黄盖预先做好准备，待令而发。

黄盖选好快船十艘。又预备好枯燥的柴草，在柴草上面浇上火油，放置在十艘快船中，而且将装在快船上的柴草又用青布油单遮盖好。船头上插着一面青龙旗，船头下的舱边钉满了大钉子。每只船尾处，都各系着名为"走舸"的、行动便捷的小船。

总之，火攻要素之点火用具的布置全部就绪，专待周瑜号令。

而周瑜何时发号司令，是必须依据天时来决定的。这就是采取的火攻要素之二——点火时机。

黄盖已经待命，但周瑜却不能马上发令。只因隆冬时节，经常会刮西北风，很少刮东南风。但是，曹操的军队在北面，不是东南风，又如何在上风处纵火呢？

此时，做为盟友，刘备的军师诸葛亮一直在东吴军中。

周瑜知道，此前他和黄盖所施的"苦肉计"和"诈降计"能瞒得了别人，是瞒不了诸葛亮的。而且，诸葛亮也一定会想到火攻之计的。

在这可以说是万事俱备，只欠东南风的关键时刻，做为联军，周瑜特请诸葛亮前来密商大计。

诸葛亮素来知晓天文，早已料定冬至日左右，会有东南风出现。

现在，诸葛亮闻听周瑜向他问计，便起身离座说道："亮虽然不才，却颇能祈风，当为大都督借助一帆，可好？"

其实，风如何能借呢！只是熟悉天文地理之术罢了。诸葛亮在茅庐中博览群书的辛苦研读，此时，终于可以派上了大用场。

周瑜一听诸葛亮能解决东南风的问题，便请诸葛亮选择地点设坛，前去祈祷。

诸葛亮选择了在南屏山的山顶建拜风台。拜风台是依据北斗七星的方位所建，因此，诸葛亮又将之命名为七星台。

诸葛亮在七星台上祈风之时，是建安十三年，即公元 208 年的冬月十三日前后。

没有人知道诸葛亮是如何操作的，只知道，经过一日一夜的祈祷，十五日夜，东南风渐渐起了。

周瑜也很是诧异，派人去察看，诸葛亮早已轻舟一叶，前往樊口，回见刘备去了。

周瑜也没有时间多想了，马上让黄盖派人再去送信给曹操。

这次的信中称：因周瑜关防很严，一时无计脱身。巧遇鄱阳湖运粮船队到寨，周瑜遂命黄盖巡逻，这才有了出营的机会。信中约定于当晚二更，黄盖率船来降，以插着青龙牙旗的粮船为号。

那曹操得到黄盖的书信后，信以为真，大喜过望。只等黄昏来临时，便亲率将领们出营，来到水寨的大船之上，眼巴巴地盼望着黄盖来降。

话说这曹操，本是足智多谋之人，也犯下了如此大错，可见，行军打仗真是不容易。也许，那一刻，曹操也不想再打持久战了，如果黄盖来降，能一举消灭孙、刘联军，那么，一统天下的大事便成了。

然而，就是这么一个疏忽，就让对手抓住了先机，给了自己至命的一击。

这就是战略战术。

是夜，幕色降临了，星光闪烁，月色迷蒙，江中刮起了一阵大风，扑面而来，令人生寒，侵人肌肤。

曹操似乎已经熟悉了江边的夜风与寒冷，并没有注意这次的风刮得有什么不同，风向有何变化，因此，尚不以为意。

至此，周瑜火攻的三个基本要素——器材、时机、方位，都已经具备。

周瑜一声令下，老将黄盖便带着早准备好的十艘"运粮"轻船，率先顺着东南风疾进如飞地驶向北岸的曹军战船，后面，远远地，周瑜也督令所有战船整装，徐徐跟进……

北岸的曹操等人，此时，正在连环战船上向南观望，突见对岸有许多船只，顺风驶来，隐约可见青龙旗飘动。为首的一艘船的大旗上，还隐约写着"先锋黄盖"四个大字。

迎风而站的曹操，哈哈大笑着说道："黄盖果然来降了！"

曹操看到黄盖的船队远远驶来时，高兴异常，认为这是老天保佑他成功。可是，站在曹操身侧的部下程昱、贾翊却看出了破绽。他们认为满载军粮的船只不会如此轻捷，恐怕其中有诈，便对曹操说道："来船太多，不可不防，而且东南风刮得这么厉害，倘若因风纵火，我们如何抵敌？"

一语惊醒梦中人。

曹操一听顿然有所醒悟，立即传令各船，小心戒备。同时，派巡船前往探看虚实，并让巡船命令黄盖来船，在江心抛锚，不准靠近曹军水寨。

然而，为时已晚。

曹操号令刚下，不待有所动作，黄盖率领的诈降船队已经驶近，离曹军水寨相距不过二里水面。

这时，只见黄盖大刀一挥，十艘船只一齐放火。

各船的柴草、鱼油立即燃烧起来，火乘风威，风助火势，船如箭发，并分头冲入曹操水寨。借着惯性，那些船头上的大钉子，直插进曹军战船。

此时，黄盖所率的十艘船只，成了十个点燃的火种，霎时间将曹船点燃。

火光冲天之后，黄盖挥旗命船上的士兵，乘着船尾上的"走舸"小船迅速离开。

真是水火不容情啊！

狂风卷着火龙，呼呼作响，曹船上的将士见火起忙去灭火救援，可是，哪里还能来得及！

因各船已被铁锁连在一起，烧了这船，延及那船，曹军战船一时俱燃，曹军水寨顿时成为一片火海。

在走舸小船上的黄盖，乘风灵活突入，接连导引着放火。不但曹操的战船着火，而且，大火又迅速地延及北岸的曹军大营。

可怜曹军被烧得焦头烂额，四处奔逃，无处可逃之下，便扑通扑通地都投入了水中。

纵然是贵为丞相的曹操，到底是血肉之躯，在猛烈的大火前也是无计可施，只有奔逃保命的份了。曹操原还想从岸上逃走，可是已经被大火隔断了退路，危急中，幸亏张辽驾着一只小船，近前喊道："丞相，快走！"

曹操跳入小船，在张辽等数十人护卫下，狼狈向北岸奔逃。火光中，被黄盖看到这一切，连忙追赶，不料一只箭射来，正中黄盖肩膀，黄盖掉落水中。这样，曹操才又躲过一劫。

周瑜所率东吴战船，早已跟进。此时，周瑜亲自擂响战鼓。东吴军高歌猛进，喊杀阵天。

再看曹军，被火焚水溺、着枪中箭而死的，不可胜数，余下的也是多半受伤。这一战，曹军伤亡惨重。此时，真可说是，赤壁山成了火焰国，扬子江作了死人堆。

曹操深知已不能挽回败局，只得下令烧毁余下的船只，引军退走……

儒将显神威

后世苏东坡有首脍炙人口的《念奴娇·赤壁怀古》云：

> 大江东去，浪淘尽。千古风流人物。故垒西边，人道是，三国周郎赤壁。乱石穿空，惊涛拍岸，卷起千堆雪。江山如画，一时多少豪杰！
>
> 遥想公瑾当年，小乔初嫁了，雄姿英发，羽扇纶巾，谈笑间，樯橹灰飞烟灭。故国神游，多情应笑我，早生华发。人间如梦，一樽还酹江月。

又有南宋人戴复古的《赤壁》云：

> 千载周公瑾，如其在目前。
> 英风挥羽扇，烈火破楼船。
> 白鸟沧波上，黄州赤壁边。
> 长江酹明月，更忆老坡仙。

在这些诗词里，一代儒将周瑜英气勃勃的形象，跃然纸上。不知是诗词成就了周瑜，还是周瑜成就了诗词！

回说当时情境，周瑜见火攻奏效，便亲自擂响战鼓，乘胜追击。

曹操在水路中，逃了数十里，才敢登岸，忙乱中有将士牵来一匹快马，扳鞍上坐，向北急奔。东吴军也上岸紧追。亏得曹操的部下诸将陆续赶到，保护着曹操，且战且走。

话说在对曹军这一战中，孙、刘乃是联军。在水战中，刘备一方并没有派上大用场，只是诸葛亮一人运用智谋巧"借"了东南风助力而已。

那么刘备大军何在呢？其实诸葛亮早已献计给刘备，在曹操的退路上，做好了埋伏。

不出所料，当曹操败退之时，刘备军中的几员大将，如关羽、张飞、赵云等诸将，沿路追截。使得曹操一干人等，是杀开一重，又是一重，等到重围杀透，东方已露晨光。再检点残兵，曹操的身边也不过是数千骑了。

经过与身边将士的简单交流，曹操拟奔南郡，并且选择了较为近便的华容道小路而行。

俗话说：屋漏偏遇连夜雨。这话一点不假。

曹操拟走华容小路奔南郡，本来是为了抄近路节省时间，没想到，原本静静的山间小路上，偏偏狂风未息，暴雨又至。一阵风吹雨淋，害得曹操等人拖泥带水，狼狈不堪。

雨水将土路变得淤泥遍布，一脚踩下去，便陷入很深，很难拔出来。特别是负重的马足，被淤泥缠滞住了，迈不开步子。

见此，急于奔逃的曹操就下令兵士，去向道旁树边，割草背到路上，将沟壑泥洼填平。这样，曹操才得以骑马前进。

而兵士经过前夜的火烧和奔袭，再经这一番负草填堑，已经累得筋疲力尽了。等到堑坑填满，人已经走不动了，纷纷倒卧在道旁。

曹操见坑已填满，害怕有追兵赶来，因此，不管不顾地跃马前奔，马足甚至从倒地兵士的身上踢踏过去，至于兵士的死活，他哪里还能顾得上啊！

这样，费了好多时日和周折，曹操才到达南郡，而跟在身边的将士已经寥寥无几了。

想着出征时的八十万大军，何等浩大啊！可是如今，却几乎成了孤家寡人，曹操不禁仰天长叹：哀哉！痛哉！惜哉！

安息一宵，曹操勉强升帐，命征南将军曹仁、横野将军徐晃留守江陵。令折冲将军乐进，出守襄阳。布置完毕后，曹操立即下坐跨马，自回许都了。

至此，赤壁之战宣告结束。

曹操自负轻敌，指挥失误，加之水军不强，终致战败。孙、刘联军在强敌面前，冷静分析形势，结盟抗战，扬水战之长，巧用火攻，创造了中国军事史上以弱胜强的著名战例。

却说赤壁火攻时，周瑜正站在船头指挥，忽见冲天火光，把江边的断崖照耀得通红一片，那情境，好长时间都挥之不去。

大火一炬，葬送了曹操二十六万兵马。东吴和刘备的军队又乘胜追击，直到南郡。曹操最后只能率残部北归了。

周瑜大军高奏凯歌，回军赤壁。在赤壁山的临江矶头，就在东吴的艨艟战船上，周瑜率军举行了得胜庆功宴。

周瑜与将士们把酒庆功，酒醉之余，拔剑起舞，边舞边歌曰：

　　临赤壁兮，败曹公，

　　安汉室兮，定江东，

　　此山水兮，千古颂，

刻二字分，纪战功。

歌罢，周瑜命艨艟战舰靠向崖边。

好一个艨艟大船！周瑜只需提剑站在船板上，就可直面到悬崖峭壁了。于是，他挥剑运腕，剑起处，金星迸溅。不多时，再看那崖壁上，已经深深地刻下了"赤壁"二字。

明代的朱桢，有一首《赤壁石刻》赞曰：

赤壁之山上摩空，三江之波浩无穷。

峭壁穷峙江流东，当年鏖战乘天风。

百万北走无曹公，鼎立已成烟焰中。

大书石上莓苔封，千年不泯周郎功。

我今送客放舟去，江山如旧还英雄。

与此同时，孙权闻听周瑜大捷，也引兵自攻合肥，却是连攻不克。

曹操闻听孙权攻合肥，便派大将张喜率众增援，却迟迟没到。

这时，有一个扬州人蒋济，休书一封，假装说援军已经到了，派人送往城中。书信被孙权的巡逻兵截获，并向孙权呈阅。

孙权信以为真，便引兵退去了。

赤壁大战之后，刘备也依诸葛亮之计，表面上推举刘琦为荆州刺史，私下又分遣关羽、张飞、赵云乘胜取得武陵、长沙、桂阳、零陵四郡。

次年，也就是公元 209 年，刘备又自任荆州牧，从而，奠定了壮大发展、进据益州的基础。

曹操吸取失败教训，大兴水军，进一步控制江淮，并继续与孙权对峙。

孙权为了对抗曹操，只能继续与刘备联盟，任其在荆州发展。

由此，三国鼎立格局逐渐形成。

无论如何，赤壁一战，尽显了大都督周瑜的儒将神威。

此前，周瑜以他的儒雅之风，秣马厉兵，打过无数的胜仗，几乎是每战必胜。但真正成就周瑜的还是赤壁之战。

可以说，如果没有周瑜，赤壁之战就不会胜利。甚至说，如果没有周瑜，就不会有赤壁之战。

因为《三国演义》的流传，使后世人们将赤壁之战的最大功劳，送给了舌战群儒、巧借东风的诸葛孔明。而事实上，是正史中的周瑜力排众议、精辟分析，奠定了主战的基础。同时，赤壁之战的胜利，也印证了周瑜在军事上的才能，以及他独到的眼光和大胆的谋略。

也难怪后世之人，都不惜笔墨地将溢美之词，投注于赤壁，关注到周瑜身上。

如：南宋·张孝祥《水调歌头》：

淮楚襟带地，云梦泽南州。

沧江翠壁佳处，突兀起红楼。

凭仗使君胸次，与问老仙何在，长啸俯清秋。

试遣吹箫看，骑鹤恐来游。

欲乘风，凌万顷，泛扁舟。

山高月小，霜露既降，凛凛不能留。

一吊周郎羽扇，尚想曹公横槊，兴废两悠悠。

此意无尽藏，分付水东流。

宋·张耒《偶书三首》之三：

> 周郎战处沧江回，鱼龙荡潏山石摧。
>
> 荆州艨艟莫举枻，走君不劳一炬灰。
>
> 当年雄豪谁复在，乔木荒烟忽千载。
>
> 蕲州截竹作笛材，一写山川万古哀。

南郡中毒箭

话说赤壁之战告一段落之后，周瑜又率大队人马与已追至南郡的前军汇合一处。而奉曹操之命守南郡的征南将军曹仁也已备好了兵马。

两军又形成了隔江对峙的局面。曹仁固守不出战，周瑜也不便急攻。

这时，甘宁请求先攻取夷陵。周瑜就拨三千兵马，交给甘宁带去。甘宁带兵赶到夷陵，一鼓作气，将夷陵拿下。

曹仁闻听夷陵失守，分开一部分兵力前往支援，竟将夷陵城给团团围住了。毕竟甘宁只有三千兵马，一鼓作气攻城可以，但如果仅用三千兵马来守城，就显得势单力孤了。因此，甘宁火速向周瑜求援。

这下子，周瑜略有一些犯难了。

周瑜想分兵去解甘宁之围，又怕眼前的曹仁突然出击。

正在进退两难之际，大将吕蒙进来献计道："可以只留下凌统在此驻守，我与大都督都前往支援甘宁，应当可以快速解围。我能保证凌统能固守十天，不致于有差错。"

听了吕蒙的建议，周瑜觉得这是个两全齐美的办法。唯在此时，不可能有百分之百的把握，也只能险中求胜了。

于是，周瑜命令凌统守住营寨，而自己亲自率军，与吕蒙等将士一起前往救援甘宁。

到了夷陵城下，东吴军没有丝毫停顿，即刻发起攻击，大破曹军，并夺得战马三百匹，当即又飞驰赶回。

兵贵神速！也许曹仁还没反应过来呢，周瑜已经率军完成了另一场进攻。

周瑜一击返回，凌统果然无恙。

周瑜解围后，引军屯驻北岸。继续与曹仁对峙。不知不觉间，已是建安十四年，即公元209年的秋天了。

东吴大都督周瑜围攻江陵，久未攻下。这对于很少有败绩的周瑜来说，已经算是失败了。

然而，大都督周瑜岂能轻言放弃呢！他决心力破此城。

由于破城心切，就难免会有疏忽了。

这一天，曹仁用诱敌计，假装打开城门，做出要与周瑜部厮杀的样子。求战心切的周瑜，也不管是不是有诈，还唯恐将士们不肯拼全力。

只见城门一开，周瑜跃马当先，亲自掠阵。

曹仁见状，又诈败回城。等到周瑜追至城防附近时，早有曹军弓弩手埋伏在了城楼之上，待看到周瑜一现身，飕的一箭射出，不偏不倚正中周瑜右肋。

周瑜翻身落于马下。

曹仁又从城中杀出，想要擒拿周瑜。幸好韩当、徐盛一班东吴将领赶到，截住了曹仁，并将周瑜救回东吴军营。

这次交锋，由于大都督周瑜受伤，东吴军便没了主心骨，自相践踏，伤亡甚多。

回到营帐中，周瑜拔出箭头，虽然用药调治，但因为箭头有毒，伤口一直肿痛难消，好多时日，周瑜都不能督军再战。

曹仁闻听周瑜伤重不起，便屡次亲自督军来到周瑜阵前挑战。

周瑜闻听曹仁在营外叫阵，不知哪儿来的一股力气，只见周瑜轰然起身，力疾上马。

众将不禁心中叹服道：好一个刚强的周郎！

大都督周瑜带伤骑马行至军营，激励士气，立时军心大振。周瑜又突入阵前，大声喊道："曹仁匹夫，可认得周郎吗？"

曹仁及曹军一见周瑜，都大惊失色，吓得转身便退。周瑜立即率兵驱杀一阵子，毙敌无数。

从此，曹仁气恼加沮丧，免战不敢出来，只得坐等援军。等明确知道没有援军了，无可奈何之下就只好放弃江陵城，向北逃走了。

周瑜率军入驻江陵城，并向主公孙权报捷。

江陵本为南郡的治所，这样，攻下江陵城，实际上就已经占据了南郡。此后，经过差不多一年的时间，南郡终于被攻克了。

孙权闻报又是大喜，颁令犒赏有功的将领。

孙权拜周瑜为偏将军，领南郡太守，下辖隽、汉昌、刘阳、州陵为奉邑，并屯兵江陵。

此外，孙权还对赤壁之战与南郡之战中的有功之臣，都进行了封赏和进一步的安排。如：封程普领江夏太守，治所在沙羡；吕范领彭泽太守；吕蒙领寻阳令等。最后，召鲁肃等人回到吴郡。

周瑜以左都督的身份，在赤壁之战中一战成名。此后，大都督几乎成了周瑜的代名词。

在攻下南郡治所江陵之后，周瑜又被孙权拜为偏将军，那么，周瑜的这个官又有什么特别之处呢？

偏将军，可划归杂号将军级，算是将军中的较低职位。然而，虽说这个官职在东汉体系中不算什么高位，却已是早期的江东孙氏政权所能封赏的高级武官衔了。放眼当时的江东，比周瑜这个偏将军官衔高的只有五人，而这五人都是和孙氏渊源颇深的宗室外戚。

因此，孙权因功拜周瑜为偏将军，是周瑜任职最高的武官衔。

再说说周瑜所任的南郡太守一职。

郡守，为一郡之长，郡守握有很大权力，除各县令长由中央任命外，一郡属吏都由郡守从本郡人士中推举。其治郡方略，也得以发挥个人才干，朝廷不加干预。

孙权没有称帝前，东吴的各郡职官的设置与东汉基本相同，这个时期由于内外交侵、战争频繁、政局不稳，因而孙策、孙权多以孙氏亲属、故旧和领兵武将兼任郡太守。

周瑜具备了这一切因素，因此，孙权封周瑜为"郡守"是再合适不过了。但是，为什么要将周瑜封在南郡当太守呢？

因为，南郡的治所在江陵，自古就有这样一个说法：不守江陵则无以复襄阳，不守江陵则无以图巴蜀，不守江陵则无以保武昌，不守江陵则无以固长沙。

孙权让周瑜做南郡太守，其实是把东吴的门户交给了他。

孙权把这么重要的位置交给周瑜，足见对周瑜的信任与器重。周瑜也深知自己肩负的责任与使命，因此，虽然身负重伤，仍没有分毫的懈怠之心。

周瑜对于东吴，真可谓是：鞠躬尽瘁，死而后已了。

事实上，自那日与曹仁久持不下，急于攻城而被曹仁的弓弩手毒箭射伤后，周瑜一直是带伤坚持着尽职尽责的。

亏得周瑜是一位心态平和的儒雅之人，如果换作是一位容易动怒的爆脾气之人，早就毒发身亡了。

就这样，周瑜一面兢兢业业地替孙权把守着门户，一面也关注着时局的变化，时刻为东吴图谋更大的发展。

这一时期，周瑜成了东吴的一枚定海神针！

正在这时，在赤壁之战后，被刘备推荐，重新当上了荆州刺史的刘琦病逝。刘备就依诸葛亮之计，向孙权请求接替刘琦荆州刺史一职。

因赤壁战后，鲁肃等人回到孙权身边，一直说取得赤壁大捷，亏得有刘备相助，所以才成功，此后应当始终与刘备联合，才能与曹操对抗，等等。

孙权也认可这种说法，于是接受刘备的请求，任命刘备为荆州刺史。不仅如此，孙权还让周瑜分出南郡的一部分，归刘备管辖。

周瑜虽然觉得不太妥当，但主公既然下令，他也只能遵行。

如此，刘备得以移师屯油口，并改名为公安。

当然，周瑜深知刘备乃枭雄，又有诸葛亮、关、张、赵等一班足智多谋、英勇善战的人辅佐，不会甘心久任一个小小的荆州刺史的。

周瑜料想的确实没错。

只是，有些事，比如：孙权与刘备结亲一事，表面上看，是孙权的家事，即便是官至偏将军的周瑜，也是无法劝说的。

何况，周瑜远在江陵，且还重病在身呢！

对于刘备及诸葛亮来说，在与东吴的结盟以求取更大的发展中，他们不惧孙权，却害怕周瑜。

话说公元209年的秋天，这个收获的季节，刘备在东吴，也收获了他迟来的爱——孙权之妹孙夫人。

虽然过程有些剑拔弩张，但结果却是谐成燕好。

身在江陵的周瑜，虽然不管孙权家事，但对于国事却不能不管。因此，当得知刘备乞借荆州全土即将回归之时，周瑜飞使上书给孙权道：

刘备以枭雄之姿，又有关、张、赵诸将，更得诸葛为谋，必非久屈人下之人。我的意见是应该将刘备留在吴郡，为他建造宫室，多赠送一些美女等好玩、好看的，让他娱乐。再将他的手下人等，各置一方，在作战时，让他们与东吴的将领相配合。这样，东吴的大事就可成了。然而，现在却划割土地，帮他兴资振业，并且还放纵他西归，恐怕这是让蛟龙得到了云雨，最终不是池中之物了。愿主公仔细思量与图谋啊！

周瑜此书，可以说是苦口婆心了。

巴丘空留憾

长江水，仍然奔腾不息地向东一泻千里。

东汉建安十五年，即公元210年的夏秋之季，一艘轻快的战船，自江陵出发，顺江而下。

高耸的江边两岸上，千峰万仞，绵亘蜿蜒。

在行于江心的战船上向两岸远远望去，只见草深树密，绿意悠悠，就似两条翠绿的屏障，护卫着江水，也将江水浸染得仿佛一块无瑕的翡翠。

此时，正值清晨时光，在行驶中的战船的船头上，放置着一张藤椅，周瑜倚坐在藤椅上。

在他眼前的江面上，有一层薄薄的雾水，好似一层薄纱，让他感到，既似走进了世外桃源，又似坠入了五里云雾中。

倚坐在船头的周瑜，一如既往的羽扇纶巾，但是，浓眉紧锁的脸上，却难掩病容。时刻不离手的羽扇轻摇，也挥之不去频频而出的虚汗。

从少年时代开始，每次乘舟出行，周瑜总是喜欢在船头迎风而立。听江风拍岸，看浪花翻滚，所有的一切都是那么的清新与自然，如音律，似和弦……

然而，这次却不一样了，他也想站着，可是，病体却迫使他不得不弓起了腰脊。

可恶的毒箭啊！让原本风流俊逸的一代儒将周瑜，情何以堪！

而周瑜不顾病体，长途奔袭的目的，就是为了亲见主公孙权。

话说周瑜得知刘备欲借荆州全土，并且一直在请辞回归属地。周瑜便火速飞书一封给孙权，极力劝阻。可是，不知为什么孙权还是让刘备回去了。

因此，周瑜只得亲自去见孙权，要当面向孙权陈述他的下一步规划。

这一日，周瑜弃舟登岸。在贴身护卫周虎的搀扶下，乘坐马车直奔孙权府邸。

周虎本来从不离周瑜左右的，只是那日对阵，周虎不在身侧，周瑜孤身犯险，就落下这么大的病根。因此，周虎一直为这事而自责，从此，便更加细心地照顾周瑜坐卧起居。

见到孙权，气不待喘匀，周瑜便问孙权，为何不听从他的劝告，而放纵刘备回归，这无异于放虎归山啊！

孙权见周瑜身体已如此虚弱，还不忘操心国事，很是感动。对于放纵刘备一事，孙权只推说是为了共同对抗曹操，才不得不为之，并没有细说原由。

周瑜闻听，知道再怎么给孙权吃后悔药也是于事无补了。

于是，周瑜复又说道："曹操新败，未能恢复元气再来出兵攻灭我东吴。而刘备刚与东吴结为姻亲，一时之间也应当不致失了和气。但是，刘备不窥视吴地，必将图谋蜀地。我们最好是先发制人。瑜愿请命攻取巴蜀……"

接下来，周瑜向孙权提出征伐西蜀的详细方案，也就是周瑜早已经为东吴制定的二分天下的策划案。

因益州的刘璋力弱不武，因故与张鲁结仇，互相攻劫掠夺，可趁此时机，先攻刘璋而后拼张鲁，再与西凉马超结援，然后再出兵占据襄阳。如此，一统南方，即便是有十个曹操，也无所忧了，那么，反攻北方曹操也便可以成事了。

周瑜向孙权请战，愿偕奋威将军孙瑜同取巴蜀；并约定当攻取了巴蜀以后，就留下孙瑜驻守，让孙瑜与马超结援，而自己则即刻返回与孙权夺取襄阳；最后再向北进攻曹操。

周瑜的言外之意就是，如果攻破了曹操，那么，刘备就没有什么可忧虑的了。

孙权连声称赞周瑜的计划周详，并立即答允了周瑜的请求。孙权下令让周瑜回江陵归整军马，为进攻蜀地做好准备。

然而，也许真是天不遂人愿。

周瑜即刻向孙权辞行。此时的孙权没有想到，与周瑜这一别，即成永诀。

周瑜星夜往驻地江陵赶，但是，当行至巴丘附近时，一直未愈的箭伤加重了。无奈，周瑜只得强力支撑着来到巴丘这个他曾经驻守的地方。

病重的周瑜凭着一股坚韧的信念，极力布置督办了两件事。

一件事，是嘱咐孙瑜速赴夏口。另一件事，是请孙权致信给刘备，让刘备对孙瑜予以关照，免得受到牵制。

孙权依言派人至刘备所在的公安送信，信中简略地说：

刘璋不武，不能自守。如果让曹操得到西蜀，则荆州就危险了。今天，我们想先攻取刘璋，然后再进攻张鲁，可一统南方，虽有十个曹操，也无所忧了。

想那刘备，既然已经借得了荆州，又得以安全地回到了自己的队伍中，他还能听从孙权的号令吗？

再说这刘璋，乃是益州牧刘焉少子。刘备与刘璋都是汉室的后裔。刘备得到孙权的书信，便让军师诸葛亮阅示。

诸葛亮看完信后，建议道："如果要攻取益州，何劳东吴之手呢？为今之时，只能作缓兵之计了。"

刘备依计而行，并令诸葛亮拟好回信，交给吴使带回。

吴使回来报告给孙权，孙权展开阅读，但见书中所言，不外乎是针对孙权书信中的说词进行回复。

书信的内容很长，中心思想就是益州民富地险，刘璋虽然弱，却足以自守。况且刘备与刘璋同为宗室，不能加害，等等。

总而言之，就是三个字——不帮忙。

孙权将刘备来信阅毕，立即寄示给周瑜。周瑜怎么肯轻易罢手呢？

没有得到刘备的明确态度，其实这是在周瑜预料之中的事。同时，这也是当初孙权借荆州给刘备时，周瑜极力反对的原因了。当时周瑜就想到了这一层。现在，果然麻烦就来了。

然而，周瑜并未轻言放弃，他仍然催促孙瑜引兵向刘备借道。

再来说说这孙瑜。

孙瑜，字仲异，系孙坚的弟弟孙静的次子，此时任职丹阳太守。孙瑜颇谙韬略，与周瑜又互相十分契合。

得到周瑜的号令，孙瑜当即由丹阳发兵，溯江而至夏口，遥见前面排列着战舰，阻住了去路，正想命左右问明是怎么回事之时，忽然有一个人遥声喊道："请吴将答话！"

孙瑜向喊声处望去，见是荆州牧刘备，于是便和刘备言说是奉命取蜀，请求借道而过。

刘备也朗声答道："君欲取蜀，请从其他路过去，备已经送书给孙将军，劝他得休战便休战。如果一定要攻取蜀地，备定会披发入山，决不敢失信于天下人啊！"

孙瑜想再说什么，那刘备竟然径直退入了船舱中，不再答言。

害得孙瑜无法再行进，又不好与他交战，自伤和气。真是进也不行，战也不行。

实在没有办法了，孙瑜只能督舟退回，并将此事写信报告给周瑜。

周瑜正想督师跟进，接得此信，纵然是好脾气的周瑜，也不由得异常忿怒。

俗话说得好："怒气伤肝！"

周瑜大病未愈，哪经得起这一番盛怒呢？

信还未看完，周瑜顿时觉得气血攻心，天旋地转，及至吐血晕倒在地上。陪在周瑜左右的周虎等人见状，赶紧将周瑜抬到床上，已是气息奄奄。

周虎令人快速找来医者调治，接连几天不见好转。

这一日，周瑜稍微清醒一些，他知道自己的病最终是治不好了，因此，命周虎传令书记官进来，草拟一封遗嘱。

周瑜口授，由书记官记录的遗嘱内容如下：

瑜以凡才，昔日受讨逆将军孙策的厚待与知遇之恩。又被主公孙权委以心腹，接着荣任，统御兵马。

瑜也志在尽力效忠于东吴，并规划了先取巴蜀，次取襄阳的战略战术。凭借自己的威名，这个谋划还是有把握取胜的。然而，天不遂瑜愿，半路上遭遇了暴疾，延医治疗，也是有加无减。

人生有命，生死本无所谓，其实是没有什么可惜的，只恨微志未展，不能再奉令效命了。

纵观当今天下，曹操在北，疆场未平静；刘备寄寓在身侧，好似养虎，终会有患；天下事尚未知结果，正是良将谋臣尽显风采的时候啊！

鲁肃是忠烈之人，遇事不会苟且偷生，可以代替瑜。

人之将死，其言也善，倘若可以采纳，瑜虽死而不朽矣！

……

周瑜口授至此，已经喘得不行了。只见周瑜拼尽全力，大呼道："既生瑜，何生亮？"

喊罢，狂喷一口鲜血，闭气而亡。

此时，周瑜年仅三十六岁。

呜呼！风流俊逸的一代儒将周瑜，就这么去了……

江山含悲，鸟雀动容！多少人为他的壮年早逝而痛哭！多少他未竟的事业终成为千古遗憾！

第七章
雅量高致，攘臂谁人不为将

什么是雅？

雅，有雅正和不俗的意思。

什么是致？

致，指情趣、情致高雅，用于形容人的雅正不俗，气度宽宏。

什么是雅量高致？

雅量高致，是气度和情趣的最大量、最高端、最极致的显现。

雅量高致——这个词用在风流俊逸的一代儒将周瑜身上，是再恰当不过的了。

史学家们说：周瑜温文儒雅、风度翩翩、雅量高致，他的肚量可比蔺相如。

为什么这么说呢？

这不是凭空想象和捏造，是有据可查的。

据陈寿《三国志·吴志·周瑜传》记载：

"是时权位为将军，诸将宾客为礼尚简，而瑜独先尽敬，便执臣节。性度恢廓，大率为得人，惟与程普不睦。"

而最后，程普当着众人由衷地说："与周公瑾交，若饮醇醪，不觉自醉。"

裴松之注引晋·虞溥《江表传》记载：

"干（蒋干）还，称瑜雅量高致，非言辞所间。"

南北朝时期的刘义庆，在《世说新语·文学》中云："雅人深致"。

就连将周瑜做为诸葛亮垫背的《三国演义》，在第四五回《群英会蒋干中计》也有写到："周瑜雅量高致，非言辞所以能动也。"

难怪三国时期的王朗，也曾情不自禁地感叹说："周公瑾，江淮之杰，攘臂而为其将！"

孤非瑾不帝

人生最大的遗憾，莫过于，我正需要你，而你却不在了——

周瑜的壮年早逝，对于孙权来说，就有这样的遗憾。

公元210年的一天，当孙权闻报周瑜去世的消息，不禁流泪叹息道："公瑾有王佐之才，今忽然短命，让孤去依赖谁呢？"

及至看了周瑜的遗书，孙权的泪流得更猛，更多……最后，简直有些泣不成声了。这不是孙权的惺惺作态，而是对于周瑜真情的自然流露。

因为，周瑜遗书中的每句话，都牵拽着孙权的心。

周瑜遗书中所说的，既是做为一名臣子，向他主公的最后告白，也是做为兄长，给他兄弟的最后叮嘱……

孙权流着泪，毫不掩饰地对公卿们说："孤非周公瑾，不帝矣！"

透过泪眼，与周瑜相处的一幕幕往事，不由得在孙权的脑海中，清晰地浮现出来……

与周瑜的初识，还在孙权七八岁的年纪。

那时的孙权，正是围在母亲膝下，无忧无虑玩耍的年龄。他时常看到周瑜和大哥一起前来南大宅拜谒母亲。同时，他也知道，他们所住的南大宅，其实就是周瑜家的宅院。

那时，孙权称呼周瑜为"瑜哥哥"，而周瑜也和孙策一样，喊孙权为"权弟"。

彼时，小孙权会站在窗边，观看两个哥哥在空地上比武论剑；也会偷偷地扒着门缝，好奇地听两个哥哥谈论着兵书与阵法。虽然那时，小孙权还听不太懂哥哥们说的是什么，但是，他知道，哥哥们研究的，肯定是和父亲一样，是和行军打仗有关的一切。

相比较亲大哥孙策的英武与严厉，孙权更喜欢瑜哥哥的儒雅与温和。

特别是瑜哥哥吹弹的一首首好曲。哪怕是一片树叶，在瑜哥哥的口中一含，都能响起令鸟雀共鸣的和弦。

小孙权深以为奇。他也曾向瑜哥哥请教学习，瑜哥哥也是精心地手把手辅导，可是，最终也没能达到瑜哥哥的高度，只好作罢。

也许是父母的有意培养，也许是孙权的天性使然，大哥孙策是以武力见长，而孙权却是喜文弄墨。

在南大宅的那些时日，小孙权正是处于问知的启蒙阶段，周瑜将自己的所学和自家的藏书指导给小孙权，是不遗余力的。

其实，说少年周瑜是儿时孙权的启蒙老师，也不为过。

就是以这种宜师、宜友、宜兄弟的相处中，儿时的孙权在周瑜家度过了一年多的时光。这些相处的时光，虽然短暂，但是留给孙权的记忆却是深刻的。

这种儿时的理解和认知，虽然青涩，却是根深蒂固。

可以说，在孙权的心里，留给周瑜的位置，除了父母兄弟姐妹，排在众将，甚至是同宗同族的前列。

不只在孙权的心里，在任用上，孙权也给予了周瑜相当高的位置。并且，几乎每到关键时刻的重大抉择，孙权都采纳了周瑜的意见。

孙权对周瑜是信任的，而周瑜对孙权也是绝对忠诚的。

公元200年，无任何功绩的十八岁少年孙权，接掌父兄基业，如果没有周瑜的鼎力支持和帮助，在那个军阀混战的混乱局面下，孙权别说是继续开疆拓土，为报父仇了，就是原有的江东六郡，也会在内忧外患中分崩离析。

在人心浮动，甚至出现宗族叛乱的关键时刻，将兵赴丧的周瑜攮臂一呼，高喊孙权为"主公"，其他人还敢不尊重孙权吗？

当手握重兵的周瑜喊他为"主公"的那一刻，孙权的心里充满了感激。

公元202年，当曹操以势欺人地让孙权送子入曹时，众人皆没了主张。

孙权急速召回了在外监军的周瑜。周瑜的一番入情入理，引经据典的分析与决断，激起了孙权建功立业的雄心。

特别是公元208年的秋天，曹操率八十万大军南侵，一路轻松占领荆州，并向孙权进逼。大军压境之际，大臣们出现了主和、主战两派。同时，又有代表刘备势力出使的诸葛亮的说词影响，孙权真正是无法决断了。

犹豫不决之时，鲁肃推荐孙权召回了在鄱阳湖训练水军的周瑜。正是周瑜的一番丝丝入扣的分析，这才让孙权下定了决心，并拔剑砍掉桌子一角，说："再有言降者，如同此案！"

此时，孙权面对着周瑜的绝笔，流着泪暗自反思自己对周瑜的种种……虽然，基于从儿时开始的了解，他是百分之百信任周瑜的。可是，他扪心自问：在他心灵的深处，对周瑜还是产生过怀疑的。特别是刘备等在他面前提醒周瑜有野心时，他对周瑜的百分百信任是打了折扣的。

孙权知道，可能没有人理解他对于周瑜的那种感觉。可能一开始孙权自己都没有觉察到，只是当周瑜已驾黄鹤去，面对着他的遗言时，孙权才真正理解了自己对于周瑜的感觉。

这种感觉不是猜忌和怀疑，而是嫉妒和羡慕。为什么这么说呢？

因为，周瑜各方面实在是太优秀了。不仅文武双全、有勇有谋，而且雅量高致、德义天下。

在孙权心里，周瑜就是一个让他无法逾越的人生坐标。这个人生坐标总能让他热血沸腾，激起他开拓进取的信心和勇气。

所以，在心里上，孙权对周瑜是相信，更是依赖的。

最重要的是，周瑜虽然木秀于林，却从不居功至伟。孙权在心里试问：假如周瑜拥兵自重，他又能奈何？

有一点孙权心中的答案是肯定的，这就是——周瑜不会背叛孙氏。

　　孙权之所以一直将周瑜外派驻守边塞要地，并不是人们所想象的那样是对周瑜的怀疑，相反，正是基于对周瑜的信任，才每次都将周瑜留在东吴的门户和军事要地。

　　如果对周瑜有所怀疑和不信任，那将他留在身边，做个不实际带兵的谋臣，岂不是更稳妥吗？

　　在看人看事的眼光上，孙权也是略逊周瑜一筹的。

　　纵观东吴的重大决策，孙权几乎都采纳了周瑜的意见，唯在刘备的问题上，孙权自作主张了一回。

　　后来的事实证明，赔了夫人又折兵的不是周瑜，而是孙权。

　　孙权原以为刘备也和周瑜一样能够对东吴忠心耿耿呢！原以为将妹妹嫁给刘备，做为东吴的乘龙快婿，刘备就会永远听命于他这位大舅哥呢！

　　因此，孙权不仅嫁妹给刘备，而且还借荆州全土给他。以为这样一来，不仅外可以拒曹操，内可以制衡于周瑜等人。岂不知，刘备乃枭雄，怎么会永远受制于人呢？

　　其妹既然嫁作了人妻，在兄长和夫君二选一之时，所有的女人几乎都会选择后者。这也是孙权这位兄长没有想到的。

　　孙权将荆州借给了刘备，又没听周瑜的劝告放虎归山，致使后来花了九年时间，才将荆州要回。当然这是后话。

　　而那时那日，因为荆州全土借给了刘备，当孙权接受周瑜建议欲取西蜀之时，刘备就在诸葛亮的策划下百般地阻挠了。

　　周瑜是心态平和之人。孙策与周瑜同为毒箭所伤。孙策因气大伤身，不出月余变毒发身亡。而周瑜却坚持了一年多。如果不是急血攻心，周瑜何至于壮志未酬身先死啊！

因此，可以说，周瑜不是为孙权所害，但是，孙权也是有间接责任的。

孙权嘴上虽然没承认，但心里也是暗暗不安又后悔莫及的。

孙权流着泪一遍一遍地读周瑜的遗言，脑海中思虑着与周瑜的种种过往，顾盼众将说："公瑾雄烈，胆略兼人，遂破孟德，开拓荆州，邈焉难继，君今继之……"

呜呼！周公瑾不在，孤不帝矣。

鲁肃以为友

古人说：有共同的理想、抱负和信念的两人或多人谓为友。周瑜和鲁肃就是这样的友。

同时，周瑜对鲁肃来说，又是有知遇之恩的友。

周瑜对鲁肃的推荐与知遇之情，前文已经详细记述，在此就不再赘述了，就从赤壁大战的前后谈起吧！

公元208年的秋天，曹操率八十万大军南侵，一路轻松占领荆州，并向东吴进逼。大军压境之际，大臣们出现了主和、主战两派。同时，经鲁肃的引荐，诸葛亮代表刘备前来游说孙权，提出了孙、刘联合之计。一下子，更让孙权无法决断了。

这时，鲁肃马上想到了周瑜。当孙权问计于鲁肃什么人可以担当抗曹大任时，鲁肃不假思索地就推荐了在鄱阳湖训练水军的周瑜，孙权立即召令周瑜回来商议抗曹之大计。

其实，孙权心目中的人选也唯有周瑜，只是通过鲁肃的口说出来，再进一步验证罢了。

周瑜的到来，让鲁肃所坚持的主战派占了上风。孙权决定联合刘备，与曹操相抗。周瑜和程普被任命为左右都督，而鲁肃被任命为赞军校尉。

可以说，在赤壁大战中，赞军校尉鲁肃及时押运粮草劳军，保证了军需，也是功不可没的。

战后的论功行赏，鲁肃虽然没有像周瑜和程普等人那样成为封疆大吏，但是，先行回还的鲁肃，却受到了孙权最高规格的礼遇。孙权这是把赤壁之战胜利带给他的欢乐都归功给了回到身边的鲁肃了。

这些细节之事，肯定会传到周瑜耳中。周瑜听后微微一笑，也为江东群僚中最为相契的好友高兴。

鲁肃对周瑜有指囷相赠的恩情，周瑜则引荐鲁肃投奔东吴，一路扶持不遗余力，可谓亦师亦友。赤壁大战时，两人默契，真可以称得上是心有灵犀。

然而，自赤壁大战后，两人就难得见面了。周瑜苦战南郡，鲁肃则一直伴随在孙权的左右。

周瑜隐隐觉得，他和鲁肃之间，有了一层淡淡的隔膜，有些事已谈不到一块儿了。特别是对待孙、刘联盟的问题上，两人的观点是截然不同的。

在周瑜眼里，孙、刘联盟对于双方都只是一个权宜之计。

而鲁肃则不同，自赤壁之战前，他以为刘表吊唁的名义到江夏会晤刘备，并邀请诸葛亮来吴，他不仅极力主张对曹一战，而且成了孙、刘联盟的始作俑者。

赤壁大战的辉煌胜利，更使鲁肃坚信孙、刘联盟对东吴有百利而无一害，刘备是东吴可靠的盟友而非敌人，谁对联盟有破坏，他都要毫不留情地驳斥。

因此，鲁肃战后回见孙权，最主要是向孙权汇报赤壁大捷，多亏有刘备相助，才能成功，此后应当始终并力，才可抗据曹操。

孙权就也以为真是这样。孙权嫁妹给刘备，也是鲁肃从中说和。

而当日刘备到东吴完婚，远在江陵的周瑜不顾伤重体弱，连夜上书孙权要求软禁刘备，瓦解其兵马势力。就在孙权犹豫不决之时，鲁肃说："万万不可依公瑾此计！"这是第一次鲁肃公开反对周瑜的计策。

鲁肃反对的理由是，他认为孙权虽然有一定的实力，然而，曹操的威力也确实很大。东吴刚来到荆州，还没有在百姓中建立威信。而刘备在荆州却恩信百姓由来以久了。

因此，鲁肃建议孙权不如把荆州之地借给有皇叔之名的刘备，让刘备来安抚荆州百姓。这样，刘备必定会对孙权感恩戴德。由此，既树了曹操的敌，又多了我方的友，就是一箭双雕的万全之策了。

周瑜自从将鲁肃推荐给孙权以后，长期以来，孙权便将鲁肃留在身边了。而鲁肃的建议时常很对孙权的心意，因此，可以说，孙权把荆州借给刘备，鲁肃对此影响很大。

东吴将士流血流汗苦战年余，用生命换来的荆州就这样借给刘备，消息传到南郡，军中一片哗然。将领们怒火冲天，齐齐聚到周瑜的住地，要求立刻上书主公收回成命，严惩主张借地者。

且不说将领们如何激动，身为主帅的周瑜，更是酸甜苦辣别有一番滋味在心头。周瑜深知鲁肃在对待刘备这件事与自己的意见是完全不同的。但是，做为多年的好友，周瑜又无法去质问或责备什么。

因为，周瑜知道鲁肃并不是有心倾向刘备一方，而是让刘备的军师诸葛亮给忽悠了。如果说，鲁肃给孙权出的这个主意是错的，那也是好心办了坏事。

话说孙权听了鲁肃之言，觉得他说的也有道理，所以，孙权也是第一次没有听进周瑜的劝告。

这样，刘备不仅娶了孙夫人，借得了荆州，而且还全身而退回到领地。

借已经借了，回也已经回去了。周瑜也不能再说什么了，他拖着病体来见孙权，只是提出了一个西征的方案。

周瑜的对外征战方案，鲁肃是从未提出过反对意见的。对于外事，孙权也是相当相信周瑜的意见的。所以，孙权同意了周瑜的方案。

遗憾的是，天妒英才，周瑜在西征的路上因气血攻心，不治身亡。

周瑜临终遗言是让鲁肃代替自己。周瑜逝世后，孙权采纳了周瑜生前的建议，令鲁肃代领周瑜的职务，领兵四千人，以及原来的奉邑四县，全都转归鲁肃所有。鲁肃开始时驻守江陵，后移兵下驻陆口。因治军有方，军队很快发展到万余人。孙权根据当时政治军事形势的需要，又任命鲁肃为汉昌太守，授偏将军；鲁肃随从孙权破皖城后，又被授为横江将军。

这样，在周瑜去世以后，鲁肃成了孙权最重要的大将和谋臣。鲁肃也算不负周瑜所托和期望，不枉他们彼此朋友一场了。

程普若饮醇

与周公瑾交，若饮醇醪，不觉自醉——这是三朝元老级的人物程普，由心灵深处发出的感慨。

程普何许人也？周瑜又做什么了，让程普如此折服呢？

如果说周瑜是一代儒将，那么，程普就是当之无愧的三世虎臣了。

程普，字德谋，右北平土垠人，是孙氏父子三人手下的虎臣，论资历，东吴将领中没有比得过他的，时人皆称"程公"。

早年在州郡担任官吏，后跟随孙坚四处征战，数立战功。孙坚死后，程普是最早追随孙策起兵的人，在攻克了庐江之后，程普又跟随孙策东渡长江。

在横江、当利，打败了张英、于麋，又转下秣陵、湖孰、句容、曲阿，程普都是一马当先。在进攻乌程、石木、波门、陵传、余亢，程普的功劳也是最多的。因此，战后，孙策给程普增兵二千，战马五十匹。

孙策攻入会稽后，任命程普为吴郡都尉，治钱唐。后又迁为丹杨都尉，居石城。程普出征再讨宣城、泾、安吴、陵阳、春谷诸贼，都是大获全胜。

特别值得一提的是，在孙策攻击祖郎之战时，遭遇到了敌军的包围。危急之下，程普独自与另一位骑兵，一起保护着孙策，驱马大声呼喝，挥矛突进敌兵的包围圈，将敌军打得四下溃散，孙策这才能突围而出。

之后，孙策拜程普为荡寇中郎将，领零陵太守。之后，程普又跟着孙策讨阀刘勋于寻阳，进攻黄祖于沙羡，收军后镇守石城。

可以说，几乎孙策时代的所有战斗，程普都立有头功，是当之无愧的江东十二虎臣之首。

拥有这些资本的程普，对后起之秀，人称"周郎"的周瑜自然有些瞧不上眼。

此时的周瑜，只是以孙策的发小、谋臣、后援团的面貌出现的，孙策知道周瑜这些帮助的重大意义。可在程普看来，周瑜只不过是凭借着个人的出身，投机取巧取得重要的官职罢了。

孙策进攻荆州，时年仅二十四岁的周瑜第一次随军出征，就被封了个中护军。程普嘴上虽然没说什么，其实心里是不服的。程普心里不服周瑜，不是因为周瑜的年纪轻的问题，大将军孙策也是二十四岁，却是冲锋陷阵许多年了。程普心想：你周瑜打过几场仗，杀过几个贼人啊！

尽管心里这么想，但此时的周瑜地位不是特别显赫，权柄不是特别重大，再加上两人在工作上很少有交集，所以程普尚能够隐忍，两人也算一直是相安无事。

可是，青山遮不住，毕竟东流去，世间事总是在不知不觉间发生着变化。

公元200年，孙策遭遇不测，临终遗言：内事不决问张昭，外事不决问周瑜。很明显，在对外军事上，周瑜的地位是排在了程普的前面。那么，可以想象得出程普心中是什么滋味了。

其实，时人之所以都称呼程普为"程公"，不仅仅是因为在军中先锋诸将里，他的年龄最大，资格最老，战功最高，还因为，程普的性格原本就是乐善好施，喜欢敬重士大夫。

之后，程普一如既往地全力辅佐孙权，只是自以为功高，瞧不起年纪轻轻就大权在握的周瑜罢了，说白了，程普就是不信任周瑜，觉得周瑜徒有一副好皮囊，担心东吴的大好前程会葬送在周瑜之辈手中。因此，每次合作，程普都横挑鼻子竖挑眼地多次给周瑜出难题，甚至对周瑜出言进行羞辱。

面对程普老将军的无端"凌侮"，周瑜没有针锋相对地进行反击，而是以宽厚博大的襟怀——忍受了，那么，周瑜是如何地降低自己的身份，数次与程普折节而交的呢？

在孙策初亡，孙权刚刚继位为大将军，东吴诸将及宾客大多数对孙权不是很服气之时，周瑜率先对孙权礼敬有加，并行臣子的礼节。这样的事，程普看在眼里，并在心里给周瑜加了分。

反之，倘若周瑜有何异动，那么，程普就不只是对周瑜出言侮辱的事了。

在周旋三郡，平讨不服的过程中，以及两人一起征讨江夏等地时，程普的职务都是在周瑜之下，程普当然有气。但是，每遇有军政大事，周瑜都会主动地虚心向程普请教，对程普恭敬地执晚辈之礼。

程普虽然有些倚老卖老，但还没到老糊涂的地步，周瑜如此恭敬，为了顾全大局，程普也就无话可说了。

也因此，这些地方不久平定，两人同时立下战功。

在攻取了江夏之后，孙权命周瑜在鄱阳湖教习水军。周瑜创造了可以说是中国在军事斗争中运用最早的奇门遁甲阵法——九柳八卦阵。

周瑜将替代太史慈守备海昏的老将程普调至桑洛洲，坐阵中军营帐，指挥调度演习九柳八卦阵。

尽管程普身经百战，可当他面对着九柳八卦阵时，对周瑜不仅仅是刮目相看，而且是有些心悦诚服了。

公元208年，面对着曹操的八十万大军，孙权任命周瑜与程普为左右都督，虽然表面上看都是都督，但重大事项必决于周瑜。

开始时，程普也很不高兴，但是出征前，周瑜主动找程普商量具体的作战方案，事无巨细，毫不遮掩。对程普提出的反对意见，周瑜不认为是挑刺，反而感谢老将军的提醒。

在出征前点兵时，程普看到周瑜布置得井井有条，也放心地点头称赞了。由此，两人携手并肩，终于在赤壁一战中大破曹操。

之后，程普又与周瑜一起进攻南郡，在江陵与曹仁的对峙中，由于对峙时间过长，求战心切的程普又有些急了。

因为周瑜采纳了甘宁之计去攻夷陵，后又被困于城中，老将程普当众发火，甚至指着周瑜的鼻子骂他无能。程普的态度，令军中的将士们都忍受不了，可是周瑜却依旧心气平和地，微笑地听着……

呜呼！人非草木，孰能无情。周瑜宽厚谦让的态度，逐渐在程普的身上产生了影响，这位老将军在感动之余，对周瑜的态度有了惊天逆转。

程普现身说法，逢人便称说："与周公瑾交，若饮醇醪，不觉自醉"。

由此，不禁让人想起了战国时代赵国名臣蔺相如之对待廉颇将军的豁达大度，是何其相似啊！

而程普的知错能改，与当年廉颇的"负荆请罪"之举，也可以相媲美。

周瑜"折节容下"团结程普共同创业的事迹，堪称历史上人际关系处理方面的一段佳话……

吕蒙意相投

东吴的诸位将领中，在军事谋划上，与周瑜最为意见相投的，当属吕蒙了。那么，这吕蒙是何许人也？难道是和周瑜一样，也是风流俊逸的青年才俊，一代儒将吗？

非也！相反，吕蒙堪称大器晚成的典范。他发愤勤学的事迹，后来成为了中国古代将勤补拙、笃志力学的代表，"士别三日""刮目相待""吴下阿蒙"等成语都是由吕蒙那儿演变而成的。

吕蒙，字子明，汝南富陂人。

少年时，吕蒙从家乡南渡长江，投奔他的姐夫邓当。此时的邓当是孙策的部下，曾经多次跟随孙策讨伐山越。

在一次出征讨伐山越的时候，邓当吃惊地发现，十六岁的吕蒙，也偷偷地跟来了。毕竟出征打仗不是儿戏，是有太多的危险性的。做为姐夫，邓当必须得为小舅子的安全考虑，因此，邓当极力反对。但是，无论邓当如何地以苛责的语言劝说，也阻止不了吕蒙的跟从。

邓当没有办法，只得将此事告诉了丈母娘，也就是吕蒙的母亲。蒙母爱子心切，不禁大怒，要对吕蒙处以家法。面对母亲的责骂，吕蒙倔强地表示，自己只是希望上进，摆脱目前的现状，这才敢于冒这个险。母亲被他的话感动了，抬起的手又落下了，算作是默许了。

这样，吕蒙就成了姐夫邓当手下的一名小吏员。因为吕蒙的年纪小，就有一名吏员十分轻视他，后来又出言直接羞辱他。年轻气盛的吕蒙哪堪如此的侮辱，大怒之下，没作考虑地就拔刀杀了这名吏员。范下大错的吕蒙，避罪出走，潜逃到了同乡郑长的家里。后来，吕蒙主动前往校尉袁雄那儿自首，于是，袁雄就代表他向上级求情。

这样，吕蒙的事就一级一级传到了孙策的耳中。孙策便召见吕蒙，并对他的事称奇不已，遂赦免他的罪，并将他安排为左右随从。

几年后，吕蒙的姐夫邓当去世，张昭举荐吕蒙代领邓当职务，于是，吕蒙被拜为别部司马。

虽然吕蒙是孙策手下的年轻"老将"，但官阶并不高，学识也浅薄，自然和周瑜当时的职位和学识是没法比的。

当孙策遇刺身亡孙权接掌大权之后，孙权想要重新编排军队，欲将小部队裁并到其他部队之中，这样，矛头就直指那些统兵较少、地位低微的年轻将领。

吕蒙自知自己的部队很可能会遭到被兼并的危险，那样，如果想取得成就就更难了。

不行，得想个办法。

经过冥思苦想，办法还真让他想出来了。吕蒙不惜赊贷筹集物资，让士兵穿上深红色的统一制服与绑腿布，并加紧操练。这样，当孙权下来检阅军队时，吕蒙的兵马列队赫然有序，士兵人人勤于练习，孙权见后很高兴，认为他治军有方，不但没有削减他的人马，反而为吕蒙增加了兵员。

虽然孙权保留了吕蒙统辖的军队编制，但从小就在军中拼杀的吕蒙只以武力见长，而于习文上却是一个短板。

起初，吕蒙不喜欢习文，后来，受孙权的劝告，他开始大量地读史书，研习兵书，渐渐地成为一个学识渊博、文武双全的人。在鲁肃的极力推荐下，吕蒙更加受到孙权的重用和倚重。在周瑜指挥的历次战役中，吕蒙也发挥了重要作用，自然也受到了周瑜的器重。

吕蒙对年轻有为的周瑜，也十分地敬佩，常常以周瑜为自己学习的榜样和追求的目标。很多的时候，人们甚至误以为吕蒙是周瑜的学生呢！

由于吕蒙长期在孙权的身边任职，而周瑜时常在要塞驻守，因此，只有在遇有重大战役周瑜被孙权召回时，吕蒙才有幸直接受到周瑜的指挥和调度。

公元 208 年春天，孙权采纳甘宁的建议，再次发兵进攻夏口，周瑜被任命为前部大都督，吕蒙也随军出征。

黄祖下令用艨艟战舰封锁沔口，用大绳系著巨石为锥以固定舰只，舰上更有千余人用弓弩封锁东吴水军的前进路线，周瑜率领的先锋军进攻受阻。

周瑜命董袭、凌统各率百人敢死队，身穿重铠，乘快船突进到艨艟舰旁，董袭挥刀砍断大绳，黄祖军战舰顺水飘流，东吴军才溯流进兵。

孙权和周瑜分别率部进军江夏，黄祖急派水军都督陈就率兵反击。孙权派吕蒙统率前军，身入战阵，亲自斩杀了陈就。东吴军乘胜水陆并进，包围了夏口。黄祖不敌只身逃窜，被孙权军中的骑兵冯则所斩杀。

此战，孙权大获全胜，一举歼灭宿敌黄祖，报了父仇，并占领了江夏地区。战后论功，孙权认为战事能取得胜利，关键是吕蒙斩杀了敌军都督陈就，因此任命吕蒙为横野中郎将，并赐钱千万。

公元208年冬天，吕蒙又跟随周瑜、程普等人在赤壁大破曹操，曹操引军北归，留曹仁等驻守江陵。

孙权命周瑜、程普统兵数万，与曹仁隔江相持。

两军在江陵久持不下之际，甘宁献计欲袭取江陵上游的夷陵城，以对江陵形成侧背威胁。周瑜同意了甘宁之计，却遭到了老将程普的反对。在吕蒙的支持下，周瑜最后决定依甘宁之计。甘宁统兵前往夷陵，果然一举占领夷陵，并据守夷陵城中。

曹仁分兵围攻甘宁，欲夺回夷陵，甘宁被围攻，唯有向周瑜求援。此前老将程普担心的事情终于发生了。程普等诸将此前之所以反对进攻夷陵，就是担心分兵两路会兵力分散。现在，怎么办？

军中本来兵就不多，如再分兵救援夷陵，则会造成江陵空虚，曹仁若此时来攻，将怎么办？诸将争论不休之际，吕蒙向周瑜举荐了一计。具体是留下凌统暂时主持江陵对峙之军，而吕蒙自己则陪同周瑜前往去解救甘宁之围。速去速回，十日之内担保无事。

接着吕蒙又献策，劝周瑜派三百人用木柴把本来险峻的山路截断，当敌人逃跑时，遇障难行只能弃马逃命，我方就可获得他们的马匹。周瑜采纳了他的建议，亲率主力驰援夷陵，大破曹军于夷陵城下，所杀过半。曹军乘夜逃走，途经木柴堵塞的险路，无奈之下骑马者皆弃马步行。周瑜、吕蒙驱兵追赶截击，获得战马三百匹，军威大振。随即回师渡江，进军北岸，构筑营垒，向江陵发起进攻。

此时，孙权为策应周瑜攻势，派兵包围合肥。曹仁由于孤军无援，在近一年的交战中屡战失利，损失严重，遂被迫放弃江陵城，退往荆州。

周瑜占领江陵，被孙权任命为南郡太守，控制了长江中游地带。吕蒙因功被任命为偏将军，兼任寻阳令。

周瑜和吕蒙二人的关系宜师宜友。许多时候，吕蒙的政治观点和周瑜几乎是一致的。因此，在东吴诸将中，吕蒙是和周瑜最是意见相投的人了……

甘宁愿跟随

甘宁曾经是一位问题少年。

从小，甘宁就是个大力士，喜欢到处游玩，好行侠仗义，但是，他也不务正业，时常聚合一伙轻狂的少年人，自任首领。他们这伙人成群结队，携弓带箭，头上插着鸟的羽毛，身上佩带着铃铛，四处游来荡去。百姓们一听铃响，便知道是甘宁这伙人到了。

在郡中，当时的甘宁是何等的威风炫赫！他的一出一入皆很会摆谱。步行时车骑陈列，水行时则轻舟连接。即便是他的手下侍从之人，也是披服锦绣，走到哪里，哪里就光彩斐然。甘宁一伙人停留在一地时，常常将锦绣系在舟船上，而当他们离开时，又要将这些锦绣割断扔掉，以此来显摆他们的富有和奢侈。

因此，当时当地的人们都喊他们为"锦帆贼"。

甘宁每到一地，所在城邑的地方官员或者是那些跟他打交道的人，如果隆重地接待，甘宁便与之倾心相交，可以为他们赴汤蹈火。但是，如果礼节不周到隆重，甘宁便放纵手下人抢掠他们的资财，甚至将他们杀害。因此，官吏富豪们害怕甘宁更甚于惧怕老虎。

这种情况，一直持续到甘宁二十多岁。后来，也许是因为甘宁长大了，成熟了，也许是得到了哪位高人的点化。总之，他不再攻掠别人了，而是开始读一些书，也钻研诸子百家的学说，立志想有所作为。

学有所成后，甘宁重出江湖，立志要建功立业的第一站，选择了率领他手下的八百多人去依附荆州的刘表，并留驻在南阳。可是，荆州刺史刘表，虽然有"八俊"之一的名气，却不习军事。甘宁认为在当时天下不宁、群雄纷争的形势下，刘表终将一事无成。

俗话说，良禽择木而栖。就在甘宁欲寻一位名主之时，他闻听孙权在江东招延俊秀，聘求名士，便决定前去投靠效力。然而，当甘宁路经夏口时，大部队过不去，只好暂且依靠江夏太守黄祖。

适逢孙权领兵西攻江夏，在黄祖大败狼狈逃溃之际，幸好有甘宁领兵为其断后，才救了黄祖，退了孙军。当时，甘宁是凭着他的沉着冷静，举弓劲射，射杀了孙权的破贼校尉凌操，孙权军才撤退的。

甘宁为此和凌操的儿子凌统结下了杀父之仇。

然而，即便是甘宁立下了大功，黄祖仍然不加重用。甘宁正独自忧愁苦闷，无计可施之时，在黄祖的副将苏飞的帮助下，历尽周折，终于得以离开黄祖而归附孙权。

由于周瑜、吕蒙的极力推荐，孙权对甘宁十分器重，对待他如原来那些老臣一般无二。因此，甘宁心情十分愉快，立即向孙权献上进攻黄祖的计策。

当时，张昭对甘宁的意见不以为然，而周瑜却坚决支持。在军事上，孙权对周瑜的意见是相当重视的，因此，孙权对甘宁的这一意见很赞赏，并坚定了用兵的决心。

孙权的第三次西征黄祖，战斗打得相当激烈，但是，有周瑜这位孙权新任命的前部大都督英明果断的指挥，再加上甘宁、凌统等人的英勇善战，最后果然擒获黄祖，使孙权的杀父之仇终于得报。但是，甘宁与凌统的杀父之仇却无法自行化解。

早在出征黄祖之前，周瑜就巧妙地化解了甘宁与凌统两人的矛盾。但是，这杀父之仇的结，不是轻易能解开的。

因此，战后，孙权不得不采纳周瑜的建议，将两人分开。孙权分拨一支部队给甘宁指挥，让他屯兵当口，划归周瑜直接指挥。

善于用人的周瑜，深知甘宁的性情。甘宁脾气急躁，易于激动。在发怒时，动辄打人，甚至出现杀人的情况。但他也是一位勇敢坚毅，豪爽开朗，足智多谋的将才。此外，他还是一位轻财好施，关心部属的将领。他手下的士兵虽然受到责罚，仍然乐于从命于他。

周瑜器重甘宁是一位难得的人才，对他不求全责备，而是能忘其短而用其长。因此，在周瑜的调教下，甘宁充分地发挥了自己的优点和长处，履历战功，成为了东吴有名的"斗将"。

公元208年冬，曹操攻取荆州，又进一步向江东进发。周瑜奉孙权之命以左都督的身份率军出征抗曹，手下跟随的将领中，就有甘宁。

周瑜用火攻之计，在赤壁烧毁曹操的连环战船，顿令曹操顿兵长江北岸乌林的八十万大军乱作一团。甘宁按照周瑜预先的排兵部署，抢滩登岸，带兵杀入乌林曹军大营。

甘宁一马当先，骑射并用，箭无虚发，以一当百。有将领如此神武，士兵们能不勇往直前吗？

甘宁还指挥士兵们，按照周瑜的吩咐，将连环船上的战火，延引至乌林的曹军旱营。在大火的帮助下，甘宁直将曹军打得是丢盔卸甲、溃不成军。大破曹操，甘宁立下了战功。

回味这一仗，甘宁感觉打得真是太痛快了。

跟随在周瑜身边，甘宁找到了被尊重和认可的感觉！士为知己者死，如甘宁这样性情的大丈夫，更是可以为尊重他的人赴汤蹈火，万死不辞。

同时，周瑜足智多谋的英明指挥，让甘宁感觉他的劲儿用得恰到好处，这仗打得让他觉得酣畅淋漓，说不出的痛快。

赤壁之战之后，甘宁又接着跟随周瑜来到南郡，攻打在江陵的曹仁。在久未能攻克之际，甘宁向周瑜献上一策。甘宁提议由他率兵从小路取江陵上游的夷陵，以便东西夹击曹仁，迫使其北撤。

周瑜同意了甘宁的提议，并立即命甘宁统兵前往夷陵。甘宁日夜兼程，果然一举占领夷陵，遂即，甘宁据守夷陵城中。

曹仁见势不妙，立即派五六千人去围攻夷陵，企图一举夺回这一战略要地，而这时甘宁的手下只有一千军士。曹军在城外搭设高台，连续几天，从上面向城中射箭，箭密如雨，军吏胆战心惊，唯甘宁谈笑自若。

毕竟寡不敌众，甘宁派人出城向周瑜求援。周瑜采用吕蒙之计，率领众将前来解除了夷陵之围。曹仁部众损失过半，连夜逃遁。途中又遭到截击，丢失战马三百多匹。

最后，周瑜率领甘宁、吕蒙众将，打败曹仁，攻占了江陵，夺取了南郡。

在周瑜力劝孙权西取巴蜀的谋划中。甘宁也是周瑜忠实的追随者之一，只可惜周瑜病逝，甘宁为此唏嘘不止。

能遇到周瑜这样的主帅，是将士，更是甘宁之福啊！

蒋干言高致

"雅量高致，非言辞所间也"——这是以能言善辩著称的蒋干，给周瑜下的评语。

蒋干，字子翼，九江寿县人，算是周瑜的半个老乡。

蒋干不仅长的是一表人才，而且也是琴棋书画无所不能，四书五经早已烂熟于心。青少年时期，他和周瑜曾同窗受业，并行走于江、淮之间。可以说，蒋干以才辩之称独步江淮。

那些时日，每当江、淮的文人雅士们聚在一起，蒋干总是能以侃侃而谈的雄辩之言见长，没有人能比得过他，当然，也包括周瑜。

虽然蒋干能说会道，但事实上，他在三国时是鲜为人知的。倒是经过罗贯中在《三国演义》中的大大演绎之后，使他倒成了一号非常有名的人物。

似乎，赤壁之战曹操之所以败得那么惨，和蒋干的无能有关。他虽有一肚子学问，却一点也没用到点子上，只能干些别人瞌睡来了，他赶紧送个枕头的蠢事，最后葬送了他为之效忠的曹魏八十万大军。

在《三国演义》中，蒋干充当曹操的说客，在赤壁之战前企图劝说周瑜投降。而周瑜正好将计就计，摆下"群英会"，诱导他盗走假的张允、蔡瑁二人的"投降书"，以反间计除去了这二人。蒋干自以为立功，没想到却成为笑柄。

虽然蒋干因为《三国演义》而一举成名，但成就的名声却是一位成事不足败事有余的人物。

事实上，蒋干确实是江淮之间著名的能言善辩之士。正因为他有这个优点，又和周瑜熟悉，因此，曹操才派蒋干去见周瑜，希望能说动周瑜。

蒋干奉命去见周瑜了，他与周瑜的一番对话也确实相当精彩，不过周瑜的一番雄辩，最后让以能言善辩著称的蒋干，也是无言以对。

但这里需要更正的是，蒋干去游说周瑜的时间不是在赤壁之战前，而是在赤壁之战之后。

话说，周瑜以火攻之计，在赤壁大败曹操号称的八十万大军之后，曹操败退回北方，而留下曹仁守江陵。周瑜率兵又在江陵城外扎营与曹仁对峙。经过一年多的较量，最终曹仁弃城败走，周瑜得入江陵城。

周瑜向孙权报捷，孙权命周瑜领南郡太守，屯兵江陵。曹操得江陵败报，不胜惭恨。正在这时，曹操听说他手下的九江人蒋干，不仅是一位口才好的文雅之士，而且重要的是，他与周瑜是故交，可以去招降周瑜。曹操一提这事，蒋干就信心满满地拍着胸打保票，说他定会不辱使命。

于是，这一天，蒋干穿着布衣戴着葛巾，一如独步江淮的旧时模样，到江陵求见周瑜。

周瑜热情地出厅迎接老朋友的到来，并亲切地对蒋干说道："子翼远道而来辛苦了，不会是为曹氏当说客来了吧?"

周瑜一语道破了蒋干的来意，反而让蒋干不好接茬了，蒋干只好没话找话地说道："我与足下是同乡，相别有好多年了。早就遥闻足下的英勇之名，特来叙叙阔别多年的旧情，并且顺便参观一下盛仪雅规，让我长长见识，怎么能怀疑我是来当说客的呢？"

周瑜听蒋干如此说，又笑笑说道："我之才能虽然比不上夔、旷，但闻弦赏音，足以知道雅曲，这点本事还是有的。"说完，周瑜目光炯炯地盯视着蒋干的眼睛，蒋干不敢与周瑜对视，赶紧将目光移向别处。

蒋干知道，周瑜口中的夔、旷，是春秋时代的有名谋臣，周瑜用他们自比，其实是谦虚。

周瑜少精于音律，乐有阙误，周瑜一闻即知，既知必顾。对周瑜的这一才能，蒋干是亲眼所见，他当然知道周瑜有顾曲癖。因此，周瑜以此解嘲，再一次逼得蒋干哑口无言了。

见蒋干尴尬的样子，周瑜又是宽厚地一笑，如兄弟一般地搂着蒋干的肩膀，邀请他共进晚餐。席间免不了推杯换盏，共叙当年在江淮上饮酒作诗，谈古论今的快意往事。

连续三天，周瑜邀请蒋干参观军营，浏览兵器库，甚至在宴饮时，还请侍者展示服饰珍玩。也就是说，周瑜完全是以老朋友的身份来招待蒋干的。

在蒋干的印象里，周瑜是一位风度翩翩的公子哥，时人皆称他为周郎。每次文人雅士的聚会，很难听到他的高谈阔论。每次他都只是静静地欣赏着琴曲的演奏，只有当听到了错误之处，他才回顾指正。

而今，在宴席上周瑜请侍者给蒋干展示服饰珍玩时，蒋干不禁怀疑，坐在他面前的，还是那个他所熟悉的周郎呀！怎么可能将此刻的周瑜，与人们传说中那个杀了曹魏使臣的东吴大都督相提并论呢？这样的周瑜能吓得曹仁弃城而逃，简直太不可思议了吧！

然而，当蒋干参观完周瑜的军营，他就有些明白了，甚至可以说，已经足以让蒋干震惊了。因为，仅仅是那些战阵的牛刀小试，就已经令蒋干眼花缭乱了，何况蒋干深知他所看到的还只是冰山一角，周瑜不可能将军事机密全部让他看到。蒋干从来没想到，看似对什么都漫不经心的公子哥，会是一位深藏不露的军事天才。

不仅如此，更令蒋干没想到的是他一直引以为傲的口才，怎么到了周瑜面前，却一个字也说不出来了呢？来了三天了，周瑜和他除了叙旧还是叙旧。他是在曹丞相面前夸下海口的，这回去应该如何交待呢？

到了第三天的晚宴上，周瑜亲自给蒋干斟满酒，说："丈夫处世，既得人主知遇，名为君臣，实同骨肉，言行计从，祸福与共，就是苏张更生，郦叟复出，也不会有所改变。足下幸好不是说客，否则，恐怕连朋友都做不成了。"

蒋干只能干笑着，纵然能言善辩，也终是一句游说的话也没能说出来。席罢，蒋干便告辞而回。

蒋干回来向曹操汇报，称赞周瑜雅量高致，非言辞所能招徕和离间的。曹操也没有办法了，只好休养生息，慢慢地寻找机会。因此，江东得以安全。

刘备称量广

赤壁之战不仅让周瑜声威大震，名扬天下，也让刘备逐渐站住了脚跟。

刘备以左将军领荆州牧，乘机攻占了武陵、长沙、零陵、桂阳四郡，并获得孙权的首肯驻在公安。但是，身为枭雄的刘备，不会满足于这片寄人篱下的弹丸之地的，因此，为了进一步扩大地盘，刘备必须搏一下。

此前，因为刘备的居无定所，他的两任夫人在颠沛流离中先后去世了。正当刘备准备去见孙权时，正好孙权也有意与刘备和亲，永结联盟之好。

刘备临行前，军师诸葛亮深感忧虑，他们一致认为，孙权并不可怕，可怕是大都督周瑜。周瑜一定会明白刘备此行的用意，不会那么好说话的。

但刘备认为，不入虎穴，焉得虎子！于是，刘备由大将赵云陪同来到了孙权所在的京口。

刘备到达之后，孙权依鲁肃之言，将妹嫁给了刘备。夫妻如何恩爱自不必说，不知不觉已经有一个来月了。

刘备虽然身处温柔乡中，但一刻也未敢忘记荆州。

这一日，刘备过府来拜访孙权，自然地就将话题引到了荆州的事宜上。刘备向孙权尽诉荆州许多往事。

刘备谈到：荆州的旧将以及老百姓，已经多半归附了他，只是因所得到的土地有限，恐怕养活不了那么多人。现在，他有幸得到了孙权的厚恩和垂爱，期望能借得荆州全部土地，以回馈荆州老百姓对他的厚爱，等等。

孙权闻听，不假思索地就答应了。

刘备见孙权答应了借荆州，起身相谢，并进一步请求即日就告辞回去。对这个事，孙权没有答应，并一再地挽留，因此，刘备没能立即回去。

有人将刘备借荆州又要返回的消息，报告给了时任江陵太守的周瑜，周瑜马上飞使上书给孙权，极力阻止。

周瑜的意见是，既然已经嫁妹给了刘备，就必须得把刘备好吃好喝地留在孙权身边，名为享受荣华富贵，实际上和软禁无异。总之，无论如何不能让刘备走，否则，就无异于放虎归山。

周瑜献计软禁刘备，本想分化刘备阵营，孙权又是怎么想的呢？

孙权把周瑜的书信告诉了鲁肃、吕范等人，吕范等都同意周瑜的意见，只有鲁肃提出了反驳的意见。鲁肃一直以来就是孙、刘联盟的极力倡导者和推进者。孙、刘联盟一致抗曹的思想，至此不改。

孙权觉得鲁肃说的也有道理，在刘备的离开问题上，就不再坚持，态度上有了松动。

刘备稍微听到一点消息后，就立即和新夫人商量，并恳求说，自己想要离开的心实在是太迫切了。新夫人孙氏也是位豪爽之人，早已经打定了嫁夫随夫的主意，于是，两人收拾东西，当即起程。

刘备只留下一封书信向孙权告辞，径直带着新夫人孙氏与陪同他前来的大将赵云等，乘着轻舟向西而去。

孙权看到刘备留下的书信，急忙乘着描绘着飞云的大船，亲自率领鲁肃、张昭等十余人去为刘备送行，竟然给追上了。

刘备见孙权一行来为他送行，也不慌张，从容地面见了孙权。

刘备赶紧解释他离去的原因，只是因为曹操一直虎视眈眈地盯着荆州，荆州事务繁忙，他这个领头人不能不回去，等等。

孙权也未加责备，便在飞云大船上置备了酒宴，为刘备夫妇饯行。当然，既然孙权以兄长的身份为妹妹及夫君饯行，孙权之妹孙夫人当然也需过船来参加酒宴了。

因此，这次的酒宴，可以说就变成了一次别开生面的船上送别家宴。既然是家宴，外人当然就不便在场了。于是鲁肃等都避入后仓中。

船上宴席中，就只有孙权与刘备夫妇了。

三人推杯换盏，诉不尽的离愁，道不完的骨肉亲情。不知不觉，已酒至半酣。这时，只听刘备似醉非醉地低声附在孙权的耳边说："周公瑾文韬武略，是万里挑一的人中英才，只恐怕他器量广大，未必肯久为人臣，还是请哥哥您早作预防才是啊！"

刘备乃是天下枭雄，因为周瑜的威名远扬而有所忌惮。刘备之言，表面上似乎是对周瑜作了充分的肯定，其实他心中的真实想法，明眼人一看便知，特别是"未必肯久为人臣"一句，明显是在挑拨离间了。

其实，周瑜是什么样的人，孙权心里怎么能不清楚呢！

听了刘备之言，孙权只是微微一笑，并没有说话。

刘备虽然寡言少语，喜怒不形于色，能谦恭待人，但城府却极深。此时，他见孙权并没有答言，知道周瑜在孙权心目中的地位和影响，不是一两句话就能离间得了的，一不小心，反而会让孙权警觉，改变放他走的主意，那岂不是画虎不成反类犬吗？

于是，刘备不再说什么了，只是看着孙权兄妹互相依依惜别。等到饯行酒饮宴完毕，刘备夫妇便登上了那轻舟，扬帆径去。

话说刘备回到公安，由诸葛亮等接入府中。刚刚落坐，刘备就急忙感慨地对诸葛亮等人说："真是天下英雄所见略同啊！前日先生对我的东行有顾虑，也是因为这个问题。假如仲谋听信周瑜之言，恐怕我就不能与你们相见喽——"

诸葛亮等人闻听，一起站起身向刘备表示祝贺！这也确实应该祝贺一下了。

于是，大家开筵庆祝，喜气盈庭。从此，刘备夫妇再没有回见孙权。刘备只是作书一封寄给孙权，索借荆州。

周瑜带着攻打江陵时所受的箭伤，亲见孙权进行阻止，但是，已经晚了……

自赤壁之战开始，奠定了三分天下的基础。此时，纵观三巨头刘备、曹操、孙权三人，在爱才、用才上，尽管他们都有共同的特点，但在礼贤下士，慧眼识才方面，刘备比曹操和孙权更胜一筹。

因此，此时的刘备，在势力范围上虽然稍弱一些，但是他注意收买人心，不论什么情况，他都以民为先，最后他才终成一方霸主。

刘备三顾茅庐得到诸葛亮，继而有了著名的隆中对，形成了自己的立国纲要。之后他一生重用诸葛亮，如鱼得水，共谋大业。

刘备知人善任、宽以待人，心胸广阔，不论将士官职大小，一视同仁，不论何时何地都以"疑人不用，用人不疑"为原则，终成大事。

刘备在孙权面前称赞周瑜器量广大，虽有离间之意，但赞美之心也是真的……

第八章
既生瑜，且生亮，又怎么了

至此，应该为这部书收尾了，但总是感觉还缺少点什么？

是什么呢？

对，是诸葛亮，说周瑜，怎么能不提到诸葛亮呢？

如果说，有一句话，能让人们猜测千年，演义千年，还乐此不疲的话，那应该就是——"既生瑜，何生亮"了。

这句话说的便是罗贯中的《三国演义》中的两位主角——周瑜和诸葛亮。

可能是为了演义看点的需要，罗贯中在抬高诸葛亮的同时，把周瑜当作了妒嫉的典型。

不能不说，因为演义的实在太精彩，几乎让所有人都信了！

因此，被冤屈了的周瑜，在人们的心里黯淡了许多年。

这两位主角在历史上都是真实存在的，也都是不一般的人物，应该说，他们都是东汉末年决定国家走向的关键人物。

还是先来简单介绍一下诸葛亮吧。

诸葛亮，字孔明。

汉灵帝光和四年，即公元 181 年，也就是周瑜出生的六年后，诸葛亮在琅邪郡阳都县的一个官吏之家呱呱坠地了。

诸葛氏家族为琅邪的汉族，诸葛亮的先祖诸葛丰，曾在西汉元帝时，做过司隶校尉，诸葛亮的父亲诸葛圭，在东汉末年做过泰山郡丞。

童年时代的诸葛亮是不幸的。他三岁丧母，八岁丧父，成了孤儿的他只得投靠了叔父诸葛玄。他先跟着叔父赴任由袁术任命的豫章太守，后又投奔了荆州的刘表。彼时，叔父便将家安在了南阳郡邓县。

在这里，诸葛亮平静充实地度过了他的总角年华。这正是孜孜以求的年龄，诸葛亮没有浪费大好时光。他勤奋学习，并广泛涉猎诗、书、礼、易、乐，对天文地理、兵书阵法等各种知识都详加研读。

建安二年，即公元 197 年，诸葛亮的叔父病逝，此时的诸葛亮，已经成长为一名十六岁的翩翩少年了。于是，渐趋成熟的诸葛亮，如一只想要飞翔的小鸟，决定前往各地去试飞了。

诸葛亮在拜师学艺、结交好友的同时，在据襄阳城西二十里处的古隆中，建了一茅屋居住下来。

因为附近有一道卧龙岗，诸葛亮常常喜欢在卧龙岗上冥思苦想，因此，人们又称诸葛亮为"卧龙先生"。

平日里，诸葛亮好念《梁父吟》，又常以管仲、乐毅比拟自己。

当时的人对他都不屑一顾，只有好友徐庶、崔州平等基于对他的了解，十分相信他的不凡与才干。

时光如流水，不觉间，诸葛亮走入了青年时代。

这一天，诸葛亮结识了襄阳名士司马徽、庞德公、黄承彦等人，在和他们进一步的交往中，诸葛亮的才能也逐渐得到了他们的认可。

特别是黄承彦，对诸葛亮可谓非常欣赏。

黄承彦家有一女，虽然很有才，但长得很丑。套用现代的话来说，就是"虽然我也很丑，但我很有才。"

丑女有才也任性，非俊男才子不嫁。

黄承彦认为诸葛亮是再合适不过的人选了。

于是，黄承彦选婿不避亲地对诸葛亮举荐说："听说你要选妻，我家中有一丑女，头发黄、皮肤黑，但才华可与你相配。"

黄承彦话虽然说了，并且毫不保留，没有任何的欺瞒，但毕竟是丑女，心中是没有一点把握的。

没想到，诸葛亮竟然答应了这门亲事，并立即迎娶了黄承彦家的丑女为妻。

时人都被诸葛亮的这一举动惊呆了！

有人以此作为笑话，作为取乐的谈资，甚至，乡里还传出了一句谚语："莫作孔明择妇，正得阿承丑女。"

丑女确实有才，不仅替夫养儿育女，而且助夫才智、名气大增。

这样，直到公元207年与208年冬春相交之际，诸葛亮的命运再一次被改变。

当时驻军新野的刘备，在徐庶的建议下，前去隆中三顾茅庐拜访，终于得见诸葛亮。于是，就有了著名的隆中对。

诸葛亮为刘备分析了天下形势，提出了先取荆州为家，再取益州成鼎足之势，继而图取中原的战略构想。

由此，诸葛亮出山成为刘备的军师。此时的诸葛亮二十六岁。

而这时的另一位主角——周瑜，又处于什么位置呢？

当诸葛亮初出茅庐之时，比诸葛亮要年长六岁的周瑜，已经过了而立之年。

从二十岁刚出头就踏入戎马行列的周瑜，已经是东吴的前部大都督了。不仅战功卓越，屡战屡胜，而且是东吴的绝对军事首脑。

公元208年冬，因为曹操的大军南下，才有了周瑜与诸葛亮的第一次相识。看人超准的周瑜，通过初步接触，就认定了诸葛亮决非等闲之辈。

也可以说，周瑜在诸葛亮身上找到了自己的影子。

两人身上有太多的共同点了。

同样的出身士族之家；同样的睿智而忠诚；同样的羽扇纶巾又颇具艺术才华；同样的容貌俊秀，一表人才……

如果说有不同的话，则在于诸葛亮是文官，更善于谋略和内政治理，以及外交方面。还有他娶的是才女。

而周瑜则是文武兼备的一代儒将，更善长于军事攻略和知人善用方面。还有，他娶的是美女。

在军事上，周瑜在桑洛洲上所建的九柳八卦阵，不论在形式上，还是在实用性上，堪称为有史以来最大的八卦阵。而诸葛亮所创的石林八卦阵，在创建时间上，要比周瑜的九柳八卦阵要晚上很多年。

在步入政治生涯的时间上相比，周瑜也要比诸葛亮早得多。

其实，周瑜与诸葛亮的交集时间，满打满算也不过两年时间，由于周瑜的早逝，他的一生定格在了"青春"的印记上。如此，与周瑜相比，诸葛亮则是大器晚成的典范了。

也许正是因为他们有太多的共同点，才让人们产生了太多的错觉。

也许，在无法分辨之下，后世之人也只好用这句"既生瑜，何生亮"来表达了吧？

运用现代的高科技，上网一搜索"周瑜的性格特点"，满屏的妒贤嫉能、心胸狭窄等词语，看了不禁让人心酸。

一部《三国演义》，让周瑜成了一个没风度、没雅量的反派人物。又因为周瑜临终前的一句"既生瑜，何生亮"的感叹，这个年轻有为、功勋卓著的军事家，就成了比他小六岁的诸葛亮的垫背。

同样的"羽扇纶巾"和"雄姿英发"，人们只记住了诸葛亮"草船借箭""登坛借风"的谋略智慧，却遗忘了周瑜在谈笑之间，使"樯橹灰飞烟灭"的俊逸风采。

周瑜指挥三万水师独自面对曹操号称的八十万大军的胆识，人们早已经淡忘了；却深深地将《三国志》中本没有任何记载的"周瑜忌恨孔明""孔明三气周瑜"等桥段，演绎得越发惟妙惟肖。

《三国演义》中，一直被人们津津乐道着的，关于诸葛亮三气周瑜的描写是这样的：

一气，是智取南郡。

周瑜在前，如螳螂辛勤捕蝉，诸葛亮在后，如黄雀坐享其成。结果，周瑜费尽心思攻下曹仁防守的南郡，却被诸葛亮趁之不备占领了。

二气，赔了夫人又折兵。

周瑜设下美人计想留下刘备，却被诸葛亮发觉。结果，诸葛亮不仅用计将刘备夫妇接回，还让人在船头喊话取笑周瑜：周郎妙计安天下，赔了夫人又折兵。

三气，借途灭虢。

周瑜本意想取荆州，却假说取汉中，只是借道荆州而已，然后，趁刘备等人出来迎接时，一举擒获。这就是"借途灭虢"之计。结果，被诸葛亮识破，经过一番苦战才得以撤出。

当然，名著并没有错，当然，既然是演义就会有虚构。

但是，为了刻画和突出一个诸葛亮，而去惜牺牲了一个周瑜。想来，确实是不公平。

好在有一本《三国志》，好在有陈寿，好在有那么多后世的文人墨客……

是时候应该为周瑜所蒙上的百年冤屈昭雪的时候了。